Lénaïk Gouedard

Une Nuit si belle

Éditions ouest france

Jour 1

En ce lundi 9 décembre 2030, la lieutenante Tangore vérifie pour la troisième fois les actes d'enquête concernant l'incendie criminel de la rue Dupont-des-Loges avant de les transmettre au juge d'instruction. Ce travail fastidieux, sans cesse interrompu par des appels téléphoniques, l'amène au bord de l'implosion quand elle voit un nouveau contretemps se profiler. Son supérieur vient d'attirer son attention en toquant à la paroi vitrée de son cagibi soigneusement fermé pour décourager les emmerdeurs.

Il s'assied et l'observe un instant tandis qu'elle rassemble ses liasses de procès-verbaux et les range dans un dossier. Il ne faut pas se fier à son allure bonhomme et à sa silhouette un peu voûtée, c'est un homme d'airain, doté des ressources d'un vieux briscard. Il fait peu de terrain depuis sa prise de fonction à la tête de la brigade, mais cette promotion est aussi le signe d'une relative relégation. Au fond, se dit Tangore, il s'en fout un peu, sa chance est passée. Il n'a même pas le physique de l'emploi, tous les directeurs, contrôleurs et commissaires promus depuis un bon moment sont calibrés sur le même modèle : secs, nerveux, pressés. Parlant plus qu'ils n'écoutent, ils donnent l'impression d'avoir été langés dans le Journal officiel quand il était encore imprimé. Pas le style de Gassière, un lent, un méthodique, qui dirige ses équipes sans trop leur faire sentir le mors. Sa tête massive paraît vissée sur ses épaules, seuls ses yeux bleus trahissent son impatience.

— Tu as eu le temps de te renseigner sur ce type, Aff ?

— Pas encore, j'avance pas ce matin, ça me tue. Vive la procédure pénale numérique ! Du papier plus du fichier, c'est le merdier, ronchonne-t-elle.

— Désolé de te casser les pieds avec cette histoire, mais l'adjoint à la Culture est revenu à la charge. Poliment, bien sûr, mais en me faisant sentir qu'un effort de notre part serait apprécié. Je suppose que la Maison de la Poésie lui a relayé les inquiétudes de sa médiatrice.

— Que veut-elle au juste ? Ici, on n'est pas le service des abonnés absents ! Ni la fourrière ! S'ils ne peuvent pas mettre la main sur leur troubadour, c'est pas une raison pour lancer une alerte enlèvement !

Gassière soupire. Sa réaction ne l'étonne pas, mais sa tâche à lui est d'arrondir les angles et d'entendre les préoccupations de ces gens sans nouvelles de leur poète en résidence depuis une bonne semaine.

— Écoute, je sais que tu n'as pas de temps à perdre, mais j'aimerais que tu passes voir cette femme à la Maison de la Poésie et que tu lui expliques très gentiment qu'on ne peut pas faire grand-chose pour retrouver leur poète si sa disparition n'a rien d'inquiétant. Fais-toi accompagner par Levasseur pour montrer qu'on a pris leur tintouin au sérieux. Et dis-lui de nous signaler quand il réapparaîtra !

Elle opine de mauvaise grâce. Le commandant se lève, fouille dans la poche de sa veste et lui tend la carte de visite d'une certaine Garance Poulpiquet, médiatrice à la Maison de la Poésie.

— Je te remercie de t'en charger, souligne-t-il un peu trop cérémonieusement. Tu verras...

Il suspend sa remarque et observe d'un œil songeur le calendrier « Chippendales » des sapeurs-pompiers accroché sur l'armoire à dossiers. Pour le mois de décembre, les gars ont fait fort : une impressionnante barbe de père Noël cache leurs attributs pyrotechniques.

— ... C'est une personne très sympathique, cette Garance, confie-t-il avant de tourner les talons.

Tangore n'en doute pas, mais elle n'est pas d'humeur à sacrifier une demi-journée de travail pour rassurer une fille qu'elle soupçonne d'avoir fait du charme au patron. Et qui est donc capable de tout pour arriver à ses fins.

*

Pierre-Henry Levasseur contemple ses baskets détrempées par la pluie. Il les enlève pour enfiler sur ses chaussettes humides des couvre-chaussures bleus dénichés au fond d'un tiroir. Il prie pour qu'aucun de ses collègues n'entre dans son box, sinon il s'exposera encore une fois à leur risée. Pour combattre son appréhension, il s'empresse de puiser dans ses provisions de friandises un nougat onctueux qu'il enfourne avec délice. La bouche pleine, il décroche son téléphone.

— Pierre-Henry, ramène-toi, réunion du Comité central dans mon bureau !

Il se lève aussitôt, oublie ses chaussons, et débarque dans le bureau de sa cheffe avec son équipement de fortune.

Elle fixe ses pieds.

— Un problème de fuite ?

— Grave. J'ai dû réquisitionner des fournitures du bureau.

— Tant que tu ne croises pas quelqu'un du Groupe Voie Publique, tu as une chance de survivre. Assieds-toi et dis-moi ce que tu as trouvé sur ce Sixte Aff.

— Je commence par la fin, si cela ne vous ennuie pas. Aff bénéficie d'une petite notoriété depuis une dizaine d'années. Il s'est fait remarquer en 2019, au Mondial du Tatouage de la Villette, par l'accrochage d'une immense toile-photo : il avait composé une sorte d'hommage poético-mémoriel aux victimes de *Charlie Hebdo* et du Bataclan en photographiant les tatouages réalisés après les attentats. Il signait de cette manière la naissance du courant « poésie transcutanée ». Dans la foulée, il a réalisé plusieurs vidéos devenues virales sur les réseaux sociaux pour les fans des cultures alternatives. Il a publié dans trois ou quatre revues, surtout au Canada. En 2025, il a obtenu le prix Nord des écritures actuelles pour son recueil *Bazooka*, ce qui lui a valu de faire partie de plusieurs jurys littéraires. Et puis, trou noir depuis trois ans, on ne trouve presque plus rien sur lui.

— Notre poète serait-il en perte de vitesse ?

— Il semblerait qu'il ait un caractère assez difficile, des opinions très tranchées et l'oukase facile. Après avoir fait le buzz sur les réseaux, il a récolté la monnaie de sa pièce en se faisant troller de très méchante façon, d'où une sorte d'éclipse médiatique.

— Quoi d'autre ?

— Il a 39 ans, né à Lille le 11 octobre 1991, dans une famille plutôt aisée, père chef d'entreprise et mère professeur au conservatoire ; les parents ont divorcé quand il avait 14 ans. Deux sœurs, Laura, l'aînée a quatre ans de plus que lui ; la cadette Jenny est plus jeune de deux ans. C'est à peu près tout.

— Tu as une photo récente du gars ?

— Celle qui figure sur le site de la Maison de la Poésie. Plutôt beau gosse, le mec : 1,75 mètre, pas un pouce de gras, barbe courte. Il fait pas son âge. Ah ! J'oubliais, Sixte Aff est un pseudo, son vrai nom est Simon Decarpentrie. On fait quoi pour la suite ?

— Une petite promenade à la Maison de la Poésie. Le chef m'a demandé de leur expliquer, en y mettant les formes, que nous n'avons pas de temps à consacrer aux poètes en divagation.

*

Tangore n'aime pas patrouiller dans les parages de son domicile, cela lui donne l'impression de violer le territoire de sa tranquillité. En choisissant le quartier Plaisance, blotti dans un méandre du canal Saint-Martin et protégé par le paisible enclos du cimetière du Nord, elle s'est offert un havre de paix. Les petites résidences, pourvues de vastes balcons et de terrasses, sont conçues pour que l'œil se repaisse de verdure, d'eau et de lumière. Voilà son bayou à elle, sa petite Louisiane peuplée de sarcelles, de poules d'eau et de renards furtifs. Alors, c'est à reculons qu'elle se dirige vers la Maison de la Poésie, située aux portes de son domaine. Nichée au bord du canal, la villa

Beauséjour en décline une version en massepain avec ses murs pastel et ses entourages de brique.

Garance Poulpiquet les fait asseoir dans son bureau tout en longueur. Ils se serrent autour d'une table coincée entre une étagère surchargée de dossiers et une fenêtre donnant sur le jardin. Un énorme cèdre déploie ses branches au bout d'une pelouse semée de flaques d'eau.

— Un thé ? Un café ? Je dois même avoir des tisanes.

Elle est jeune – pas même la trentaine – sympathique, et ne correspond en rien à l'idée que se faisait Tangore d'une médiatrice culturelle, c'est-à-dire un mélange improbable de Marguerite Duras et de Virginie Despentes. La lieutenante jette un coup d'œil à Levasseur, visiblement tombé sous son charme. Rien d'étonnant, elle a de sublimes yeux verts ; fardés avec soin d'une ombre chatoyante, ils ressemblent aux ailes frémissantes d'un papillon dès qu'elle bat des paupières. C'est sa seule coquetterie, sinon elle porte un tuyau de laine chinée qui lui descend du cou aux mollets et de grosses bottes à semelle crantée. Le look Jeanne d'Arc, à mi-chemin entre le champ de bataille et le bûcher.

Elle revient avec un plateau sur lequel elle a posé un paquet de biscuits entamé, des mugs remplis d'eau chaude et une poignée de sachets d'infusions, estampillés bio et commerce équitable.

— On peut s'appeler par nos prénoms, non ? propose-t-elle avec un sourire enjôleur. C'est un peu l'usage dans nos murs, les échanges sont ainsi plus conviviaux.

Tangore commence à comprendre pourquoi Gassière, lors de son pince-fesses à l'hôtel de ville, a prêté une oreille attentive à ses sollicitations. Dans le dos de la jeune femme, Pierre-Henry lui lance un SOS. Lui qui n'a jamais osé la tutoyer, est paniqué à l'idée d'utiliser son prénom. Elle le rassure d'un clin d'œil.

— Eh bien, nous allons essayer, mais je ne vous promets rien : ce n'est pas l'habitude dans les commissariats, remarque Tangore, sans la moindre intention de révéler son prénom à une quasi-inconnue.

La fille laisse filer un rire qui montre qu'elle n'est pas dupe.

— Allez, je ne veux pas vous mettre à la torture, je dirai « Lieutenante » si vous le voulez.

— Je préfère « Lieutenant ». Je n'y mets aucun signe de virilité, je m'accommode seulement du genre neutre. On dit bien « médecin », quel que soit celui ou celle qui porte la blouse, non ?

Fine mouche, la médiatrice consent d'un signe de tête.

— M. Aff s'est-il manifesté depuis que vous avez signalé son absence ? enchaîne Tangore.

— Non, hélas ! J'ai encore dû déprogrammer l'atelier d'écriture prévu cet après-midi. Lorsque je l'appelle sur son portable, je tombe sur la messagerie vocale, et je n'ai aucune réponse à mes courriels. J'ai contacté l'accueil à la cité internationale Paul-Ricœur où il réside, mais personne ne l'a vu ces jours-ci.

— Nous n'avons rien trouvé du côté des hôpitaux, rétorque la flic en cherchant l'assentiment de son adjoint, aucun signalement de nos équipes ou de la gendarmerie le concernant. Il n'y a donc pas lieu de s'inquiéter.

— Je suis préoccupée pourtant, confie Garance après avoir méticuleusement entouré le fil de son sachet de thé autour de sa cuillère. Cela n'a rien à voir avec les activités annulées et les désagréments causés à nos partenaires, mais j'ai une sorte de pressentiment. Ridicule, n'est-ce pas ?

— Absolument pas ! proteste Levasseur en volant à son secours.

— Un pressentiment, pourquoi ? relève Tangore, l'air étonné.

Un silence accueille sa question ; Levasseur en profite pour sortir de sa poche une boîte de bonbons Fazer ramenée de ses vacances en Finlande. Il l'ouvre délicatement et présente à la médiatrice de minuscules fleurs en forme de gratte-éponges, parfumées au citron et à l'eucalyptus.

— Aromathérapie, précise-t-il, c'est souverain pour soulager le stress.

D'une main distraite, Garance prélève une friandise, la suçote un instant avant de la caler dans sa joue et de remercier Levasseur d'un regard libellule qui lui envoie une bouffée de dopamine.

Ayant retrouvé son assurance, elle leur adresse un sourire d'excuse.

— Voilà, il faut que je vous avoue quelque chose. Quand nous avons reçu la candidature de Sixte Aff, elle n'a pas été retenue. D'un point de vue conceptuel, la poésie transcutanée, c'est dépassé, et nous recherchons des gens qui explorent de nouvelles voies. Mais nos réticences venaient surtout de l'absence d'un projet cohérent à mener dans le cadre de sa résidence d'écriture. Or, les partenaires avec qui nous travaillons contribuent au financement du séjour. En contrepartie, ils en attendent quelques retombées. Bref, il était au bas de la pile des postulants et n'aurait jamais dû la remonter. Mais sa demande n'était pas passée inaperçue puisque le représentant du collectif *Urbamus* siégeant à la commission de sélection a demandé à ce qu'on la réexamine. Il s'en est suivi un lobbying d'enfer et il a été finalement l'un des deux auteurs sélectionnés pour l'année.

Elle les regarde à tour de rôle.

— C'est rare, mais ce genre de revirement arrive parfois. Là, je n'ai pas compris pourquoi : son travail n'était pas connu plus que ça, et il était évident que les bénéfices de sa résidence pour la MP seraient des plus limités. Par ailleurs, sa réputation d'être peu commode, pour ne pas dire caractériel, allait compliquer les choses. Pourtant, les gens ont voté pour lui !

Comme pour chercher un peu de réconfort, elle inhale profondément les vapeurs qui s'échappent de son mug.

— Inutile de vous dire les difficultés quand j'ai dû planifier les actions à mener dans le cadre de sa résidence ! Je me suis demandé cent fois pourquoi il avait posé sa candidature, tout semblait l'ennuyer au plus haut point. On a quand même arrêté un programme avant son arrivée à Rennes. Les écrivains ont leurs petits défauts, leurs manies, leurs exigences, j'y suis habituée, mais là, tout allait de travers depuis le début. Heureusement qu'il est hébergé ailleurs à cause des travaux : je n'aurais pas supporté l'avoir dans les pattes toute la journée.

— Il loge à la cité Paul-Ricœur, n'est-ce pas ? Je croyais que ce lieu était réservé à l'accueil des chercheurs et des enseignants étrangers de passage à Rennes, s'étonne Tangore.

— C'est juste. Nous avons un appartement pour les résidents, à l'étage au-dessus, déclare la médiatrice, le doigt levé vers le plafond. Mais les travaux de restauration de la villa Beauséjour ne permettent pas de les accueillir en ce moment. Le Crous de Rennes a accepté de nous louer un de leurs studios à la cité Paul-Ricœur. J'ai appelé plusieurs fois là-bas, personne n'a pu me dire si Aff y séjourne encore : c'est à s'arracher les cheveux !

— Il a peut-être décidé de mettre fin à son expérience rennaise, suggère la lieutenante. Vous décrivez quelqu'un d'assez imprévisible, de mal embouché, peu disposé à faire des efforts : il a pu tout envoyer promener sur un coup de tête.

Elle médite quelques instants cette hypothèse qu'elle finit par rejeter en secouant la tête.

— Je ne crois pas. Pour tout dire, il ne doit pas avoir les moyens de renoncer à l'allocation que nous lui versons, et à tous les avantages qui vont avec. Dès le départ, je me suis dit que cela se passerait mal, se lamente-t-elle.

Pour Tangore, il est temps de mettre fin à une conversation qui s'enlise dans les jérémiades en concluant sur une note optimiste.

— Il s'accorde peut-être un peu de bon temps pendant le festival des Trans Musicales. A-t-il laissé des affaires ici ?

— Des affaires personnelles ? Non. Il y a seulement son dossier d'intervention auprès des étudiants de Rennes 2 : je le lui remets avant chaque atelier d'écriture, puis je le complète au fur et à mesure en compilant les travaux réalisés par les étudiants d'une séance sur l'autre.

Elle poursuit, un sourire séraphique aux lèvres :

— Nous menons un projet avec le département de musicologie : l'atelier d'écriture qu'il dirige est intégré à la deuxième année de licence en tant qu'UE d'ouverture.

— UE d'ouverture ? questionne Tangore.

— Une unité d'enseignement choisie dans d'autres domaines que l'enseignement fondamental et méthodologique, précise Pierre-Henry dont le passage sur les bancs de la fac est assez récent pour en déchiffrer le jargon.

Garance Poulpiquet se lève, farfouille sur son bureau et revient avec une chemise cartonnée qu'elle dépose devant ses interlocuteurs.

— Vous pouvez y jeter un coup d'œil si vous le voulez, il n'y a rien de confidentiel.

Autant par curiosité que pour manifester sa bonne volonté, la lieutenante saisit le dossier intitulé « De la transe musicale à la poésie transcutanée » et l'inspecte rapidement. La médiatrice a méticuleusement archivé les travaux des séances de travail par dates. Une liste des participants accompagnée d'un trombinoscope est agrafée au planning ; une petite quinzaine de noms. L'un d'eux est entouré au crayon, Mara Vernant. Au bas de la feuille, une main impatiente a griffonné : samedi 7, 15 h 30. Tangore regarde la photo associée au nom de l'étudiante, une jeune fille aux cheveux châtains, quelconque.

— Vous connaissez les étudiants participant à l'atelier ?

— Non. Je n'y assiste pas. Je m'occupe de la programmation des séances, de la coordination avec l'université et de l'impression des textes déposés par les étudiants sur l'espace numérique de travail.

— Vous pouvez me transmettre le fichier des participants et le trombinoscope ? Au cas où…

— … il ne reviendrait pas ? Pourtant, vous m'avez laissé entendre que vous ne pouviez rien faire.

— Je pense qu'il ne faut pas trop s'inquiéter, Garance.

L'officier de police judiciaire ne croit plus vraiment ce qu'elle vient de dire, mais à quoi bon alarmer une personne quand on ne peut lui être d'aucune aide ? Levasseur, dans une ultime tentative pour attirer l'attention de la médiatrice, rafle en partant toutes les brochures sur les activités proposées aux amateurs de poésie, sans que cela déclenche la moindre réaction chez elle.

Les deux flics se retrouvent dans la rue Armand-Rébillon que le temps humide et maussade a rendu déserte en cette fin d'après-midi. Un goéland survole le sombre ruban du canal Saint-Martin. Les railleries de l'oiseau les accompagnent jusqu'à la rue de Plaisance où Tangore a garé son scooter.

— Je suis à deux pas de mon appartement, Pierre-Henry, je vais rentrer chez moi. Veux-tu que je te dépose à la station de métro Anatole-France ?

Il vérifie l'heure sur son smartphone.

— Je crois que je vais marcher, la pluie s'est arrêtée. À demain.

Tangore met son casque, enclenche la connexion radio avec l'hôtel de police et remonte la rue à faible vitesse jusqu'au long mur d'enceinte du cimetière nord. Elle entend alors le signal d'urgence sur la bande radio et s'arrête pour prendre la communication. Elle fait aussitôt demi-tour et rattrape Levasseur au rond-point de l'avenue Gros-Malhon.

— Monte ! lui intime-t-elle. Tu pourras reconnaître Aff ? Un graffeur a trouvé un corps dans l'ancien périmètre de sécurité entre la maison d'arrêt Jacques-Cartier et l'allée Léon-Le-Berre. Il s'agit d'un homme, de type européen, la quarantaine, un mètre soixante-dix environ, vêtu d'un bomber et d'un jean noirs.

— Qu'est-ce qui vous fait penser qu'il s'agit d'Aff ? s'étonne Levasseur.

— L'inscription sur le mur contre lequel est appuyé le corps : « Dans ta peau ».

*

L'entrée de l'allée est obstruée par un véhicule du Groupe Voie Publique et un Renegade hybride de la police métropolitaine. Tangore réprime mal son agacement en constatant la présence des Tropolis sur les lieux : ils ont toujours une bonne raison pour farfouiller là où ils ne devraient pas.

Elle lève les yeux vers le mur de schiste de cinq mètres de haut qui écrase la ruelle de sa masse. La maison d'arrêt est désaffectée depuis vingt ans et son dernier propriétaire, Rennes Métropole, s'épuise à lui trouver – de projet culturel en initiative citoyenne – une vocation attirante. Une partie des bâtiments est classée en raison de son intérêt patrimonial, il n'empêche que ce bel exemple d'architecture panoptique garde un côté réfrigérant. La lieutenante n'a jamais compris les charmes cachés de l'univers carcéral et la seule pensée que la guillotine a été installée deux fois devant la porte de l'établissement pénitentiaire lui suffirait pour envoyer une armée de bulldozers faire table rase de la prison Jacques-Cartier. Gabriella Lescoat, la brigadière-cheffe du GVP, s'avance vers l'enquêtrice en s'arrangeant pour la camoufler au regard des flics métropolitains.

— Ne commence pas à râler sur les Tropolis, murmure-t-elle, ils ont une bonne raison pour être là : ils pistaient un graffeur qui sévit dans le coin de Sud-gare, le gars s'apprêtait à laisser un souvenir inoubliable de son talent sur l'arrière des garages quand il est tombé sur le macchabée. Ils l'ont cueilli à la sortie de l'allée, aussi faible qu'un nourrisson. Il est dans leur bagnole ; ils attendent notre feu vert pour le ramener chez lui.

— Tu l'as interrogé ?

La brigadière hoche la tête.

— Milo Pargent, 20 ans, étudiant en arts plastiques, connu chez les graffeurs sous le nom Bein'You. Un pur et dur de la *crew* BlackDeals, mais banni du groupe après une bagarre de barbouilleurs sur le spot de la rue des Loges, à Chantepie. Le gamin n'est pas méchant, mais c'est un chieur de première, un pur produit des quartiers bobos, maman archi et papa initiateur de fab labs. Bon, là il est salement secoué, il s'est quasiment jeté dans les bras des Tropolis après sa rencontre inopinée avec un cadavre pas très frais.

— On en est où ?

— J'ai appelé Gassière ; il a contacté la Scientifique et le légiste de garde. La scène de crime est sécurisée, *grosso modo* sur une bande de terrain de cinq mètres de large et sept cents mètres de long, comprise entre le mur d'enceinte de la prison et la clôture des propriétés riveraines, les numéros pairs de l'allée. La zone correspond pour partie à l'ancien périmètre de sécurité qui longe le mur d'enceinte de la maison d'arrêt sur trois côtés. L'accès se faisant par l'allée Léon-Le-Berre, j'ai dit à Jaffray qu'on pouvait éviter de dérouler de la rubalise à l'arrière de la prison.

— Quelqu'un a prévenu le procureur?

— Gassière s'en est chargé. Il ne peut pas venir avant la fin de ses audiences au palais.

— On va y jeter un coup d'œil?

Lescoat fait la moue.

— Je passe mon tour, j'ai déjà donné. Essaie de ne pas trop piétiner le coin, le sol est détrempé par la pluie et, avec la nuit qui tombe, il est impossible de voir où on met les pieds.

— O.K. Prends les chaussures de ce Milo, la Scientifique en aura besoin pour identifier ses empreintes de pas sur le site. Tu peux dire aux Tropolis de le ramener au bercail si tu en as fini avec lui.

Tangore jette un regard par-dessus son épaule et fait signe à Levasseur de la rejoindre avec des kits de protection. Maintenant équipés de la tête aux pieds, ils s'engagent dans le passage en veillant à rester l'un derrière l'autre pour éviter de brouiller d'éventuelles traces de pas sur le sol meuble. La prison, en schiste violet, a pris dans le crépuscule une teinte presque noire et plonge les environs dans une obscurité sinistre. Sur leur droite, une clôture en plaques de béton délimite les propriétés voisines dans une morne alternance de garages et de jardins dépouillés par l'hiver. En approchant de l'angle du mur d'enceinte, ils distinguent une masse plus sombre à l'arrière du dernier garage. Sans se concerter, ils s'arrêtent et contemplent le corps affaissé contre le mur, la tête inclinée sur la poitrine, les bras rejetés sur les flancs. Une jambe est repliée, ce qui fait pencher la dépouille sur le côté, comme un pantin abandonné dans un coin. Le crâne est couvert d'un bonnet noir et, juste au-dessus, une phrase est bombée sur le béton brut avec des dégoulinures de peinture rouge. Tangore se tourne à demi vers son adjoint :

— On ne touche pas au corps avant l'arrivée des collègues de la Scientifique. On va s'approcher à deux mètres, je vais l'éclairer avec ma torche et tu essaieras de l'identifier en posant un genou à terre. Ça ira ?

Il hoche la tête et la suit jusqu'à la distance indiquée. Elle s'écarte légèrement pour le laisser passer devant elle. L'odeur douceâtre de la décomposition ne les quitte plus et colle à leurs narines. Il s'accroupit face à la forme et, malgré le faisceau lumineux pointé sur le haut du corps, il ne distingue rien des traits du visage jusqu'à ce qu'il se rende compte de la panique anesthésiant son cerveau, l'empêchant de voir. Il cligne rapidement des yeux deux ou trois fois pour que sa vision s'adapte enfin. L'image devient nette.

— C'est Aff, murmure-t-il en se relevant.

— D'accord. On retourne là-bas en prenant les mêmes précautions.

Elle lui touche légèrement le bras dans un geste d'une infinie douceur, mais qui n'efface pas la stupeur qui l'a saisi. Il pivote très vite sur ses talons et ses jambes flageolantes lui donnent l'impression de tituber jusqu'à l'entrée du passage. Une fois accoté au véhicule du Groupe Voie Publique, il chasse l'air de ses poumons d'une grande expiration, hume l'air froid goulûment, rien n'y fait, ça pue : l'odeur emplit ses narines, sa gorge, écœurante, mélangée maintenant aux effluves des fruits qui pourrissent sur le sol des jardins alentour. Il passe plusieurs fois sa manche sur son nez comme si le frottement du tissu pouvait chasser les miasmes de ses cellules olfactives.

Son regard croise celui de Gabriella Lescoat. Elle, si prompte à le mettre en boîte, lui adresse un clin d'œil où il voit percer une pointe de commisération.

— Ça secoue, hein ? T'inquiète, c'est pareil pour tout le monde. La seule différence, c'est que nous, on ne se fait plus surprendre.

Tangore lève devant elle son portable.

— J'appelle Gassière pour lui dire que nous avons identifié la victime. Quand les renforts arriveront et que les ijistes commenceront leur boulot sur la scène de crime, j'aimerais que tu ramènes Pierre-Henry au bureau. Il faut qu'il recherche les plus proches parents d'Aff pour qu'on les prévienne de son décès. Quel est le légiste de garde ?

— Le docteur Spina. Je ne sais pas comment elle va faire avec son gros ventre : obligée de travailler à croupetons à sept mois de grossesse, c'est pas de la tarte ! remarque Lescoat, toujours miséricordieuse quand il s'agit de femmes enceintes.

Tangore se garde bien de faire une remarque qui pourrait passer pour de l'insensibilité à l'égard de celles-ci. La seule chose qui lui importe, c'est le professionnalisme de Manon Spina. La légiste a un œil exercé, atout indispensable pour l'examen d'un individu dont la mort remonte à plusieurs jours. Son attention est soudain attirée par les phares d'un fourgon qui entre dans l'allée et se colle derrière le véhicule du GVP. Deux hommes sortent du Mobilab de l'Identité judiciaire, elle identifie aussitôt le plus âgé, technicien en chef de la Scientifique, Jean-Louis Blerwaz, dit le Marabout. Il est accompagné d'un agent qu'elle ne connaît pas, sans doute un nouveau venu au sein du service régional. Le Marabout la salue de loin avant de revêtir sa tenue blanche. Quand ils se rassemblent au pied de l'enceinte et que les premiers projecteurs installés dans le passage dessinent leurs silhouettes fantomatiques sur le mur, Tangore se dit que l'étrange ballet de la scène de crime peut commencer.

Jour 2

— Priyanka ! Priyanka ! Réveille-toi, il est 8 heures !

Adrien pose un bol de thé sur la table de chevet ; les arômes de bergamote qui s'en dégagent viennent chatouiller le nez de la dormeuse. Il s'assied sur le bord du lit, lui secoue doucement l'épaule et sourit devant sa mine renfrognée quand elle ouvre enfin les yeux.

— Tu t'es couchée tard ?

— Vers 1 heure. Je suis repassée au bureau avant de rentrer.

Ses cheveux noirs lui couvrent les épaules, les frisottis sur les tempes lui donnent un air juvénile. Il disparaîtra dès qu'elle les aura tirés en arrière et noués bien serrés dans un élastique ; en attendant, il savoure cet instant où elle n'est qu'une jeune femme à peine sortie du sommeil. Il oublie son métier, ses manières un peu brusques et ses horaires éreintants qui le privent trop souvent de sa présence. Son charme singulier l'envahit, moment fugace et délicieux avant qu'elle ne revête son armure. Alors elle sera hors d'atteinte, absorbée par ses tâches, prise dans l'engrenage de cette mécanique policière qui impulse à ses journées un rythme presque irrésistible. Faut-il le regretter ? Il préfère se réjouir quand elle est là, à ses côtés.

Il la connaît depuis six mois et l'aime sans savoir exactement l'attachement qu'elle éprouve pour lui, elle qui vient ou ne vient pas chez lui, refuse la vie commune et ne passe pas une semaine sans annuler un rendez-vous sur trois. Il écarte une mèche de son front, mais déjà elle fuit, tâtonne à la recherche de son portable, vérifie sa messagerie, s'impatiente. Il ne lui en veut pas. Elle est entrée par effraction dans sa vie alors qu'il se croyait à jamais meurtri après la mort de sa femme, Marianne. Un cœur vivant, c'est un bonheur sans mesure.

Assise dans le lit en désordre, bol en main, elle fronce les sourcils comme si elle cherchait à se rappeler quelque chose.

— C'est mardi ? Tu donnes ton cours à 9 heures ?

— Oui, je voulais t'embrasser avant de sortir. Tu dînes avec moi ce soir ?

— Hum ! Pas sûr. Avec la nouvelle enquête, on croule sous le boulot. Je rentrerai directement chez moi, inutile que tu m'attendes.

Il reste silencieux un moment, se frappe soudain les cuisses du plat de la main et se lève.

— Il faut que j'y aille. Les étudiants n'aiment pas les profs en retard et en profitent pour filer.

Priyanka sent la petite déception que son sourire tendre masque habilement. Il aimerait la retrouver chaque soir, mais elle n'a pas choisi son métier pour chausser des pantoufles de vair à 18 heures et faire salon. À lui d'en comprendre les contraintes, elle ne lui a jamais fait croire qu'elle fixait son emploi du temps à sa guise. Elle ne veut pas mentir sur ce qu'elle est : une flic ayant un boulot prenant.

— Attends ! Une seconde, j'ai un truc pour toi. Je voulais te le donner hier, mais je suis rentrée trop tard.

Elle s'est levée d'un bond et fouille dans son sac abandonné sur un fauteuil. Il admire les courbes de son corps. Elle n'aime pas ses hanches un peu larges, il les trouve voluptueuses. Elle ignore la grâce de sa nudité quand lui ne s'en lasse pas. Il s'en fiche qu'elle porte des vêtements passe-partout, se soucie peu d'élégance tant qu'il peut goûter à cette chair ferme et élastique, ambrée. Ce drôle de zèbre caracole dans sa vie depuis quelques mois ; il est encore surpris de la découvrir si différente de Marianne, plutôt casanière au quotidien, mais avide de voyages dès qu'une opportunité se présentait dans son travail.

Elle lui tend un paquet entouré de papier bulle.

— C'est pour toi. Tu pourras le mettre sur ton bureau si ça te plaît.

Il déballe avec précaution une petite effigie en bronze du dieu Ganesh. Allongé sur le côté, sa tête éléphantine inclinée sur l'épaule, il brandit une cordelette et une hache.

— Regarde, dit Priyanka en attirant son attention, il tient dans une main le nœud coulant qui capture l'erreur et, dans l'autre, l'aiguillon qui balaie les obstacles. C'est le dieu de la sagesse et du savoir. Je suis sûre que vous allez bien vous entendre tous les deux.

— Tu trouves que nous nous ressemblons ? la taquine-t-il. Une question de corpulence peut-être ?

Grand et taillé pour la gastronomie plutôt que le rugby, il n'hésite pas à moquer son physique rembourré.

— Tu es bête, la seule ressemblance qu'il faut chercher est celle de l'intelligence.

Il l'embrasse, mais elle l'éloigne d'une tape sur le bras.

— Ne te mets pas en retard.

— Je vais installer un autel dédié à Ganesh dans mon bureau, avec bâtonnets d'encens et offrandes de fleurs, déclare-t-il avec le plus grand sérieux.

— Ne te moque pas de moi !

Pour elle, c'est une allusion à ses visites au temple hindou du Jardin des Communautés. « Il raille ce qu'il juge au mieux comme une religion de pacotille, au pire comme un ramassis de superstitions » se dit-elle. Peu lui importe, elle est ce qu'elle est et ne reniera pas ses croyances. Cependant, Adrien ne veut pas la tourner en ridicule, il camoufle seulement son émotion devant ce cadeau inattendu. Il décide d'enlever aujourd'hui même la photo de sa femme trônant sur une étagère de son bureau. Le moment est venu de tourner la page, de quitter le deuil et la pellicule de grisaille qu'il a déposée sur les neuf années passées. Enfin ! La vie, dans tout ce qu'elle a de généreux et d'exaltant, revient vers lui.

— Priyanka, il faut bien que je remercie quelqu'un de t'avoir mise sur mon chemin !

Elle vient à lui et l'embrasse tendrement.

— Moi aussi.

*

Levasseur déguste mélancoliquement un coquelicot de Nemours devant son écran d'ordinateur. L'identification du corps d'Aff, la veille, lui a donné des cauchemars. Mort depuis au moins quatre jours, rapporte la légiste dans son examen préliminaire. La peau toute boursouflée du visage avait pris une teinte grisâtre et sa face gauche était violacée par des contusions. Si les yeux étaient fermés, l'une de ses paupières s'était rétractée, comme pour jeter un dernier coup d'œil sur son état lamentable. Des traces de vomissures maculaient sa barbe et descendaient le long de son cou. Sa physionomie s'était métamorphosée dans l'épreuve impitoyable de la mort pour en faire un être grotesque et repoussant, mais le faisceau de la torche braqué sur lui ne laissait aucun doute sur son identité : Sixte Aff, transformé en poète maudit. Après une telle épreuve, comment ne pas se réveiller en sursaut, le souffle coupé, les mains en avant pour repousser des ténèbres menaçantes ?

Pierre-Henry avait fini par se lever, épuisé par cette nuit hachée qui s'étirait interminablement et où il traquait en vain un repos illusoire. La pensée réconfortante de sa nièce, endormie dans son petit lit, à l'étage au-dessous, avait éloigné ses angoisses. Il s'était glissé dans sa chambre et l'avait contemplée dans la lumière apaisante de la veilleuse ; rassuré, il s'était assoupi sur le tapis de jeu, au milieu des cubes en mousse. Quand les couinements du bébé avaient attiré Camille à 5 heures du matin, il avait proposé à sa sœur de se recoucher et s'était chargé de préparer le biberon de la petite dans la cuisine. Lovée dans ses bras, elle avait sifflé son lait avec des airs de bienheureuse, comme pour le réconcilier avec la vie.

À cinq mois, elle le regardait avec un émerveillement qui lui aspirait le venin du cœur pour le rendre à une harmonie paisible. Quand ils étaient seuls, il l'appelait Bachka. Bachka la jeune, car il y avait eu Bachka la vieille, l'ancêtre polonaise. Ce petit nom protecteur était un secret entre eux, l'oncle et la nièce.

— Pierre-Henry, où as-tu planqué le rapport préliminaire du docteur Spina ? rouspète Tangore en déboulant devant lui.

— Dans votre bannette, la chemise orange. Le procureur Girardy a adressé sa réquisition aux fins d'autopsie tôt ce matin, l'examen *post-mortem* est prévu à 15 heures.

— Peux-tu te charger d'en informer les parents ? J'ai appelé la sœur d'Aff hier soir pour qu'elle les prévienne du décès de leur fils. Je n'ai pas voulu qu'ils apprennent trop brutalement la nouvelle, j'ai préféré que leur fille Jenny en fasse l'annonce.

Elle réfléchit tout en vérifiant sa messagerie électronique.

— Garance Poulpiquet a-t-elle transmis la liste des participants à l'atelier d'écriture et le trombinoscope ?

L'adjoint hoche la tête. Il adorerait tester sur Garance l'effet euphorisant des loukoums à la rose.

— Bien. Tu me fais une petite recherche sur cette Mara Vernant qui avait rendez-vous avec Aff samedi dernier. Si nécessaire, tu vas traîner tes guêtres au département de musicologie de Rennes 2, histoire de mieux cerner le pedigree de cette fille.

Elle l'observe maintenant d'un œil sévère.

— Tu travailles ta couverture d'étudiant ou quoi ? Avec ce sweat qui sent l'insomnie et ces traces nauséabondes sur ton épaule, tu pourrais passer pour un bizut réchappé d'une soirée festive carabinée. Tu n'as rien d'autre à te mettre sur le dos ?

Levasseur renifle la manche de son maillot.

— Je suis désolé, lieutenant, je n'ai pas fait attention en sortant ce matin. C'est à cause de Barbara, c'est seulement une petite régurgitation...

— Ne colle pas tout sur le dos de ta nièce chérie. J'attendrai que tu sois un peu moins négligé pour t'envoyer faire une petite visite à Garance, ajoute-t-elle comme si elle avait lu dans ses pensées. Quant à moi, je vais m'occuper du studio d'Aff à la cité Paul-Ricœur.

*

Le Marabout presse de ses doigts gantés les bords du sachet de prélèvement et claque du bec avec satisfaction. La fouille méticuleuse du studio n'avait jusqu'alors rien produit d'intéressant et il était persuadé de perdre son temps. Le comprimé bleu marqué d'un minuscule Ω vaut mieux que rien et égratigne l'image de l'écrivain en résidence. Il brandit le sachet en direction de la lieutenante.

— Je parierais pour de la MDMA, méthylène-dioxy-méthylamphétamine, ajoute-t-il avec un sourire qui donne à son visage allongé au crâne déplumé un air presque débonnaire.

— De l'ecstasy ? s'étonne Tangore. Notre homme avait besoin d'un stimulant pour trouver l'inspiration ?

— Rappelle-moi qui a écrit *Les Paradis artificiels* ? répond le technicien de l'Identité judiciaire d'un ton sarcastique. Tu serais étonnée de voir ce que produisent les labos pour satisfaire les amateurs de substances. Chaque semaine, il arrive une nouvelle molécule psychoactive sur le marché ; à ce rythme-là, nos chimistes peinent à suivre !

— Où l'as-tu trouvée, cette pilule ?

— Elle était coincée entre la cloison et le matelas.

— Elle pourrait avoir été semée par le précédent occupant du studio, remarque-t-elle.

Le Marabout lui renvoie une moue dubitative.

— Le lit est emboîté entre le mur et la cloison du placard. Quand la femme de ménage change les draps, elle est obligée de soulever le matelas, il est peu probable que le comprimé soit là depuis six semaines, si Aff est arrivé ici fin octobre.

« Le raisonnement se tient », note la flic en balayant du regard le logement occupé depuis un mois et demi par Sixte Aff. Le rouge pimpant de l'alcôve et de la salle de bains égaie les surfaces recouvertes de hêtre blond verni. L'environnement est fonctionnel, conçu autant pour le travail que pour le repos avec son bloc d'étagères au-dessus du bureau, la chaise ergonomique, l'éclairage bien pensé et les prises aux bons endroits. Pourtant, il y règne l'atmosphère un peu triste des meublés et le design épuré renforce la froideur d'une décoration impersonnelle. Tangore referme la penderie contenant quelques chemises fatiguées, deux paires de jeans et un trench-coat noir, doublé de polaire.

— Il n'y a rien ici qui évoque une quelconque activité créatrice, pas le moindre bloc de papier, pas d'ordinateur, de clé USB, aucun support de stockage, remarque Blerwaz. Bizarre pour un intello.

— On remballe. Je crois qu'on a fait le tour.

Pourtant, elle se dirige vers le balcon en épi surplombant l'esplanade Charles-de-Gaulle. Une ribambelle de gamins sort de la médiathèque des Champs-Libres, main dans la main. Elle suit des yeux leur chenille qui traverse la vaste place et s'arrête devant les cinémas Gaumont pour s'extasier devant les affiches des films d'animation sortis pour Noël. La colonne se remet en marche sur les exhortations des adultes qui la ramènent vers l'école élémentaire Liberté. Tangore ne peut s'empêcher d'agiter le bras en direction des retardataires qui l'ont découverte sur son perchoir et lui adressent de grands signes. Fin de la récréation, elle revient dans la pièce. Par acquit de conscience, elle examine encore une fois le bac à douche, renifle les serviettes, scrute le fond de la poubelle. Rien de rien. Elle vient d'appeler Garance Poulpiquet – salement secouée après l'annonce de la mort d'Aff – et la médiatrice lui a précisé qu'il utilisait un ordinateur portable lors de ses séances de travail avec les étudiants. Tangore en a profité pour lui demander le numéro de téléphone du poète. Maintenant, dans ce studio quasi vide, elle s'efforce de reconstituer son emploi du temps des derniers jours.

La veille, Aff n'avait pas assuré son atelier d'écriture, ce qui avait déjà été le cas le lundi précédent, le 2 décembre. Le mercredi 4, la lecture qu'il devait faire à la Maison de la Poésie avait été reportée, personne n'ayant pu mettre la main sur lui.

Le lendemain, le déjeuner prévu avec l'adjoint à la Culture de la Ville avait été annulé, les messages laissés sur son portable restant sans réponse. Au bord de la crise nerveuse, la médiatrice de la MP s'était alors adressée au commandant Gassière rencontré dans un pince-fesses de la mairie. Tangore soupire en pensant qu'elle l'aurait envoyé balader et qu'elle aurait eu tort. Son hypothèse du mec qui prend du bon temps dans une ville électrisée par cinq jours de Trans Musicales était fausse de bout en bout. Le rapport de la légiste était formel : sa mort remontait à quatre jours quand on l'avait trouvé, c'est-à-dire au vendredi 6 décembre. Qu'avait-il fait et où était-il allé, entre le moment où il avait disparu des radars et celui de son décès ?

Empêtrée dans sa combinaison trop serrée aux hanches, mais lui tombant sur les chevilles, elle passe dans le couloir pour s'en débarrasser. Une porte claque et un type se faufile dans son dos pour rejoindre d'un pas rapide l'ascenseur. Elle brise net son échappée par un « Monsieur » comminatoire. Il s'arrête, se retourne vers la créature coiffée d'un bonnet de Smurfette, à l'expression menaçante. Des dératiseurs dans la cité Paul-Ricœur ? Cette idée lui répugne autant qu'elle le conforte sur le manque d'hygiène des Français.

— Excusez-moi, Monsieur, puis-je vous parler un instant ? Cela ne prendra que quelques minutes.

À quel sujet ? S'il a vu un rat dans ses toilettes ? S'il a des bubons à l'aine ? Le spectre de la quarantaine défile sous ses yeux pendant que la fille farfouille dans les profondeurs de sa combinaison avant d'exhiber un porte-cartes muni d'un bandeau tricolore et d'un drôle d'écusson. En se penchant, il déchiffre de ses yeux myopes le mot « Lieutenant » inscrit au-dessus des caractères rouges POLICE. La stupéfaction le fait grimacer.

— Allons au bout du couloir, nous serons plus tranquilles, propose-t-elle en le poussant vers le jardin d'hiver situé en façade du bâtiment.

Le voici coincé entre la paroi vitrée et une énorme fougère arborescente. Il regarde en contrebas le boulevard de la Liberté noyé sous la pluie, les rares paquets de feuilles rouillées encore accrochés aux arbres déplumés par l'automne et les toits d'ardoise grise s'étendant à l'infini sous le ciel bas d'un jour sinistre de décembre. Déprimant. La tablette entre les mains de la policière émet un bip quand elle l'allume. Elle le regarde avec un sourire engageant, mais tout le reste de son expression reste neutre. Elle lui évoque le chat du Cheshire d'*Alice au pays des merveilles* disparaissant à volonté pour laisser flotter derrière lui le mince trait de ses babines.

— Pouvez-vous me montrer votre pièce d'identité, monsieur...

— Dobson, Geoffrey Dobson, précise-t-il en palpant les poches de son manteau à la recherche de son passeport.

— Vous permettez que je le scanne ? Ce sera plus rapide que de rentrer les informations à la main.

Sans attendre son accord, elle le lui ôte des mains, l'ouvre prestement et le colle sur la surface de sa tablette qui ronronne en avalant les informations. Il voudrait protester, mais il ne sait de quoi au juste. De ses manières abruptes ? Du sans-gêne de la police ? D'une atteinte à ses droits fondamentaux ? Elle lui rend son passeport après l'avoir feuilleté.

— Vous êtes citoyen britannique, monsieur Dobson, constate-t-elle, et je vois que vous disposez d'un permis européen de libre circulation.

Geoffrey Dobson rougit malgré lui. La faute au Brexit qui l'a relégué, lui l'universitaire de haut vol, au même rang que les détenteurs d'une carte de séjour !

— En effet. Je me déplace souvent, je coopère avec plusieurs laboratoires de recherche européens, grimace-t-il. À Rennes, mais aussi à Dresde et à Bergame.

Son agacement fait ressortir son accent. Il jauge la femme qu'il dépasse d'une bonne tête, remarque son teint mat, la fine arête du nez, les narines larges. « Une Paki », se dit-il, frappé d'être en présence d'un ancien sujet de l'Empire et de devoir lui obéir par un curieux renversement des situations. Son examen rapide n'a pas échappé à Tangore. Elle lui adresse un sourire mielleux :

— Dans quel domaine travaillez-vous ?

— En biotechnologie.

— Je vois, répond d'une voix ferme la lieutenante sans saisir exactement ce qu'il faut mettre derrière ce terme. Connaissez-vous votre voisin de chambre, M. Aff?

— Pas particulièrement. Il nous arrive de nous croiser ; bonjour, bonsoir, sans plus.

— Vous n'avez jamais engagé de conversation avec lui ?

— Non. Mes recherches me prennent beaucoup de temps et je ne vois pas ce que je pourrais dire à ce M. Aff : ce n'est pas un scientifique, lâche-t-il avec condescendance.

— Comment le savez-vous ?

— Nous… Nous avons eu l'occasion de prendre le petit déjeuner ensemble, à la cafétéria. Un jour, nous nous sommes retrouvés côte à côte au comptoir. Une simple coïncidence.

— Vous auriez pu le connaître par ses livres.

Dobson hausse les épaules.

— Vraiment ? Je ne les ai pas lus. Je ne m'intéresse pas à la *crime fiction*, la science me suffit.

— M. Aff n'est pas un auteur de romans policiers, mais un poète. Qu'est-ce qui vous a fait croire qu'il écrivait des fictions policières ?

— Je n'en sais rien, nous avons eu une conversation assez décousue et plutôt distraite de ma part. Sur quoi ? Peut-être bien sur les messagers chimiques du système nerveux central, ou les altérations des neurotransmetteurs, enfin un sujet approchant. Je n'ai pas fait très attention.

Il lève la main et l'agite comme si un courant d'air avait emporté depuis bien longtemps les bribes d'un bavardage insignifiant.

— Quand avez-vous vu M. Aff pour la dernière fois ?

— Je ne l'ai pas croisé depuis plusieurs jours. Peut-être vendredi ? Mais pas celui de la semaine dernière, celle d'avant.

— Une douzaine de jours, remarque-t-elle.

— Ou bien le jeudi ? En tout cas, cela fait plus d'une semaine.

— Récemment avez-vous entendu du bruit venant du studio de M. Aff.

— Non. Mais j'ai l'habitude de mettre des bouchons d'oreille pour ne pas être dérangé par le bruit.

Il manifeste son impatience en regardant ostensiblement sa montre.

— Je vous remercie d'avoir bien voulu répondre à mes questions, monsieur Dobson. Je ne vous retiendrai pas davantage.

Malgré lui, il pousse un soupir de soulagement. Le *ghostbuster* femelle tourne les talons et repart en direction du studio d'Aff. Geoffrey Dobson se dandine, passant d'un pied sur l'autre, avant de lui emboîter le pas.

— Que dois-je faire de l'enveloppe ? demande-t-il tout à trac.

La lieutenante se retourne d'un bloc. Son regard s'accroche au sien.

— De quelle enveloppe parlez-vous, monsieur Dobson ?

— Samedi, je rentrais d'une promenade et il y avait une jeune fille devant sa porte. Je suppose qu'elle allait repartir en voyant qu'il était absent. Elle m'a dit qu'elle avait des papiers pour M. Aff et m'a demandé de lui remettre une enveloppe. Bien sûr, j'ai autre chose à faire que de m'occuper de son courrier, mais la fille était si... embarrassée que j'ai accepté. Je devais la donner en main personnelle à Aff dès que possible.

— Vous voulez dire en main propre ? C'était le samedi 7 décembre, n'est-ce pas ?

— Oui, samedi, vers 17 heures.

— Pouvez-vous me donner cette enveloppe ?

— C'est que…

— Il s'agit d'une enquête de police, monsieur Dobson. N'ayez aucune crainte.

L'Anglais l'observe d'un œil dubitatif, finit par céder devant son aplomb et se dirige vers son studio. Il en revient avec une enveloppe kraft qu'elle saisit d'une main gantée. Elle appelle le technicien, lui tend le pli et lui demande d'apporter son scanner d'empreintes digitales. Elle se tourne vers Dobson avec une autorité qui ne supporte aucune contestation.

— Nous allons numériser vos empreintes digitales afin de les identifier et éviter tout risque de confusion avec celles qui figurent sur l'enveloppe.

Décontenancé, l'universitaire s'exécute. Son mécontentement est de plus en plus visible et il se demande s'il ne se trouve pas en pleine farce. Cependant, la policière n'a pas du tout l'air de plaisanter. Comment a-t-il fait pour se trouver impliqué dans une affaire aussi grotesque? Dès qu'Aff réapparaîtra, il ne se gênera pas pour lui dire ce qu'il pense de cette histoire stupide.

— Encore une chose, monsieur Dobson : pouvez-vous me décrire cette jeune fille?

Il semble consterné par sa demande. Il regarde ses pieds, frotte du bout de sa chaussure une tache sur le revêtement du couloir.

— Une étudiante sans doute. Banale. Le genre de fille mal habillée, un manteau rouge avec une capuche, un jean, des grosses chaussures. Il y en a des tas sur le campus qui traînent avec un air dégoûté de tout.

— Des lunettes?

— Non. Elle avait un petit sac à dos avec la feuille du Canada.

— La feuille rouge, la feuille d'érable? Le drapeau canadien?

— Oui, c'est ça.

— Elle était brune ou blonde?

— Je dirais brune, mais la capuche du manteau couvrait sa tête.

— Un autre détail qui vous reviendrait?

Il secoue la tête.

— Je crois que nous en avons terminé, Monsieur, je ne vous retiens pas davantage.

Il ignore la main qu'elle lui tend et s'éloigne comme s'il avait le diable à ses trousses.

*

L'air pulsé par la hotte placée au-dessus de la table d'autopsie donne l'impression de se déplacer dans une chambre froide. L'examen interne est terminé; Tangore, frigorifiée, piétine pendant que l'agent de laboratoire vérifie l'enregistrement des scellés de prélèvements sur l'ordinateur. De sa position en surplomb, les rambardes noires disposées sur deux niveaux au-dessus du plateau technique, se découpent sur le carrelage blanc comme la spirale d'un coquillage. La lumière vive tombant du plafond souligne chaque arête des surfaces en inox sans épargner le visage fatigué de la légiste. Manon Spina jette un dernier coup d'œil sur le tableau où sont consignées les mesures des organes disséqués, puis monte pesamment les marches pour rejoindre le haut de la salle où l'attend l'OPJ. Elle tire à elle une chaise, s'assied et étend ses jambes avec un sourire.

— Je pars en congé maternité dans dix jours : il est temps, confie-t-elle en repoussant la charlotte qui cache sa chevelure blonde. Vous avez de la chance, mon remplacement est assuré.

Tangore ignore si ce « vous » s'adresse à la police en général ou à elle en particulier. Habituellement, le docteur Spina la vouvoie, mais il lui arrive de passer au tutoiement sans raison apparente. La légiste garde ses distances avec les flics, non par défiance ou condescendance, mais pour marquer les frontières de leurs fonctions respectives. Jamais elle n'adopterait un point de vue judiciaire ou pénal pouvant fausser ses propres conclusions; elle préfère se cantonner au strict champ médical.

— Alors nous aurons les résultats avant la fin de semaine? déclare Tangore en dissimulant son impatience.

— Je ne voudrais pas être défaitiste, mais ça m'étonnerait.

Un agent referme la housse qui enveloppe maintenant le corps d'Aff. Le grincement de la glissière détourne une seconde l'attention des deux femmes vers le chariot emportant le cadavre.

— Pourtant... commence la flic, arrêtée par un geste sans appel de Spina.

— La victime a succombé à un syndrome de détresse respiratoire aiguë conjugué à un arrêt cardiaque. L'analyse toxicologique confirmera sans doute la présence de substances et, après-demain, nous saurons exactement de quels types de drogue il s'agit et en quelles quantités. Certains signes cliniques me font pencher pour un psychoactif de synthèse, type fentanyl, un opioïde beaucoup plus puissant que l'héroïne ou la morphine. Mais, pour confirmer la surdose, il faudra aussi écarter toutes les autres causes de mort possibles.

Elle s'appuie contre le dossier de sa chaise, fronce les sourcils et suit du doigt le rebord du bureau.

— Quand un corps est découvert plusieurs jours après le décès, il est parfois difficile de démêler les facteurs ayant entraîné une mort suspecte ou violente. Il peut s'agir d'une intoxication accidentelle par des narcotiques et psychodysleptiques, d'une intoxication volontaire, ou encore d'un empoisonnement. Autrement dit, il faut déterminer si la cause du décès ne résulte pas d'une interaction médicamenteuse fortuite, voire de l'implication d'antécédents médicaux, avant de conclure à une consommation excessive de produit ou à un homicide commis par un tiers ; c'est compliqué... De même, l'examen des contusions s'avère délicat. Sont-elles dues à une chute après la prise de substances ? À des coups ? Et si oui, portés *post-mortem* ou *ante-mortem* ?

— On est d'accord, s'impatiente Tangore. Cependant, la mise en scène macabre plaide pour un homicide, même si on ne peut totalement écarter l'hypothèse d'un simulacre de crime mis en place après une mort accidentelle. Franchement, quel intérêt y aurait-il à choisir un scénario si compliqué ? Pourquoi transformer une banale overdose en meurtre ?

— « Banale » ? s'insurge Spina. Le banal n'a pas sa part ici. Il y a une explication qui doit être étayée et minutieusement vérifiée. Ce que je vous dis, c'est que j'ai encore besoin d'un peu de temps pour établir formellement les causes de la mort. L'examen externe a révélé des traces d'injection au niveau des aisselles, mais je n'ai pas trouvé d'autres zones où le tissu cicatriciel révélerait une toxicomanie régulière par injection de drogues. Le scanner révèle des lésions consécutives à un coma et l'examen interne confirme une détresse respiratoire aiguë ayant entraîné un arrêt cardiaque, ce qui plaide pour un coma d'origine toxique. L'analyse toxicologique nous éclairera de façon beaucoup plus précise sur ce qui a provoqué le décès et s'il faut rechercher l'intervention d'un tiers.

Tangore sait qu'il ne sert à rien de la brusquer. Elle a suffisamment d'expérience pour ne pas se laisser impressionner par l'urgence dans laquelle travaillent les enquêteurs.

— Nous avons trouvé dans sa chambre un comprimé qui a été transmis au labo de l'IJ. Blerwaz pense à de l'ecstasy.

— La MDMA ou ecstasy appartient à la catégorie des amphétamines. C'est un stimulant. Or, dans notre cas, l'explication serait plutôt à rechercher dans la prise de toxiques neurotropes de la famille des barbituriques, antidépresseurs, opiacés et apparentés. Cependant, amphétamines et opiacés peuvent donner lieu à un mélange détonnant. Il faudra attendre le résultat complet de la toxicologie pour nous renseigner là-dessus.

La légiste darde un regard un peu plus compatissant sur Tangore. Elle comprend sa déception, sans oublier qu'elle engage sa responsabilité en rédigeant ses conclusions. Donc pas de précipitation. Elle peut quand même lui fournir certaines informations sans préjuger de la suite.

— Bon, j'estime l'intervalle *post-mortem* à quatre jours au moment de la découverte du corps, ce qui établit le décès au vendredi 6 décembre. Pour l'heure de la mort, je la situe dans une fourchette comprise entre 10 heures et 14 heures, à affiner avec le dosage du potassium dans le prélèvement d'humeur vitrée. Le déplacement du corps ne fait aucun doute, les lividités montrent qu'après le décès, le cadavre est resté dans la même position plusieurs jours. C'est seulement quand la rigidité a disparu que le corps a été transporté et déposé contre le mur du garage où on l'a trouvé.

Rien de bien nouveau là-dedans, une simple confirmation du rapport préliminaire. La lieutenante s'efforce de faire bonne figure. Elle va devoir ronger son frein encore quelques jours.

— Chose curieuse, remarque Spina, l'examen du contenu de l'estomac et de l'intestin montre que cet homme n'avait rien mangé plusieurs jours avant sa mort. Aucune nourriture solide. Je crois que ce fait peut avoir de l'importance pour vous.

— Une séquestration ? demande-t-elle, l'esprit en alerte.

Son interlocutrice secoue la tête avec un petit sourire.

— C'est vous le flic : pour ma part, je me contente de faire mon travail, dit-elle en agitant devant elle ses mains.

Irritée par cette remarque sarcastique, Tangore prend sèchement congé.

*

« Putain ! J'ai passé trois heures dans son bac à glaçons pour m'entendre dire qu'il y a des poissons qui se suicident dans les filets des pêcheurs », ronchonne la lieutenante. L'attitude de Spina lui a paru timorée. Elle est prête à parier qu'Aff a été victime d'un empoisonnement provoqué par une surdose.

Pierre-Henry passe une tête dans l'ouverture de son bocal. Il arbore un petit sourire qu'elle commence à connaître. Si elle se fie à son odorat – effluves de nougat – sa moisson du côté de l'université a rapporté quelques fruits.

— J'ai traîné mes baskets du côté du département de musique comme vous me l'aviez demandé. Mara Vernant est en troisième année de musicologie et se passionne pour les technologies numériques. Elle participe activement à une association, *Weeds* – ce qu'on pourrait traduire par les mauvaises herbes ou le cannabis, au choix – pilotée par des étudiants en master et des doctorants qui travaillent avec des labos de recherche en informatique. Leur truc, c'est la réalité virtuelle.

— Revenons à Mara Vernant, si tu veux bien.

— C'est la jeunette qui veut jouer dans la cour des grands d'après ce que j'ai entendu. Elle n'a pas très bonne réputation à snober ses petits camarades de licence pour coller aux basques des étudiants des années supérieures. Elle n'est pas particulièrement brillante, mais possède une culture phénoménale sur les musiques électroniques, notamment la techno, la house et l'electronica. Sinon, elle vient d'une famille de musiciens, papa fait partie des chœurs de l'opéra de Rennes, maman est disquaire indépendante et l'un de ses frères a connu un certain succès sur la scène de la pop française : Rodrigue Vernant, le chanteur des *Lousticks*, ça vous dit quelque chose ?

Tangore hausse les épaules.

— Jamais entendu parler. Elle a un petit copain, une petite copine ?

— Non, elle est assez solitaire quand elle ne traîne pas dans le local de *Weeds*.

— Elle y fait quoi ?

— Un peu de tout. Elle assiste aux réunions, nourrit le site de l'association et donne un coup de main pour la communication.

— Eh bien ! Je pense que notre Mara nous a laissé quelques petits cailloux pour suivre sa piste.

La lieutenante étale sur le bureau les photocopies tirées du contenu de l'enveloppe récupérée auprès de Dobson : un article de journal, un flyer et la photo d'un groupe de personnes. Levasseur y colle son nez pour les examiner soigneusement, avant de se renverser sur sa chaise.

— Je crois que je faisais encore partie des boutonneux du collège quand ces choses-là ont existé, déclare-t-il avec un petit sifflement épaté.

— Et moi, je cirais les bancs de la fac. Tout ça fleure bon l'époque du Mariage Pour Tous et des marches pour le climat.

— D'où ça vient ?

— Cadeau surprise du voisin d'Aff à la cité Paul-Ricœur. Une fille lui a laissé avant-hier une enveloppe à remettre à notre victime. Il s'agit probablement de Mara Vernant. Les originaux sont au labo, entre les mains du Marabout pour un relevé d'empreintes, mais tu as de quoi faire avec ce que j'ai imprimé. Tu vas me passer tout ça à la moulinette Web. Compris ?

— On pourrait interroger cette Mara, ça irait plus vite, non ?

— Ne mets pas la charrue avant les bœufs. Tu as sa photo et son adresse *via* le fichier des titres électroniques ? Bien. Tu files à la cité Paul-Ricœur et tu y restes jusqu'à ce que tu mettes la main sur Dobson : tu lui montres la bobine de la gamine et tu lui demandes s'il s'agit de celle qui lui a fourgué l'enveloppe pour Aff. Par ailleurs, le Marabout a récupéré les images de vidéosurveillance du hall d'entrée de la cité pour les deux dernières semaines. Demain matin, tu commences par visionner les bandes pour qu'on sache exactement quand Aff apparaît pour la dernière fois dans les lieux.

*

Priyanka ne tire jamais les rideaux de son séjour. Son appartement offre une vue dégagée sur le canal et, au-delà, les prairies Saint-Martin. Ce luxe, elle l'apprécie encore davantage quand elle rentre d'une longue journée de travail et qu'elle éprouve le besoin de se délester du poids de l'enquête. Il lui suffit de contempler le paysage pour que la dureté de la réalité et la pression des responsabilités cèdent devant le temps lent des saisons. Si la nuit lui paraît parfois oppressante dans la ville chargée de lumières, de bruits, prise dans son propre grouillement de termitière, ici, l'obscurité lui semble allégée de son poids d'humanité, repliée sur le cycle de la nature, poreuse aux parfums qui se dégagent alentour : l'eau, le relent d'herbe humide des prairies, l'odeur des chrysanthèmes plantés dans les bordures du jardin en bas de la résidence et détrempés par la pluie.

Elle s'en veut d'être peu présente aux habitants de son immeuble, d'avoir une si maigre participation à leurs activités. Pourquoi avoir choisi l'habitat partagé si elle n'est pas capable de passer du temps avec eux ? Pourtant, personne ne lui adresse le moindre reproche et le fait d'échanger un salut, quelques mots sur le pas de la porte, le rire sonore de Sybille dans le jardin, les légumes déposés sur son seuil par José, tous les signes ténus de leur présence lui sont précieux. Elle a besoin d'eux, de ce fragile rempart qui la protège de la solitude. Bien sûr, maintenant, il y a Adrien. Mais il n'appartient pas à ce monde-là et, dans le sien, elle peine à trouver son exacte place. Il est une autre pièce de cet univers fragmenté qu'elle ne parvient pas à rassembler en elle. Elle en voit les coutures, les accrocs plus ou moins rapiécés, et finalement la dissonance. Pourquoi lui est-il si difficile de composer avec l'existence ordinaire alors que cela semble aller de soi pour des tas de gens ?

Jour 3

Pierre-Henry range méticuleusement sa provision de friandises. Des gommes à la menthe et à l'eucalyptus aux vertus apaisantes, des caraneiges à l'onctuosité réconfortante, des boules de coco capables d'alléger les humeurs moroses et une boîte de pastilles à la sève de pin pour le dopage des neurones.

Jessica Minouni, dans l'un de ses nombreux allers-retours vers la kitchenette, s'arrête devant son bureau, un sourire sarcastique vissé sur les lèvres.

— Tu rentres la collection hiver?

Il lui tend une meringue enrobée d'un glaçage rose pailleté qu'elle repousse d'une main ferme.

— Tu es payé par le lobby du sucre pour détruire la santé des autres? lui lance-t-elle d'une voix acerbe en ignorant son offrande.

— Et toi par le lobby du citron pour répandre tes commentaires acides? répond-il du tac au tac.

C'est la première fois qu'il réplique à ses attaques, il a la réputation d'encaisser les moqueries du service sans broncher. Désarçonnée par sa réaction, elle s'éloigne en arborant un air de majesté offensée. Son jeune collègue est persuadé que sa mission – la prise en charge des victimes de violences conjugales – lui a aigri le caractère et développé chez elle des tendances sadiques à l'égard de la gent masculine.

La tête de Tangore se matérialise au-dessus de la cloison de son box.

— Rejoins-moi dans cinq minutes à la salle de réunion, j'ai besoin de tes lumières.

Il fait disparaître ses précieuses denrées dans un tiroir, rassemble le fruit de ses recherches et se dirige vers le QG de la lieutenante.

— As-tu vu Dobson hier soir ? s'enquiert-elle aussitôt.

— Oui. Il pense que c'est Mara Vernant qui lui a remis l'enveloppe.

— C'est elle ou ce n'est pas elle ? Il n'en est pas sûr ?

— Ben, comme elle avait la tête couverte… Cependant, il lui semble que c'est elle.

— Nous devons essayer de reconstituer les faits et gestes d'Aff avant la date de sa mort, le vendredi 6 décembre. Ce soir, je veux que nous ayons engrangé de nouvelles informations. C'est compris ?

Il hoche la tête. Quand sa cheffe manifeste ce genre d'humeur, il vaut mieux ne pas la contrarier.

— Tu t'occupes en priorité du visionnage des enregistrements de vidéosurveillance. J'ai appelé chez Mara Vernant à 8 heures. Une voiture est passée la prendre, je vais l'entendre dans dix minutes. Allez, au boulot !

— Vous ne voulez pas savoir ce que j'ai trouvé sur les documents que vous m'avez remis hier ?

Elle se tourne vers lui, étonnée :

— Tu as eu le temps de les étudier d'un peu plus près ?

— Quand je me lève pour le biberon de 5 heures, j'arrive difficilement à me rendormir après, confie-t-il sur un ton d'excuse.

L'expression de Tangore se radoucit. Elle regarde son adjoint, ce jeune homme gauche, habillé comme l'as de pique, dont l'intelligence aiguisée la surprend depuis son arrivée dans le service. Il semble être le seul individu doté d'un peu de sens pratique dans la famille Levasseur, mais elle craint que son attachement pour sa nièce ne tourne à la déconvenue le jour où la mère de l'enfant remplira pleinement son rôle.

— Pierre-Henry, tu n'es pas le père de Barbara, avance-t-elle d'une voix prudente. Elle a une mère capable de s'occuper d'elle. Tu ne peux pas te comporter comme un...

— … papa poule ? complète-t-il en l'affrontant avec calme. Tout ça parce que je suis seulement son tonton ? Rassurez-vous, j'ai de bonnes raisons de veiller au grain avec les lubies véganes de ma sœur Camille.

Elle s'est aventurée là où elle n'aurait pas dû et il lui a cloué le bec en beauté ! Elle préfère s'abstenir de tout commentaire.

— Alors qu'as-tu trouvé ? enchaîne-t-elle.

Il pose sur la table le flyer, saturé d'inscriptions rouges et noires sur un fond de dessins psychédéliques. Sur le pourtour de la feuille, en lettres capitales, court une inscription : TRANS [FUCK] OFF 7.8 / INFO # *Fuckallofthem.*

— C'est une sorte de publicité pour une *free party* organisée en marge des Trans Musicales de Rennes, en décembre 2013.

— Une rave clandestine ? Pendant le festival ? J'étais sans doute trop jeune à l'époque pour m'en souvenir.

— Exact. Depuis 1996, parallèlement aux Trans, se déroulait une manifestation techno baptisée Trans Off. Au bout d'un certain temps, le torchon a commencé à brûler entre la préfecture et les organisateurs et les interdictions répétées de la rave ont plusieurs fois conduit à de sérieuses échauffourées entre teufeurs et forces de l'ordre dans les rues de la ville. En 2013, le teknival a été une fois de plus interdit, les collectifs qui étaient à la manœuvre ont aussitôt réagi et passé outre la censure. D'où le « *fuck* » du flyer.

— Une envie d'en découdre plus sérieusement ou une sorte de surenchère dans la provoc ? s'interroge Tangore.

— Je n'en sais rien. Le mouvement *free party* a toujours été traversé par des polémiques et les gens s'écharpent parfois sur sa philosophie, si je puis dire. Certains organisateurs sont viscéralement attachés à la clandestinité et rejettent en bloc les tentatives de contrôle des rassemblements par les pouvoirs publics. À l'opposé, il y a des collectifs qui préfèrent coopérer avec les autorités pour ne prendre aucun risque. Sans oublier les mercenaires, accusés de se faire du fric et de trahir les idéaux de liberté et de gratuité des manifestations. En général, les raveurs purs et durs ne se préoccupent de rien d'autre que de la fête et n'obéissent à aucune contrainte : « Après nous, le déluge... »

— Pour le moment, je ne vois pas ce qu'on peut faire de ça, déclare Tangore en repoussant l'affichette. Et la photo ?

— Difficile d'en tirer quelque chose. On dirait un groupe de copains, mais ils se sont fait photographier dans une mise en scène un peu bizarre.

— Bizarre ? s'étonne la lieutenante en regardant le cliché où s'alignent des jeunes gens attablés, le verre parfois levé.

— On dirait *La Cène*, fait remarquer Levasseur.

— Quelle scène ?

— *La Cène*, la représentation du dernier repas du Christ avec ses disciples. Cela ne vous dit rien ?

Elle le regarde, troublée.

— Je crois que non, finit-elle par avouer.

— Si je vous dis Jésus-Christ, cela vous évoque quand même quelque chose ?

— Bien sûr, c'est le fils du Dieu des chrétiens. Il a été crucifié par les Romains. Il vient d'une sorte de famille recomposée, sa mère s'appelait Marie, son père Joseph, et son géniteur était le Saint-Esprit, récite-t-elle avec une pointe de moquerie, vexée qu'on la prenne pour une inculte.

Pierre-Henry a allumé le vidéoprojecteur et, depuis l'ordinateur de la salle, affiche la fresque de Léonard de Vinci.

— *La Cène* est le dernier repas pris par le Christ avec ses douze apôtres, le Jeudi saint précédant la Pâque juive, avant son arrestation et sa crucifixion. Il est représenté au milieu de ses disciples. Il sait qu'il a été trahi par l'un d'entre eux, qu'il va bientôt mourir et il offre le sacrifice de sa vie à Dieu et aux hommes. En rompant le pain sur la table, il dit : « Ceci est mon corps » ; en prenant une coupe de vin, il proclame : « Ceci est la coupe de mon sang ».

— O.K., c'est bon, merci pour la mise au point. Si j'ai tout compris, il y a un traître parmi ses copains et il fait semblant de ne pas le connaître ? note Tangore, un rien incrédule.

— Oui, Judas l'Iscariote : il a vendu le Christ aux Romains pour 30 deniers. Le voici sur la fresque, c'est celui qui tient une bourse pleine d'argent.

Les yeux de Tangore font le va-et-vient entre la fresque et la photo ; elle finit par afficher une moue dubitative.

— Je ne crois pas que ton hypothèse tienne la route, ils ne sont que onze sur la photo et je ne vois personne qui pourrait faire Jésus. Par ailleurs, il y a deux filles dans le groupe : les Apôtres, c'était que des mecs, non ?

— Oui, c'est juste, admet-il. À cause de la table et de leur manière de se tenir, j'avais pensé à une sorte de confrérie.

— Bon. Et l'article de journal, tu as des infos ?

— Il s'agit d'un article de *Ouest-France*, daté de juin 2022, évoquant une cérémonie d'hommage à la salle de la Cité de Rennes pour un musicien décédé, Philippe Guérat.

Ils demeurent silencieux quelques instants, les yeux fixés sur l'œuvre de Léonard de Vinci jusqu'à ce que Levasseur éteigne le vidéoprojecteur. Berthelot, l'adjoint chargé de récupérer Mara Vernant à son domicile, passe la tête dans l'embrasure de la porte.

— J'en fais quoi, de la demoiselle ?

— Tu l'installes dans mon bureau, ordonne Tangore, je viens tout de suite. Apporte-lui un thé ou un café, enfin ce qu'elle veut, le temps que j'arrive.

Elle se tourne vers Pierre-Henry :

— N'oublie pas, il me faut du nouveau d'ici ce soir. Ce type ne s'est pas évaporé dans la nature, alors use-toi les yeux s'il le faut, gave-toi de sucreries si nécessaire, mais je veux des éléments tangibles pour ma visio avec le procureur. Et secoue l'opérateur pour avoir les données concernant le téléphone d'Aff. À la mi-journée, si tu vois que tu n'y arrives pas, tu me préviens et je demanderai à Aubert de te donner un coup de main.

*

Mara Vernant paraît déterminée malgré sa pose avachie sur la chaise ; elle a tout l'air d'un poil à gratter prêt à l'action. Son blouson doublé de fausse fourrure, deux fois trop grand, ne dissimule pas sa silhouette gracile, accentuée par un pullover noir, une courte jupe écossaise et des collants opaques. Les croquenots aux lacets jaunes qui lui montent jusqu'au bas du mollet semblent être là pour l'arrimer au sol en cas de coup de vent. « Un drôle de mistigri qui doit égratigner tous ceux qui l'approchent » pense Tangore en remarquant, posé à côté de sa chaise, un sac à dos orné sur son rabat de la feuille d'érable canadienne. Les traits figés dans une sorte de bouderie, la jeune fille considère l'officier de police avec un dédain affiché. Délibérément, Tangore remue quelques dossiers comme si elle cherchait un papier indispensable pour démarrer l'entretien, ronchonne à voix haute sur la paperasse et finit par s'asseoir avec un sourire engageant :

— Voulez-vous un autre café ? demande-t-elle aimablement en remarquant le gobelet vide abandonné sur le bureau.

— Ça va, grimace l'étudiante. Si vous pouviez me dire de quoi il retourne, ce serait un bon début, je n'ai aucune idée de ce que je fais ici.

— Comment ! s'exclame Tangore avec une mauvaise foi indétectable, l'adjoint de sécurité ne vous a pas informée des motifs de cette convocation ? J'en suis désolée.

— Non, et j'aimerais bien les connaître. Je n'ai pas de temps à perdre, j'ai un cours à 10 heures que je ne veux pas rater.

Elle parle avec aplomb, mais le tressautement de sa jambe trahit sa nervosité. Un petit temps de mijotage supplémentaire lui attendrira la couenne.

— Vous êtes en licence de musicologie, ce doit être très intéressant, remarque l'OPJ. Pour ma part, je n'ai jamais rien compris à la musique et je le regrette beaucoup. Vous jouez de quel instrument ?

— Du piano et de l'accordéon, répond-elle avec réticence. Écoutez, on va pas y passer la journée, vous voulez quoi ? C'est au sujet de la photocopieuse de la salle de reprographie ? C'est pas moi qui ai explosé le nombre de tirages. Et j'ai filé le code à personne. Cette histoire de tracts imprimés à la sauvette, c'est du bidon, c'est juste pour nous faire chier, nous les étudiants.

— Des tracts ? s'étonne Tangore. Pas du tout. Vous pourriez tirer le *Petit Livre rouge* de Mao en dix mille exemplaires sur la photocopieuse du Département de musique que je ne lèverais pas un sourcil. La raison pour laquelle vous êtes ici est le décès de Sixte Aff, le poète qui anime votre atelier d'écriture.

La fille la regarde d'un air désemparé. Les médias ont évoqué l'affaire, mais l'information n'est apparemment pas venue à ses oreilles, si l'on en juge son expression.

— Mara, vous aviez bien rendez-vous avec M. Aff samedi dernier, à 15 h 30 ?

— Oui, mais il n'est pas venu.

— Je suppose que vous avez essayé de le joindre pour savoir s'il était retenu par un contretemps de dernière minute ou s'il avait oublié votre rendez-vous ?

— Bien sûr, et je tombais à chaque fois sur sa messagerie. Au bout d'un moment, j'en ai eu marre de poireauter et j'ai décidé de partir. J'avais des trucs à lui remettre, mais je ne voulais pas les laisser à l'accueil, faut comprendre, ils font partie de ma collection ; ça m'embêtait de les confier à un type qui les aurait posés dans un coin, pour les y oublier peut-être et les perdre. Alors je suis montée à l'étage pour glisser l'enveloppe sous la porte d'Aff. Son voisin est arrivé, un mec pète-sec, ultra responsable, genre coupeur de cheveux en quatre : j'ai préféré lui confier l'enveloppe. Je vous l'ai dit, ces documents, j'y tiens.

— En quoi consiste votre collection ? s'enquiert l'enquêtrice, intriguée.

— Je m'intéresse à la musique électronique jouée à partir des années 1990. Depuis, *grosso modo*, Aphex Twin et Daft Punk. Ça englobe la house, la techno, en passant par la dance et plein d'autres courants. Je suis abonnée à des tas de webzines et j'ai un site où je partage mes trouvailles. Je collectionne aussi des vieux numéros de *Keyboards*, de *KR home-studio*, des fanzines comme *TNT*, et les flyers des *free parties*. Sans compter mes 400 vinyles, rien que le meilleur. Comme il faut bien se limiter, j'ai laissé tomber depuis longtemps tous les types de la *french touch* et leurs générations de lapins crétins qui font de la techno d'ascenseur pour Ibiza et les stades de foot. Je m'intéresse surtout aux DJ repérés par les collectifs *underground*. Vous voyez quoi...

Tangore bat en retraite et préfère revenir sur le terrain qu'elle connaît.

— Vous pouvez me dire sur quoi portent ces papiers ? demande-t-elle en les étalant devant Mara.

— Eh ! J'espère que vous allez me les rendre, c'est ultra précieux, ces trucs-là ! s'exclame-t-elle sur un ton inquiet.

— Mara, expliquez-moi pour quelles raisons Aff en avait besoin ?

— Il est mort comment ? Il a fait une crise cardiaque, un AVC ? Ou bien c'est un accident de voiture ? interroge-t-elle candidement. Bon, c'est sûr, il picolait trop ces temps-ci.

— On ne sait pas encore exactement de quoi il est mort, son décès remontait à plusieurs jours. Alors, ces documents, c'est lui qui vous les avait demandés ? s'impatiente l'OPJ.

— Ben oui et non. C'est en rapport avec l'atelier d'écriture « De la transe musicale à la poésie transcutanée ». Il y a quinze jours…

Tangore consulte le calendrier.

— Le 25 novembre ?

— Oui, si vous le dites. Enfin, ça doit être ça, car lundi dernier, il a séché l'atelier, et le lundi d'avant aussi. Donc, ce jour-là, on discutait d'un cours d'ethnomusicologie sur le chant diphonique mongol et la discussion a dérivé sur la transe chamanique. Aff a commencé à se moquer de Valère qui s'intéresse au chamanisme et aux thérapies par le son. Il le mettait en boîte continuellement, limite foutage de gueule. Il lui a dit que la meilleure façon de goûter aux plaisirs de la *trance* était de se mettre sur un *dance floor*, de se prendre un mur de 50000 watts avec quelques produits dans la lampe. On s'est tous mis à rigoler – Aff n'avait vraiment pas la tête du type qui a connu ça – il s'est fâché et nous a traités d'abrutis. Il a dit qu'on connaissait rien, qu'il était déjà DJ quand on jouait encore avec nos pelles dans les bacs à sable, etc.

Mara regarde la flic d'un air à la fois incrédule et navré, comme si Aff avait trempé ses orteils dans un bassin de piranhas avec insouciance.

— Il passait carrément pour un connard, poursuit-elle. « Prouvez-le ! » a fait Lucas. Alors il a lâché : « Trans Fuck Off, 2013, DJ Glazeye's, bande de merdeux ! » Tout le monde a ricané parce que cela semblait complètement improbable. Mes potes pensaient qu'il nous enfumait avec un machin trop vieux pour être vérifiable. Alors j'ai dit que si c'était vrai, j'en trouverais la trace dans mes archives. La discussion était close. Je devais rapporter les preuves à la séance suivante.

— Mais il n'y a pas eu de séance suivante, constate Tangore, ni le 2 ni avant-hier, le 9 décembre. Comment avait été fixé votre rendez-vous ?

— À la fin de l'atelier, il m'a demandé si je pouvais lui laisser mon numéro de portable. Il m'a dit qu'il cherchait une photo de cette époque-là. Un portrait de groupe, celui d'un collectif qui s'appelait Douz'. Je l'ai retrouvé dans un vieux numéro de *Trax*, un magazine consacré aux cultures techno, un hors-série sorti en septembre 2013. J'ai tous les numéros parus entre 1997 et 2004, leur grande période, ajoute-t-elle avec une pointe de fierté.

— Et le flyer ?

— Il provient aussi de ma collection, c'est une pièce rare, j'espère que vous me le rendrez.

— Pourquoi l'avoir mis dans l'enveloppe ?

— C'est la preuve qu'Aff avait dit la vérité ! Vous voyez le *line-up*, les noms de tous les DJ qui se sont produits à la rave : DJ Glazeye's figure bien dans le nombre.

— Qui vous dit qu'il ne s'est pas approprié l'identité de ce Glazeye's pour vous berner ? réplique la flic, toujours suspicieuse.

L'étudiante tapote du doigt l'article de journal.

— Regardez la photo qui accompagne l'article de *Ouest-France* sur la soirée d'hommage à BlindTest, à la salle de la Cité, le 15 juin 2022, le type qui est sur scène, à gauche du pupitre, vous ne le reconnaissez pas ?

Tangore se colle la photo sous le nez. Effectivement, un homme dans la trentaine ressemblant à Sixte Aff, portant casquette et baskets blanches sur une tenue noire, se tient sur la scène, aux côtés d'un type installé devant un micro. Elle ne peut cacher sa stupéfaction.

— Qui était cet artiste, *BlindTest* ?

— Je ne connais pas tout. Je crois qu'il s'appelait Philippe Guérat. Il commençait à se faire un nom dans l'électrorock quand il a passé l'arme à gauche.

— Comment vous avez fait pour retrouver cette photo ?

— J'ai un petit logiciel qui me permet de naviguer dans ma documentation. En gros, ça marche comme un catalogue de bibliothèque, c'est une banque de données où j'ai rentré les noms des groupes, des musiciens, des DJ, ainsi que les festivals, raves, *free parties*, tekos depuis 1995. J'ai aussi ajouté des références discographiques, en plus des clips, des vidéos, etc. Si je tape DJ Glazeye's, j'ai cinq ou six occurrences dans mon catalogue : je trouve la référence au flyer de Trans Fuck Off, à la liste des *travellers*, à deux ou trois *sets* dans des compilations de techno et la soirée d'hommage à DJ Blindtest.

Tangore regarde d'un œil nouveau cette gamine qui l'épate.

— Vous m'expliquez ce qu'est un *traveller* ?

— Un nomade, un type qui voyage, seul ou avec sa tribu de potes. Les *travellers*, ce sont un peu les fondus de la teuf, ils vivent pour elle, vont d'une région à l'autre, d'un pays à l'autre, au volant de leurs camions, à l'affût d'un lieu où installer une TAZ, une zone autonome temporaire, où va gicler du gros son. Ce sont des allumés du *Just do it*, si vous pigez : on est là, on le fait et ça va pulser à vous déboulonner le squelette. Ils sont capables de vous balancer trois jours de suite de la techno indus, de l'*acid hardtek* ou du *gabber* avec des *sound systems* de dingues.

— Et vous avez la liste de ces gens ?

— À force, on les connaît, mais j'ai pas leurs vrais noms, bien sûr. Il suffit de vous balader un peu sur Facebook, Insta, TikTok, n'importe quel réseau, pour en trouver des dizaines. Mais la plupart passent sous le radar parce qu'ils bougent sans cesse, ne se servent que de messageries internes : ils sont assez malins pour ne pas se faire piquer leur matos par les flics. C'est un peu un monde parallèle qui échappe aux non-initiés. Quand vous n'en faites pas partie, vous voyez seulement la partie émergée du machin, la teuf. Pas forcément ceux qu'il y a derrière.

Elle s'arrête, jugeant inutile d'expliquer ce genre de choses à une meuf aussi larguée. Tangore se sent tout à coup très vieille, hors du coup, dépassée par une fille qui a, en gros, dix ans de moins qu'elle, mais qui la considère comme une platiste bonne à expédier dans le cosmos pour qu'elle voie que la Terre est ronde.

— Si je vous suis, reprend la lieutenante, votre rendez-vous avec Sixte Aff avait pour but de lui remettre la photo de magazine qu'il recherchait tandis que le flyer et l'article de journal étaient destinés à vos camarades de l'atelier, pour prouver qu'Aff n'avait pas menti sur son passé de DJ.

— Je crois qu'on peut dire ça.

— Pourquoi vous a-t-il demandé de retrouver cette photo ? En quoi l'intéressait-elle ?

— J'ai pensé qu'il s'agissait d'anciens potes à lui, son *crew* quand il vivait dans le coin.

— Là encore, vous allez devoir m'éclairer.

— Aff était un *traveller*, il ne pouvait pas faire les choses tout seul. Une rave ne sort pas spontanément de terre, il y a une organisation derrière, un collectif. Il faut des groupes électrogènes, des câbles, une scène, un mur d'enceintes, de l'éclairage, des camions pour transporter le matos, enfin plein de trucs. Il n'y a qu'un groupe de personnes pour mettre ça sur pied, parce que c'est quand même une question de logistique et de rapidité : tu prépares tout en amont, mais t'arrives sur place juste quelques heures avant, pour empêcher les propriétaires de l'endroit d'en bloquer l'accès et les flics de te confisquer ton matériel. C'est du bon sens.

— O.K. Mais pour retrouver cette photo dans ta banque de données, comment as-tu fait ? dit-elle en passant au tutoiement.

— Ben, j'ai rentré leur nom. Celui que m'avait donné Aff : les Douz'.

— D'accord. Mais si c'est si facile, pourquoi n'a-t-il pas fait cette recherche lui-même ?

— J'ai pas dit que c'était facile pour tout le monde, rétorque-t-elle avec une pointe de condescendance. Les collectifs sont comme des constellations qui se recomposent en permanence, certaines personnes arrivent, d'autres partent. Alors, il arrive souvent que leurs noms changent : par exemple, quand Aff en faisait partie, ils s'appelaient Douz', mais avant, ils avaient un autre nom, un peu naze, Apostels.

— Les Apôtres ?

— Ouais. Je suppose que ça faisait un peu marrer dans le milieu, vu qu'on préfère plutôt les références à Belzébuth, dit-elle en brandissant deux doigts au-dessus de son front.

— Aff t'a dit pourquoi il voulait retrouver cette photo ?

— Aucune idée. Bon, l'heure tourne, je pourrais pas y aller ? J'ai mon cours dans une demi-heure.

— Entendu. J'aurai peut-être encore besoin de tes lumières, alors ne disparais pas dans la nature.

— Vous rigolez, où voulez-vous que j'aille ? Vous pourriez pas me rendre le flyer, le vrai ? demande-t-elle sans trop d'espoir. Il est collector. C'est pas un flyer *old-school* des années 1980 ou 1990, c'est juste un tirage papier du visuel de l'*event*. Mais, c'est pas un fac-similé à la noix, il est signé par un graffeur culte et je vous raconte même pas comment j'ai dû m'y prendre pour obtenir ça.

— Désolée, Mara, ce n'est pas possible pour le moment. Sois sûre que nous en prendrons soin.

Pour Tangore, il y a quelque chose d'absurde à s'accrocher à un bout de papier en oubliant la mort d'un homme. Cependant, cette discussion lui a ouvert des perspectives et une petite visite au collectif *Urbamus* – qui a appuyé la candidature de poète en résidence d'Aff – s'impose.

*

Le labyrinthe du Blosne déconcerte ceux qui ne connaissent pas ce secteur au sud de la ville, un paysage planté de tours au milieu d'espaces verts, un espace quadrillé par des voies dont les noms évoquent un rideau de fer fantasmé pour les habitants des zones résidentielles : avenue de Pologne, boulevard de Bulgarie, rues de Roumanie et de la Volga, place de Zagreb... Tangore connaît bien ce quartier populaire, fleuron de l'habitat vertical et abonné depuis vingt ans aux plans de rénovation et de mixité sociale. En roulant au pas sur le boulevard de Yougoslavie, elle s'étonne du peu d'activité autour du centre commercial de la place Jean-Normand. Le ciel nuageux se reflète sur les baies vitrées du Conservatoire, aussi imposant qu'un morceau de banquise déposé par des courants farceurs parmi des blocs de Lego. Luttant contre le vent qui s'engouffre entre les immeubles du Banat, étourdis par ses bourrasques glacées sur l'esplanade, quelques étudiants, étui à instrument sanglé sur le dos, sortent du métro, gros coléoptères noirs pressés de rejoindre le hall de l'école de musique.

Après avoir garé son scooter, la lieutenante, capuche serrée autour du visage et mains enfoncées dans les poches de sa parka, s'apprête à faire une halte au camion-restaurant garé au pied de la résidence étudiante quand le patron abaisse le rideau sur le flanc de son véhicule. Elle donnerait n'importe quoi pour un bol de soupe chaude, tant pis, le déjeuner sera pour plus tard, peut-être même passera-t-il encore une fois à la trappe ? Elle aperçoit, de l'autre côté du boulevard de Yougoslavie, le bâtiment tout en longueur du centre social Ty-Blosne. *Urbamus* se niche au premier étage, dans les services de médiation culturelle.

Les portes du centre franchies, une chaleur réconfortante l'enveloppe. Après un rapide coup d'œil au tableau d'occupation des salles, elle s'engage dans l'escalier, emprunte un couloir désert et s'arrête devant une porte grande ouverte. Deux personnes sont assises à une table et discutent autour d'un café. Les murs couverts d'affiches de concert et le matériel de sonorisation entassé dans un coin de la pièce lui confirment qu'elle est au bon endroit. Nul ne semble remarquer sa présence et la discussion se poursuit tranquillement entre l'homme et la femme penchés sur le calendrier grand format placé devant eux. La flic se manifeste par quelques coups frappés sur le chambranle de la porte. Ils lèvent la tête, la regardent comme une mouche tombée dans un verre de lait et décident de lui opposer la plus complète indifférence. De nouveau, ils se concentrent sur leur planning.

— Excusez-moi de vous déranger, mais je cherche à parler à l'un des membres d'*Urbamus*.

Le barbu façon ZZ Top daigne lever les yeux dans sa direction pour lui accorder trente secondes avant de la ranger dans la catégorie « emmerdeuses ».

— Pas disponible pour l'instant, lâche-t-il en retournant à son occupation.

— Vous êtes d'*Urbamus* ? insiste Tangore.

— Oui, répond à regret la femme, mais nous sommes très occupés. Repassez plus tard, quand vous aurez pris rendez-vous.

Elle jette un regard complice à son compagnon, histoire de lui montrer comment river son clou à une casse-pieds. Enveloppée dans un gros pull aux rayures arc-en-ciel, elle ressemble à *Camille la chenille*, le côté ludique et joyeux en moins. Son visage, encore séduisant, semble flétri par l'humeur maussade qu'il affiche. La lieutenante se dirige vers la table, s'y installe d'autorité et leur offre son sourire de carnassier à jeun.

— Je pense que vous aurez cinq minutes, et même plus, pour répondre aux questions de la police, non ? Je me présente, lieutenant Tangore.

Changement de braquet, on se décide à devenir un peu plus coopératifs ; l'homme se cale contre le dossier de son siège avec un soupir.

— C'est à quel sujet ? demande-t-il en fixant l'insigne présenté par l'OPJ.

— Dans votre collectif, qui est chargé des relations avec la Maison de la Poésie ?

— Nous deux, vu que nous sommes les seuls salariés de l'association, et encore à mi-temps, précise la femme.

Elle s'efforce de paraître sûre d'elle en croisant le regard de Tangore, mais elle tire nerveusement sur les mèches échappées du bandeau qui retient son abondante chevelure rousse. Des deux, elle est celle qui décide, prend les devants.

— Vos noms, s'il vous plaît.

— Nathalie Le Quilliou et, lui, c'est Matthias Cherbine, récite-t-elle sur un ton presque niais pour marquer sa désapprobation.

— Vous avez donc participé à la sélection du poète en résidence de ce semestre, Sixte Aff. Vous avez sans doute appris par la MP – ou par la presse – que M. Aff est mort et qu'une enquête est ouverte.

Un regard rapide, embarrassé, échangé entre ses interlocuteurs, avertit Tangore qu'une sonnerie d'alarme vient de retentir. Matthias Cherbine peigne sa barbe d'une main nerveuse en prenant un air détaché :

— Oui, nous avons été informés du décès d'Aff, hélas. Pour ce qui est du tri des candidats à la résidence d'écriture, on n'a pas notre mot à dire : la Maison de la Poésie se charge de sélectionner les dossiers que nous examinons ensuite en commission.

— Ce n'est pas ce que m'a dit Garance Poulpiquet. Elle avait éliminé la candidature de Sixte Aff, car elle ne présentait pas les conditions requises ; et, selon elle, *Urbamus* a exigé qu'elle soit réétudiée en commission.

— Vous exagérez notre poids dans cette affaire, corrige aussitôt Nathalie Le Quilliou, nous veillons seulement à exercer notre mission de la manière la plus consciencieuse possible, et il nous a semblé que la médiatrice écartait un peu trop rapidement le dossier de cette personne, malgré ses aspects intéressants.

— Pourtant, il ne remplissait pas certains des critères exigés, insiste Tangore. Mais peut-être que le passé de M. Aff vous intéressait ?

— Que voulez-vous dire par là ? s'emballe Le Quilliou. Vous nous accusez de favoritisme, d'avoir poussé une candidature sans intérêt ? C'est grotesque ! Et injurieux à notre égard !

La stratégie de la lieutenante commence à produire ses effets, Cherbine regarde sa collègue sans pouvoir cacher la crispation de ses traits. La mâchoire en avant, il se gratte le menton de ses ongles rongés.

— Non, vous vous trompez, ce n'est pas ce que j'ai voulu dire, corrige l'enquêtrice. Je parlais du passé de musicien de Sixte Aff, quand il se faisait appeler DJ Glazeye's.

La stupéfaction qu'exprime le visage de Nathalie Le Quilliou n'est pas feinte. Est-elle due aux informations récoltées par la police ou ignore-t-elle le passé d'Aff? Tangore ne peut le dire. Cherbine peine à cacher sa gêne derrière l'impassibilité affichée.

— Tu le savais? interroge sa collègue en se tournant vers lui. DJ Glazeye's, ça m'en bouche un coin!

— Bof, peut-être, j'sais pas, élude-t-il. C'était son profil « cultures urbaines » qui nous intéressait. On voulait pas d'un intello hors sol comme ça arrive trop souvent. Tu te souviens, Nat? On en a beaucoup discuté avec les autres membres de la commission.

— Jusqu'à les convaincre de la pertinence de votre choix? insinue Tangore.

— Et pourquoi pas? s'insurge Le Quilliou. Chacun a le droit de défendre son point de vue s'il pense que le candidat qu'il soutient contribuera à la qualité des actions mises en place.

— Je ne suis pas certaine que votre poulain présentait toutes les garanties de ce côté-là, mais je ne suis pas juge. Alors, M. Cherbine, vous le connaissiez, Sixte Aff *versus* DJ Glazeye's? demande la flic en revenant à la charge.

Il hésite, triture sa barbe, fait de visibles efforts pour extirper quelques souvenirs de sa mémoire. « Il peaufine une explication » se dit Tangore.

— Oh! On a dû se croiser. Dans la musique, on rencontre beaucoup de monde, cela ne veut pas dire qu'on se connaît pour autant. Je suis bénévole dans l'organisation des Trans Musicales, des musiciens, j'en ai croisé des centaines. Rennes est une ville connue pour la vitalité de sa scène musicale.

— Vous vous situez plutôt côté Trans, ou plutôt côté Off ? Rock ou électro ? demande Tangore en espérant ne pas se tromper dans sa culture toute neuve.

— Tout, sans distinction. Les Daft Punk sans casque à la soirée Planète de 1995, j'aurais adoré connaître, mais je marchais à peine. En revanche, la techno-parade de 2009, Zamilska à la GreenRoom ou Voiron dans le hall 9 en 2017, j'ai assisté à tout ça.

L'enquêtrice le trouve soudain bien bavard. Une manière de noyer le poisson ? De l'égarer sous une avalanche de références qui ne lui disent pas grand-chose ?

— Donc vous avez aussi assisté à Trans Fuck Off en 2013, constate-t-elle.

— Pas sûr. Si je me souviens bien, c'était le 35ᵉ anniversaire des Rencontres. Tout le monde était sur le pont, avec une affiche de fous : Stromae, London Grammar, Fakear au parc Expo, pour ne citer qu'eux. Il fallait assurer le succès de cette édition, plus de 80 groupes sur scène, sans compter les hommages à DJ Bobby Hardcore Liberace et au guitariste des Nus, Frédéric Renaud...

— Ça chauffait pas mal du côté du off, le coupe Tangore, avec les menaces qui pesaient sur le teknival. Cette année-là, la guerre était déclarée entre les organisateurs de raves et les forces de l'ordre qui avaient déjà saisi beaucoup de matériel et infligé de lourdes amendes. Les collectifs des *sound systems* étaient prêts à en découdre avec la préfecture. Vous n'étiez pas tenté de leur filer un coup de main ?

Cherbine se sent poussé dans ses retranchements.

— Aucune idée, bredouille-t-il sans conviction.

— À bien réfléchir, la palme de la culture alternative revenait quand même au off, poursuit Tangore, décidée à enfoncer le clou. Le teknival mettait un peu de nouveauté et de gratuité dans le paysage rennais. Les Trans avaient bâti leur réputation sur un certain éclectisme, mais tout y était payant et cher. Si c'était moi...

— Arrêtez de déblatérer, lâche Cherbine avec un mépris non dissimulé. Bien sûr que Trans Off a dû s'imposer, et c'était pas évident. Les mecs qui étaient derrière ça étaient sincères, ils voulaient défendre la teuf loin du fric. Ça servait à quoi d'ouvrir les Trans Musicales à la techno si c'était pour récupérer le truc et organiser une méga soirée payante en clôture ? Nous, on ne voulait pas de cette marchandisation, c'était pas dans l'esprit du mouvement.

Tangore se demande s'il a réalisé qu'il est passé du « ils » au « nous ».

— Trans Off, c'est la fête pour tout le monde, poursuit-il. Pourquoi payer une entrée quand on peut teufer gratos ?

— Finalement, vous aviez choisi votre camp ?

— C'est pas une histoire de camp. Je respecte les types qui ont fait des Trans ce qu'elles sont : un tremplin pour des tas de musiciens et des groupes encore peu connus. J'ai continué à les aider. Je dis simplement qu'on pouvait pas passer à côté de tout un courant loin de la grosse entreprise que devenaient les Trans. En plus, on collait au off une étiquette d'illégalité et d'irresponsabilité, ce qui arrangeait bien les pouvoirs publics. Vous ne pouvez pas cracher sur 15 000 raveurs venus juste écouter leurs sons en prétendant – comme le faisaient les flics – que c'était rien qu'un ramassis de zonards, de toxicos et de brutes épaisses.

L'enquêtrice sent pointer derrière ses propos une certaine acrimonie.

— Qui était derrière le Off en 2013 ?

— Des *sound systems* plus ou moins rassemblés dans un collectif. Les choses se sont plus officialisées avec le temps.

— Restons à 2013 et à DJ Glazeye's. Vous êtes certain de ne pas l'avoir rencontré à l'époque ?

— Je vous le répète, je m'en souviens pas, ça remonte à trop loin.

Elle n'en tirera rien de plus.

— Quel est l'objet de votre association ?

— Vous auriez peut-être pu nous le demander avant, ironise Le Quilliou. Nous offrons un espace de création aux jeunes qui veulent s'exprimer musicalement : nous leur proposons des salles de répétition, des lieux de concert, nous leur prêtons du matériel.

Nous les aidons dans leur démarche par une aide à la production. Nous travaillons avec la mairie, la métropole, les maisons de quartier, mais aussi des structures comme le *Jardin Moderne*. *URBA-MUS*, la musique en ville.

Tangore se lève de sa chaise et leur tend une main qu'ils se décident à serrer après une hésitation qui en dit long sur l'impact de sa visite.

— Je vous remercie pour tous ces éclaircissements.

Elle se tourne vers Matthias Cherbine, soulagé de la voir partir.

— Et peut-être à bientôt, dit-elle en accrochant son regard. Qui sait ? On dit que la musique rapproche les êtres.

*

Levasseur et Aubert sont sagement assis l'un à côté de l'autre quand Tangore pénètre dans la salle où ils visionnent les enregistrements de vidéosurveillance. Pierre-Henry, plus expérimenté dans le traitement d'images, travaille sur celles provenant de l'esplanade du Général-de-Gaulle et de son parking souterrain. Une fois qu'il a sélectionné le visage d'Aff lors d'un passage devant une caméra, le logiciel est capable d'extraire toutes les vidéos où il est présent afin de retracer chronologiquement ses apparitions. Quant à Aubert, il s'est attelé aux enregistrements transmis par la cité Paul-Ricœur dont le système de vidéoprotection incorpore déjà un logiciel d'analyse d'images, ce qui permet de traiter en quelques minutes des heures de vidéo. Le major a lancé une recherche par attributs – individu de sexe masculin, taille comprise entre 1,75 m et 1,80 m, barbe et cheveux châtains – et, après le tri automatique, retient les vues correspondant à Aff. Les deux hommes remarquent l'air tendu de la lieutenante quand elle se dirige vers le tableau où ils ont renseigné leurs trouvailles. Ils savent qu'il lui faut du concret avant sa visioconférence avec le procureur Girardy.

— On fait un point maintenant, déclare-t-elle à ses collègues.

Levasseur craint une remontée de bretelles et préfère prendre les devants.

— Nous n'avons pas encore tout visionné, lieutenant. Les Tropolis nous ont communiqué rapidement leurs vidéos, mais ça a mis un peu plus de temps du côté du service de transport pour avoir les images de la station de métro Charles-de-Gaulle ; quant au gestionnaire du parking, il vient seulement de nous les envoyer.

Signe de tension chez lui, il mâchonne un bâtonnet de réglisse.

— Vas-y Aubert, à toi de commencer, propose Levasseur à son coéquipier qui, bien que plus chevronné, n'aime pas se mettre en avant.

— Le Crous ne conserve ses enregistrements que quinze jours, car ses capacités de stockage sont limitées en raison de la bonne définition des images. Le dernier passage d'Aff dans le hall d'accueil remonte au lundi 2 décembre, à 9 h 40. Ensuite, rien. Du mercredi 27 novembre au lundi 2 décembre, ses allées et venues n'ont rien de notable. Il est toujours seul, réglé comme du papier à musique : le matin, il descend à la cafétéria à 8 heures, il remonte dans sa chambre à 8 h 30, il quitte son studio en fin de matinée – il déjeune probablement à l'extérieur – il rentre en fin d'après-midi, souvent entre 16 h 30 et 18 h 30. Il ressort vers 19 h 30 et rentre vers 21 heures. Un vrai bonnet de nuit, mis à part deux soirs : le jeudi 28 et le samedi 30 novembre où il est rentré respectivement à 10 heures et 2 heures du matin. La gamine, Mara Vernant, est bien passée à la cité le samedi 7 décembre, en milieu d'après-midi, et elle est repartie à 17 h 05.

Tangore soupire devant la maigreur des informations récoltées.

— À toi, Pierre-Henry.

— Il dîne souvent à la pizzéria et à la crêperie de l'esplanade Charles-de-Gaulle. Il prend le métro le lundi, en début d'après-midi pour se rendre à Rennes 2 assurer son atelier d'écriture, à l'exception des lundis 2 et 7 décembre. Le jeudi, il prend le bus de la ligne C2 aux Champs Libres pour se rendre à la Maison de la Poésie, mais ce n'a pas été le cas le jeudi 6 décembre. Le jeudi 28 et le samedi 30 novembre, il est entré aux cinémas Pathé

Gaumont en fin d'après-midi, mais aucune caméra n'a enregistré sa sortie du multiplex.

Levasseur laisse filtrer un petit sourire malin.

— On peut supposer qu'il est entré dans le hall du Gaumont pour rejoindre le parking souterrain soit par les ascenseurs, soit par les escaliers. Mais je n'ai pas encore visionné les enregistrements du parking.

— Maintenant ! ordonne sa cheffe. Tu sélectionnes les deux soirées qui nous intéressent et tu t'y colles. Quant à moi, je vais essayer de persuader le procureur que nos maigres résultats dans l'enquête peuvent être vus comme des avancées prometteuses.

*

Priyanka s'efforce de repousser l'enquête dans un recoin de son esprit où aucune pensée parasite ne viendra la dénicher. L'entretien avec le procureur Girardy s'est déroulé en cinq minutes, il était attendu chez la préfète et avait des préoccupations plus urgentes. La discussion étant remise au lendemain, elle a décidé de passer la soirée chez Adrien. Elle se sent harassée, mais la fatigue l'enveloppe d'une ouate réconfortante après un copieux dîner. Adrien débarrasse la table tandis qu'elle s'allonge sur les coussins du canapé. Elle entend quelques bruits de vaisselle, l'indicatif musical d'une émission de radio et se laisse glisser dans une torpeur bienfaisante, à mi-chemin entre le rêve et le souvenir.

Son esprit retrouve le chemin de son île, de Saint-André, la cour de la maison du Petit-Bazar dans la tiédeur du soir, le rythme lancinant d'une chanson d'amour échappée d'un film de Bollywood. Sa mère est penchée sur l'évier du préau et lave la chemise de son père comme à la fin de chaque journée. Sur la petite table bancale, la tante Kumudini étale ses réussites. Les enfants jouent sur les marches de la véranda : elle, entourée de ses cousins Guy et Marvo. Les images prennent une épaisseur troublante, le sommeil les lestant de tout son poids, mais aussi de la quiétude de l'enfance. Marvo dit que Priyanka l'épousera quand elle sera grande et qu'ils vivront dans la maison qu'on appelle la Pagode de la lune à cause de ses élégants balcons en façade.

Elle quitte cette vision dans un sursaut quand les doigts d'Adrien lui effleurent l'épaule.

— Il faut te coucher, Priyanka, tu tombes de fatigue.

Elle se redresse en clignant des yeux, retient sa main.

— Tu m'accompagnes ?

— J'ai presque fini de rédiger mon article sur *Les nouvelles formes de la paternité*, je voudrais travailler un peu la conclusion. Il est encore tôt.

— Cela ne te gêne pas d'écrire sur la paternité alors que tu ignores ce que c'est d'être un père ? demande-t-elle à brûle-pourpoint.

Il la regarde avec un petit sourire, soulève ses jambes du canapé pour s'asseoir à ses côtés. Il lui masse les chevilles et la chaleur de ses paumes irradie sur sa peau.

— Tu as certainement un point de vue sur les formes de criminalité bien que tu ne sois pas une criminelle ? rétorque-t-il.

— Touché ! reconnaît-elle. En fait, ce n'est pas ce que je voulais dire. Tu serais sans doute père si Marianne n'avait pas été tuée dans l'attentat… Ce n'est pas difficile pour toi de travailler sur des sujets aussi…

Elle s'interrompt, trouvant ses paroles maladroites et teintées d'une curiosité mal placée. Il saisit ses deux pieds nus qu'il enserre dans ses larges mains.

— Le temps, Priyanka, le temps passe et on accepte bien des choses. La question d'avoir ou de ne pas avoir d'enfants n'est pas une préoccupation de chercheur, c'est celle d'un couple. Marianne et moi aurions aimé en avoir, les circonstances en ont décidé autrement. La véritable blessure est la perte de Marianne, pas l'anéantissement de nos projets.

Il la regarde intensément. Ses yeux gris semblent lui scruter le fond de l'âme et vouloir, en même temps, lui dire quelque chose. Elle détourne la tête en écrasant un bâillement. Une feinte, une manière d'échapper à l'attente qu'elle devine dans son regard.

Elle ne veut pas être celle qui répare tout après une catastrophe. Elle ne se sent pas prête à endosser – peut-être – le rôle de celle qui partageait autrefois la vie d'Adrien.

— Je n'ai pas l'intention d'avoir des enfants, se croit-elle obligée de dire.

Elle se sent aussitôt ridicule. Elle réagit comme si elle était sur la défensive. Il sourit :

— Je ne te demande rien. Marianne ne doit pas être une ombre entre nous, ni pour toi ni pour moi. Je suis heureux que tu sois là et je ne mets pas de conditions.

Il se lève, tend la main pour l'attirer à lui. Quand il referme ses bras sur elle, elle se sent engloutie. Et apaisée.

Jour 4

Tangore regarde le bureau de Pierre-Henry avec consternation.

— C'est quoi ce machin ?

— C'est une photo de Bash… de Barbara. Elle vient de fêter ses cinq mois, proclame-t-il fièrement.

— Je vois bien que c'est une photo de Barbara. Un bébé à poil, qu'est-ce que ça fout dans une salle de police ?

Sa hargne, de si bon matin, ne peut s'expliquer que par une mauvaise nuit, ou un savon du procureur Girardy. Ou encore une dispute avec Adrien Mallet, quoique Levasseur n'ait jamais rencontré un homme d'humeur aussi égale. Il préfère capituler avant de combattre et tâte sa poche pour voir s'il a encore quelques gommes au miel d'acacia.

— Je peux l'enlever, lieutenant, si ça vous gêne.

Prise de court et honteuse de sa brimade inutile, Tangore opte pour le virage à 180 degrés.

— Laisse tomber, tant que ça ne tombe pas sous le regard d'un pédophile, on s'en tape. Au fait, que pourrais-je offrir à Barbara comme cadeau de naissance ? Un ballon ? Un hula hoop ?

— Euh… Elle est encore un peu petite pour ça.

— Bon, ça attendra, décide-t-elle en renvoyant son acte de générosité aux calendes grecques. Appelle Aubert, on se retrouve à la salle de réunion.

Jessica Minouni passe en traînant un sapin de Noël destiné au pôle d'accueil des victimes de violences conjugales. Elle accroche Tangore et lui parle à voix basse d'un air préoccupé :

— Levasseur, il a pété un câble ou quoi ? Tu as vu la photo qu'il a posée sur son bureau ? Il est pas normal, ce mec.

La lieutenante la fusille du regard. Elle n'ignore rien des petites vexations que Minouni distille à son adjoint.

— Tu veux ouvrir une cellule d'écoute pour les victimes de harcèlement au travail ?

— Non. Pourquoi ?

— Lâche-lui les baskets, à Levasseur, tu es tout le temps sur son dos.

Minouni la toise, écœurée, se bagarre avec son épicéa et reprend son chemin en ravalant quelques jurons. Tangore déteste les coups bas, surtout quand ils visent les membres de son équipe. Elle pénètre dans la salle de réunion avec l'envie d'expédier sa collègue reboiser les pentes de l'Annapurna.

— On piétine, déclare-t-elle à ses deux acolytes assis devant un écran d'ordinateur.

Levasseur pianote sur le clavier et fait apparaître une image de Sixte Aff dans le parking souterrain de l'esplanade Charles-de-Gaulle. Dans le coin gauche est indiquée l'heure : 18 h 36. Il est escorté d'une femme qui règle le stationnement de son véhicule à une caisse automatique. Enveloppée dans son manteau, elle porte un bonnet enfoncé jusqu'aux oreilles. Sa physionomie évoque quelque chose à la flic.

— La vidéo date du jeudi 28 novembre. Et voici une autre capture d'écran pour le samedi 30 novembre, commente Pierre-Henry. C'est la même personne qui a accompagné Aff les deux soirées où il s'est absenté.

Sur la seconde image, moins nette à cause du pare-brise, on voit Nathalie Le Quilliou de face, au volant d'un utilitaire arrêté à la sortie du parking : 19 h 48.

Tangore siffle entre ses dents avant de leur expliquer qu'elle a fait sa connaissance, la veille, dans le local d'*Urbamus*.

— J'ai cuisiné Matthias Cherbine sur ses liens avec Aff, mais je me trompais peut-être de cible.

— Rien n'empêche que tous les deux l'aient connu, note Aubert.

— Très juste. Tu as relevé l'immatriculation du véhicule, Pierre-Henry ?

— Oui. Le Mercedes Sprinter appartient à un certain Thomas Gellard, menuisier à Vern-sur-Seiche, chemin des Nouennes.

— Aubert, consulte tout de suite le fichier du traitement des antécédents judiciaires pour Le Quilliou, Cherbine et ce Gellard. Vérifie s'ils ont fait l'objet d'une enquête ou s'ils ont été mis en cause pour des infractions.

Tandis qu'il lance la recherche, elle se tourne vers Levasseur :

— Concernant les réquisitions téléphoniques, l'opérateur a-t-il transmis la liste des appels entrants et sortants d'Aff ?

— Elle est arrivée ce matin. Je suis au tout début de l'exploitation. Ça devrait aller vite, Aff avait peu de correspondants et les appels reçus sont aussi limités. En tout cas, il n'y a plus aucun appel après celui passé à un magasin de bricolage, le Grand Format de Saint-Jacques-de-la-Lande, le lundi 2 décembre, à 9 h 26. Ensuite, Aff disparaît des radars.

— Je me demande ce qu'il est devenu entre le jour de sa disparition, et le vendredi 6 décembre, jour de sa mort. Il n'y a que deux possibilités : soit il se trouvait chez des amis, soit il était retenu contre son gré, et ce jusqu'au moment où on l'a tué.

— Excusez-moi, intervient l'adjoint, mais il y a une troisième possibilité : peut-être se cachait-il parce qu'il se sentait en danger ?

— Tu as raison, admet-elle. Mais pourquoi n'a-t-il pas appelé pour demander de l'aide ?

Alors qu'ils méditent sur cette remarque, la voix d'Aubert s'élève avec le vibrato de l'excitation.

— Lieutenant, deux des noms apparaissent dans le TAJ. Nathalie Le Quilliou a été entendue en tant que victime dans un accident de voiture qui a coûté la vie à un certain Philippe Guérat, le 11 mars 2022. Selon ses déclarations, un véhicule leur avait coupé la route, expédiant la voiture de Guérat dans un arbre. L'enquête de gendarmerie a débouché sur un classement sans suite : les investigations menées n'ont jamais apporté la preuve de ses accusations. Il faut dire que la femme était restée plus d'un mois dans le coma ; vu sa déposition tardive, les recherches avaient peu de chances d'aboutir. Nous avons eu du pot de retrouver trace de sa plainte, elle va bientôt être effacée du fichier, le délai légal étant écoulé.

Tangore regarde Levasseur à qui le nom de Guérat n'a pas échappé, le musicien pour qui a été organisée une cérémonie d'hommage en juin 2022, à laquelle a assisté Aff. Enfin un premier signe encourageant. Aubert poursuit son exposé :

— Thomas Gellard a été mis en cause dans une affaire de dégradation d'un bien public – la prison Jacques-Cartier – le 4 avril 2023 – lors d'une soirée Dazibao organisée par le Centre régional information jeunesse Bretagne et le 4bisRennes.

Tangore se lève et commence à gribouiller sur le tableau.

— Regardez, une sorte de nébuleuse commence à se dessiner autour d'Aff. Sa candidature de poète en résidence a été soutenue par *Urbamus*. Il connaissait probablement les deux salariés de ce collectif depuis l'époque où il se faisait appeler DJ Glazeye's : Matthias Cherbine patrouillait dans le milieu des raves et Nathalie Le Quilliou avait un lien direct avec Philippe Guérat à qui Aff a rendu hommage après son décès. Par ailleurs, Le Quilliou a rencontré deux fois notre homme, les 28 et 30 novembre. Pour Thomas Gellard, je ne vois pas encore le rôle qu'il joue dans cette configuration, mais je suis sûre qu'on tourne autour des mêmes choses : la musique, les raves, peut-être une bande de copains ?

Gabriella Lescoat passe la tête par la porte vitrée.

— Mme Decarpentrie est arrivée. Je l'installe dans ton bureau en attendant que tu arrives ?

— Oui. J'en ai encore pour cinq minutes, tu lui dis que je fais au plus vite.

— Bien, reprend Tangore, je vais m'entretenir avec la sœur d'Aff et ensuite, nous irons à l'institut médico-légal pour la reconnaissance du corps. Aubert, tu me rafles tout ce que tu peux trouver sur Thomas Gellard et la soirée Dazibao de 2023, sans oublier l'accident de Philippe Guérat et la plainte de Le Quilliou. Bref, tu ratisses au plus près.

Elle se tourne vers Levasseur :

— Quant à toi, tu m'épluches le listing des appels téléphoniques d'Aff. Je veux tout savoir. Allez, au boulot !

*

Jenny Decarpentrie n'appartient pas à la catégorie des femmes qui passent inaperçues. Grande, mince, une coupe courte flattant ses traits nordiques, elle affiche une trentaine conquérante ; si son état civil indique 37 ans au compteur, elle s'épargne la vulgarité d'en paraître moins. Drapée dans un luxueux manteau en alpaga – qui a dû coûter cinq fois le salaire de Tangore, primes comprises – et chaussée de bottes aussi reluisantes que celles d'un écuyer du Cadre noir de Saumur, elle a dédaigné la chaise qu'on lui a proposée pour se camper devant la paroi vitrée du bureau. Elle contemple d'un air morne le plateau où s'activent les agents en service, seuls ses doigts trahissent sa nervosité en jouant mécaniquement avec les branches d'une paire de lunettes noires. Elle serre vigoureusement la main tendue par Tangore.

— Je vous adresse toutes mes condoléances pour la mort de votre frère.

— Merci. Je suis venue aussi vite que j'ai pu, mais il ne m'a pas été possible d'annuler certains engagements : je suis curatrice d'une importante exposition auprès de la Fondation Boghossian, à Bruxelles. Je n'ai pas voulu que mes parents se déplacent jusqu'à Rennes, ils ne sont pas en bonne santé et la mort de mon frère les a secoués, même si leurs rapports étaient très... épisodiques. Quant à ma sœur Laura, elle vit à Genève.

— Asseyez-vous, dit Tangore en lui désignant le siège qu'elle avait refusé.

— Est-il possible de laisser la porte ouverte, je suis un peu claustrophobe et mon malaise s'accentue dans des lieux aussi... confinés.

La flic s'interroge sur le nombre de mètres carrés dont dispose une curatrice en vue. Elle rouvre la porte de son bocal et retourne s'asseoir à son bureau. Elle observe à la dérobée le calme apparent de Jenny Decarpentrie fouillant dans un grand sac en cuir à la recherche de son smartphone qu'elle consulte d'un coup d'œil avant de l'éteindre. Elle donne l'impression d'une femme capable de maîtriser ses émotions bien qu'elle ait fait allusion au stress lié à sa claustrophobie.

— Excusez-moi, le travail me suit partout et, malgré moi, il m'accapare – trop sans doute aux dires de mes proches –, à ma décharge, il faut dire que la mise en place de cette exposition à la villa Empain n'est pas une mince affaire.

Tangore se dit qu'elle se met habilement en scène dans le rôle de l'expert international, de la femme de tête aux lourdes responsabilités. Est-ce une manière de tenir à distance la mort de son frère ou d'impressionner son interlocutrice ?

— Je ne vous ai pas donné beaucoup d'informations sur le décès de M. Aff parce que nous n'avons pas encore reçu tous les résultats des prélèvements effectués.

— Aff ? Pour l'amour du ciel ! Laissez de côté ce pseudonyme ridicule ! J'ignore pourquoi Simon a passé la moitié de sa vie à se dissimuler derrière des noms d'emprunt. Comme si notre patronyme ne lui suffisait pas. Decarpentrie n'a rien de honteux, c'est un nom honorablement connu à Lille où mon père possédait une entreprise textile, héritée de son père.

L'agacement de Jenny Decarpentrie tient plus de la morgue de classe que de la piété familiale.

— Votre frère, Simon Decarpentrie, est décédé d'une surdose de substances psychoactives. Comme je vous l'ai indiqué au téléphone, le décès remontait à plusieurs jours quand on a retrouvé son corps aux abords d'une prison désaffectée. Je dois vous dire que nous suspectons un meurtre. Dès que le médecin légiste sera en mesure de livrer ses conclusions définitives, le permis d'inhumer vous sera délivré.

Elle ne cille pas et la colère flambe dans ses yeux. L'OPJ se prépare à entendre le laïus habituel sur les lenteurs de l'administration, sur son manque de compréhension à l'égard des familles, sur son mépris envers leur douleur ; Tangore se trompe sur la cible de son agressivité.

— Il ne nous aura rien épargné ! J'en viens presque à bénir la maladie de Parkinson qui diminue les facultés de mon père. Quant à ma mère, elle aura une raison supplémentaire de s'abîmer dans la prière pour oublier les errements du fils prodigue.

— Vous avez informé vos parents du décès de votre frère ? demande Tangore, subitement prise d'un doute.

— Bien évidemment. J'ai contacté ma belle-mère, la deuxième épouse de mon père, qui s'est chargée de lui apprendre la nouvelle – comment dit-on ? – avec ménagement. Et j'ai appelé la communauté religieuse où ma mère s'est retirée après le divorce que lui a imposé son mari.

Jenny Decarpentrie détourne la tête, regarde par la paroi vitrée Jessica Minouni décorer un nouveau sapin de Noël au milieu de la grande salle. Elle prend une profonde inspiration :

— Qui sait ? Simon aurait peut-être été différent s'il ne s'était pas senti aussi désemparé après le divorce de nos parents, reconnaît-elle d'une voix songeuse. Pauvre de lui, toujours en fuite, toujours en quête d'un endroit où il aurait pu enfin poser les pieds.

— Pourquoi dites-vous cela ?

Elle soupire en écartant les pans de son manteau, comme si elle se résignait à abandonner un peu de son attitude guindée.

— Il a fait sa première fugue à 15 ans. Il avait volé le passeport de l'un de nos cousins pour partir à Londres. Il a été arrêté dans un squat de Brixton et réexpédié chez mon père qui l'a aussitôt mis en pension chez les jésuites à Liège. Cela ne l'a pas empêché de leur fausser compagnie à deux reprises. Après avoir enfin obtenu son bac, et majeur, il est reparti en Angleterre.

— Quels moyens de subsistance avait-il ?

— Mon père lui versait une pension. En 2012, il est réapparu au moment de la succession de notre grand-mère paternelle. Il a pris la part qui lui revenait et a disparu de nouveau.

— Vous êtes restée en contact avec lui ?

Elle n'hésite pas une seconde et s'autorise un mince sourire.

— Oui, c'était mon grand frère, même s'il y avait peu de différence d'âge entre nous. Sa vie de bohème m'épatait, en comparaison du monde lisse et ordonné supposé être le nôtre, et j'étais attirée par son mode de vie un peu sulfureux.

— La drogue ?

— Tout, la musique, la drogue, le sexe, sa manière de rejeter en bloc nos bonnes manières, nos valeurs : c'était assez séduisant pour la gamine que j'étais.

— Pouvez-vous me parler de l'époque où il se faisait appeler DJ Glazeye's ?

— Pourquoi ? Quel lien y a-t-il avec votre enquête ? s'étonne-t-elle. J'ai cru comprendre que…

Elle chasse d'un geste de la main ce qui vient de lui traverser l'esprit. Elle donne à Tangore l'impression de se cabrer comme un cheval rétif chaque fois qu'une question lui déplaît. Elle se résigne à répondre en feignant le détachement.

— Ces années-là n'ont rien eu de glorieux. L'héritage de notre grand-mère lui a procuré une bouffée d'oxygène sur le plan financier. Il a quitté les squats de Londres et de Manchester, l'Angleterre avait été longtemps indulgente envers les raveurs et leurs fêtes avant de les interdire. Il s'est acheté un camion qu'il a aménagé et a commencé à voyager en proposant ses services de DJ chaque fois que l'occasion se présentait. Quoi qu'il ait pu prétendre par la suite, son éducation bourgeoise lui a bien servi pour exercer cette activité. Il avait pratiqué le piano très jeune et, comme mon père était fou de jazz, on disposait à la maison d'une incroyable collection de disques, sans compter tous les gadgets électroniques pour les écouter. Il était doué pour la musique. Par la suite, il a beaucoup appris dans les clubs gays londoniens sur les techniques de mixage, de sampling, il s'est gavé de dub, de funk, de disco, de new-wave avant de recracher tout ça dans sa techno.

— Votre frère était homosexuel ?

— Non, mais la musique qui l'intéressait a émergé dans les boîtes gays de Londres. Ceux qui fréquentaient ces lieux avaient la fête dans le sang jusqu'à en crever et ça fascinait Simon. Non, il était loin d'être homo. Il traînait partout une fille qui s'appelait Phyllis, une sorte de chat écorché sorti des poubelles et qu'il surnommait, pour choquer, Syphilis, parce qu'on ne pouvait pas s'en débarrasser une fois qu'elle s'était accrochée à vous.

La méchanceté contenue dans la dernière remarque n'a pas échappé à Tangore. Les petites sœurs sont rarement tendres envers les amoureuses de leurs frères. Surtout quand elles n'appartiennent pas au même milieu social, ce que semble sous-entendre Jenny Decarpentrie.

— Il se droguait beaucoup à cette époque ?

Elle lui jette un regard goguenard.

— Qu'est-ce que vous croyez ? Quand votre vie tourne autour de la fête, la drogue est forcément là. Une *free party* n'a rien à voir avec une fête d'anniversaire au Parc Astérix. Vous proclamez à longueur de journée que vous êtes libre, libre d'aller où bon vous semble, d'investir n'importe quel lieu, libre de vous amuser sans limites, jour et nuit, sur un rythme trépidant, alors vous êtes libre aussi de vous défoncer avec tous les produits qui vous tombent sous la main. C'est aussi simple que ça.

— Vous n'exagérez pas un peu ?

— Il y a les gens qui vivent pour la fête et ceux qui apprécient faire la fête. À cette époque, mon frère s'offrait le luxe de vivre pour la fête, d'être en permanence sur des montagnes russes. Quand vous êtes pris là-dedans, vous ne voyez même plus la réalité qui vous entoure. Votre réalité à vous se résume à la teuf où vous êtes, à la suivante et à vos souvenirs de telle ou telle rave où vous avez passé trois jours les pieds dans la boue à vous fracasser la tête devant un mur d'enceintes.

— Votre frère avait-il un lien particulier avec des personnes de Rennes ou des environs ? Les Apôtres ou les Douz', cela évoque quelque chose pour vous ?

— Pas à ma connaissance, dit-elle en haussant les épaules. On ne parlait pas de ses relations dans le milieu des *free parties*. Il savait que cela ne m'intéressait pas.

— Pour quelle raison a-t-il dit adieu à son mode de vie à un moment donné ?

— Il a quitté la France fin 2014 pour le Canada. Un vrai soulagement pour la famille, on y a vu la volonté de faire autre chose, de changer de vie. Il s'est installé à Montréal.

— Quand est-il revenu en France ?

— En 2017 ou en 2018. Je ne sais plus exactement. Je crois qu'il avait fait un peu le tour de la Belle Province et de ses charmes revigorants.

— Vous vous êtes retrouvés à son retour du Québec ?

— Pas vraiment. Il était devenu aigri. J'ai mis cela sur le compte de ses échecs là-bas : il approchait de la trentaine, il n'avait plus un sou et ses tentatives de se faire un nom dans l'écriture n'avaient pas donné grand-chose. C'était un ratage de plus.

— Il a cependant obtenu le prix Nord en 2025 pour un recueil de nouvelles.

— Andy Warhol a dit que chacun a le droit à son quart d'heure de célébrité, n'est-ce pas ?

Sa saillie est cruelle, mais elle ne semble pas en avoir conscience. Un sourire désabusé flotte sur ses lèvres, dépourvu de l'attendrissement qui trahirait une quelconque affection pour son frère. Elle s'aperçoit soudain de l'image déplaisante qu'elle donne d'elle-même et tente d'en rattraper l'effet désastreux par un regard embué. La lieutenante se dit qu'elle a dû se pincer la cuisse pour arriver à ce résultat.

— Détrompez-vous, j'aimais mon frère, mais pas au point de me cacher ses défauts, reconnaît-elle avec la raideur de la justice.

L'enquêtrice lui accorde une certaine lucidité, tout en se demandant s'il ne s'agit pas d'une sécheresse de cœur. La mort n'est jamais un châtiment souhaitable et celle de Simon Decarpentrie n'est pas plus acceptable qu'une autre.

— Vous comprenez qu'il a peut-être été assassiné et que, dans ce cas, son ou ses meurtriers doivent être poursuivis et sanctionnés? Le passé de votre frère, son caractère difficile, son attitude parfois déplaisante n'excusent en rien ceux qui auraient attenté à sa vie.

— Bien sûr! Je ferais tout mon possible pour vous aider, si tel était le cas. N'en doutez pas. Pourrions-nous nous rendre à l'institut médico-légal maintenant? J'ai rendez-vous à 15 heures avec l'entreprise des pompes funèbres chargée de rapatrier son corps à Lille et mon avion décolle à 18 heures.

« Bien étrange famille, concède Tangore. Elle s'exprime comme si elle supervisait la logistique d'une exposition. »

*

Jenny Decarpentrie s'éloigne de la vitre et s'effondre sur la chaise approchée par l'officier de police judiciaire. Elle porte les mains à son visage d'une teinte crayeuse, ferme les yeux et inspire profondément. Elle reste quelques minutes dans un état de stupeur, tassée sur elle-même, saisie par la vision qu'elle repousse maintenant de toutes ses forces. Tangore presse doucement son bras et lui tend un peu d'eau. Elle soulève enfin les paupières, saisit d'une main mal assurée le gobelet de plastique qu'elle écrase entre ses doigts tremblants, renverse un peu de liquide sur son manteau et prend une minuscule gorgée qui ne passe pas.

— Venez, nous allons marcher un peu dans le hall et j'irai vous chercher un café si vous voulez, dit la flic en la soulevant.

Elle connaît cette réaction. Elle frappe généralement les personnes ancrées dans une sorte de déni à l'annonce de la mort d'un proche jusqu'au moment où, confrontées à la réalité brute, elles vacillent, au sens propre. Jenny Decarpentrie, en prenant de plein fouet la mort de son frère étendu à quelques mètres d'elle dans une pièce anonyme et nue, a eu les jambes coupées.

Les deux femmes passent dans le couloir, l'une affaissée contre l'autre, et marchent à petits pas vers l'entrée de l'Institut où se trouvent quelques fauteuils et un distributeur de boissons. Tangore se déleste de son fardeau dans le coin le plus éloigné des portes vitrées afin de le soustraire à la curiosité des rares visiteurs.

— Voulez-vous un café ? demande-t-elle.

— Un thé, si c'est possible, murmure Jenny.

Elle ne pleure pas. Pas encore. Les pleurs la rattraperont peut-être quand elle parlera avec l'employé des pompes funèbres, ou dans le salon des passagers à l'aéroport, ou dans l'avion. Peut-être même ne cessera-t-elle pas de pleurer, des larmes silencieuses, irrépressibles, gênantes pour les autres, mais qui ne se tariront pas sous l'acuité de la perte. Quand Tangore revient, elle tourne vers elle un visage tourmenté où se lisent les questions jusqu'à présent occultées, et qu'elle ne se résigne pas encore à poser. La plus évidente, la plus difficile dans sa froideur réglementaire, revient à l'OPJ.

— Il s'agit bien de votre frère, Simon Decarpentrie, n'est-ce pas ?

Elle hoche la tête.

— Oui, mais je ne l'ai pas... Je n'ai pas... Il semble si...

L'enquêtrice connaît les hésitations, la difficulté à trouver les mots qui traduiraient l'ahurissement, l'épouvante. La mort rend parfois méconnaissables des êtres proches en les privant de tout ce qui les rendait familiers, le regard, le sourire, la carnation du visage, l'expression de la bouche. Elle ne leur ôte pas seulement leur apparence coutumière, mais aussi les signes reconnaissables de leur appartenance à la mémoire familiale.

— Vous ne l'aviez pas vu depuis longtemps ?

— Oui, non, dit-elle dans la confusion où se délitent ses pensées. Je l'ai vu à Paris, à la fin de l'été. Il m'avait contactée pour régler certains détails financiers concernant notre famille. J'ai cru que, pour lui, le moment était venu de se rapprocher de nous, mais ce n'était pas vraiment le cas.

Elle a un petit rictus contrit, peut-être un sourire triste d'excuse.

— Quand il m'appelait, c'était souvent pour des questions d'argent. Mais là, il y avait aussi autre chose…

— Il souhaitait vous voir pour une raison précise ? interroge Tangore.

— Je n'ai sans doute pas saisi le vrai motif de sa démarche. Ou, tout bêtement, je n'ai pas voulu le voir. Il avait toujours du mal à dire les choses, il était comme ça, fermé sur ses blessures à en devenir teigneux, rancunier. Nous avions des vies si différentes qu'il m'était souvent difficile de le comprendre.

Elle réchauffe ses mains pressées sur le gobelet de thé avant de l'abandonner sur le sol.

— J'ai pris sa réaction pour un règlement de comptes. Comme à son habitude, il tirait la couverture à lui pour nous faire sentir que l'on ne se préoccupait pas de lui, qu'on avait bazardé un pan entier de son existence de la même manière qu'on l'avait rayé de la carte. Il nous faisait tout le temps des reproches, je n'y ai pas accordé plus d'importance qu'à l'habitude. Il faut savoir que mon frère avait une partition que nous connaissions bien dans la famille : celle du grand incompris, du musicien-qui-n'a-pas-percé-mais-aurait-dû, du poète d'avant-garde maudit. Nous étions tous fatigués de l'entendre se plaindre.

— Pendant votre rencontre, a-t-il mentionné certains événements, des choses qui le préoccupaient ? A-t-il évoqué des personnes, cité des noms ?

— Je ne m'en souviens pas, dit-elle avec lassitude. J'ai eu droit à ses vexations habituelles. Il m'a demandé si j'étais toujours avec mon compagnon, je lui ai appris que nous nous étions séparés d'un commun accord. Il s'est moqué de moi, m'a accusée de tout sacrifier à mon ambition. D'après lui, aucun de nous – il voulait parler des enfants d'Édouard Decarpentrie – n'étions capables de voir ceux qui nous aimaient vraiment, que nous passions toujours à côté du véritable amour. Et de me donner comme exemple cette fille, Phyllis, qu'il trimballait avec lui dans les années 2010. Ridicule !

— Où est-elle, Phyllis, aujourd'hui ?

— Partie, depuis bien longtemps. Morte, elle aussi. Son grand amour Phyllis ! Il pouvait bien lui édifier un mausolée sur la montagne de ses regrets.

— Phyllis comment ?

— Aucune idée.

— Dans quelles circonstances est-elle décédée ?

— Des histoires de drogue, je crois. C'est pour cette raison que mon frère s'est expatrié au Canada. Il a pris conscience que le même sort l'attendait s'il ne changeait pas de vie.

— Se droguait-il encore ?

Elle marque une hésitation, observe ses mains croisées sur ses genoux comme si elles la conjuraient d'être prudente.

— Non. Je le suppose. Il souffrait de problèmes rénaux dus à ses addictions passées et il redoutait que la consommation d'ecstasy et de LSD ne provoque chez lui une dégénérescence des neurones et une maladie de Parkinson : il était terrifié à l'idée de subir ce que notre père endure.

Un homme vêtu d'un complet foncé et d'un imperméable bleu marine passe les portes vitrées, se dirige vers l'accueil et, après avoir discuté avec l'employée, vient vers eux.

— Madame Decarpentrie ? demande-t-il avec une mine de circonstance.

Elle lève vers lui un regard étonné, examine d'un œil morne sa tenue sombre et son attitude affligée, et comprend qu'il doit s'agir de l'homme des pompes funèbres avec qui elle a pris rendez-vous. Elle acquiesce d'un signe de tête.

— Monsieur Janin, précise-t-il en lui tendant la main, des services funéraires Le Marchand-Toubel. Nous serons plus à l'aise pour discuter dans le petit salon réservé à l'accueil des familles, si vous voulez bien me suivre.

Dans son élan, il serre aussi la main de Tangore, incline deux ou trois fois le buste à la manière d'un culbuto et désigne de la main une porte à droite du hall. Jenny Decarpentrie se lève en guettant l'assentiment de l'OPJ.

— Allez-y, la rassure-t-elle. Je passe voir le médecin légiste pour savoir quand vous pourrez disposer du corps de votre frère. Je sais où vous trouver.

La lieutenante tombe sur Manon Spina au secrétariat de l'institut médico-légal. Elle sort sans doute d'une consultation difficile, car la lassitude dessine une sorte de masque maussade sur son visage ; elle lui fait signe de la suivre dans la kitchenette du personnel.

— Je déteste les consultations pédiatriques sur les enfants maltraités. Deux à la suite cet après-midi, c'est trop pour moi, lui confie-t-elle rapidement.

Elle chasse d'un geste désabusé les velléités de réconfort de Tangore.

— Vous voulez le compte rendu des prélèvements effectués sur Simon Decarpentrie et mes conclusions ? C'est fait. J'ai tout expédié en début d'après-midi.

— La famille pourra donc récupérer le corps ?

— Oui, le procureur n'a pas de raison de retarder la délivrance du permis d'inhumer. Je confirme le décès par surdose, dû non pas au fentanyl – comme je le pensais – mais à un autre opioïde de synthèse : l'hydromorphone. Ce produit existe sous de nombreuses formes : comprimés, gouttes, patchs et, plus rarement, solutions injectables. Ici, on a injecté à la victime pendant plusieurs jours cet analgésique narcotique utilisé essentiellement en milieu hospitalier.

— Vraiment ? s'assure Tangore.

— Eh oui ! Tu te souviens des points d'injection que j'avais relevés au niveau des aisselles ? demande Spina en passant au tutoiement. L'analyse toxicologique a éliminé l'hypothèse d'un traitement de l'hypersudation des aisselles par des injections de botox à cet endroit. Donc cet homme a reçu par voie cutanée neuf injections d'hydromorphone sur plusieurs jours. La gamme de produits la plus souvent utilisée dans les services hospitaliers est le Sophidone, mais depuis quelque temps, pour les solutions injectables, le Dilaudid 2 mg/ml est de plus en plus prescrit, même s'il s'agit d'une indication en deuxième intention, après l'utilisation d'un autre opioïde. On y a recours surtout dans les services de soins palliatifs et d'oncologie. Enfin, Sophidone ou Dilaudid, le résultat est le même.

— Tu peux préciser ?

— Un effet sédatif : en raison des doses, il devait être dans le coaltar. Les analyses montrent une forte concentration de la substance dans le prélèvement de sang crânien, mais insuffisante pour avoir provoqué le décès à elle seule. Par contre, le prélèvement d'urine révèle la présence d'un barbiturique, de la famille des benzodiazépines, du diazépam, autrement dit du Valium. C'est ce cocktail qui a entraîné un coma toxique et une dépression respiratoire aiguë par hypoventilation alvéolaire.

— Il n'a donc pas pu s'administrer ces produits lui-même ?

— Il en aurait été incapable, il était plongé dans un état quasi léthargique. Par ailleurs, cet homme n'était pas un toxicomane, c'est ce que nous révèle l'analyse des échantillons de cheveux. La section de cheveux la plus proche du crâne ne montre aucune trace de stupéfiants contrairement à l'extrémité : la prise de substances remonte à quelques jours avant le décès. Pour résumer, il s'agit d'un meurtre.

— Si je comprends bien, la victime a été droguée pendant plusieurs jours, plongée dans une sorte d'état second, avant de succomber à un arrêt respiratoire ?

— Exactement. Par ailleurs, elle a aussi été privée de nourriture, mais elle n'était pas déshydratée : le ou les individus qui la retenaient ont sans doute voulu la maintenir en vie un certain temps avant de provoquer la surdose mortelle.

— C'est un crime particulièrement violent, odieux, remarque Tangore.

— En effet. La victime était incapable de réagir, et la drogue a provoqué des hallucinations, des vomissements : quatre jours, c'est long pour traverser l'enfer. Il faut avoir une bonne connaissance des substances toxicologiques pour procéder ainsi, autrement dit appartenir au milieu médical, voire hospitalier, ou être un roi de la seringue et du cacheton. Ou les deux.

Après s'être entretenue par téléphone avec le commandant Gassière et le procureur Girardy, la lieutenante rejoint Jenny Decarpentrie pour lui faire part de la mauvaise nouvelle.

*

Tangore décide de laisser la primeur des annonces à Levasseur qui s'est tapé le travail le plus ingrat en épluchant le listing téléphonique.

— Pierre-Henry, commence, lui lance-t-elle avec le sourire d'encouragement réservé aux chouchous.

— Le dernier appel passé par Aff remonte au lundi 2 décembre, à 9 h 36. Le relais téléphonique activé est celui du Colombier : on peut supposer qu'il se trouvait encore à la cité Paul-Ricœur. Il s'est entretenu pendant six minutes avec quelqu'un du Grand Format de Rennes-Saint-Jacques. Je les ai contactés : cela remonte à loin, personne ne se souvient de ce coup de fil dans un magasin qui en reçoit des dizaines par jour. Son téléphone borne pour la dernière fois sur l'antenne relais du centre commercial de Saint-Grégoire, à 15 heures. Que faisait-il dans ce coin, mystère total ? Mais j'ai relevé un truc bizarre, à plusieurs reprises, pas loin de dix fois au cours des quatre dernières semaines, son téléphone a borné à Sixt-sur-Aff.

— Sixt-sur-Aff ? questionne sa cheffe d'un air abasourdi. C'est une blague ou quoi ?

— Pas du tout. Le bled est situé à une cinquantaine de kilomètres de Rennes, sur la route de Redon ; trois quarts d'heure pour y aller en empruntant la quatre-voies.

— Son pseudo d'écrivain vient du nom de ce patelin, s'étonne Tangore. C'est incroyable ! Voilà une découverte !

Levasseur rougit de plaisir et s'enfile un anis de Flavigny en guise de récompense.

— Sur les deux semaines précédant sa disparition, si on laisse de côté les communications avec Garance Poulpiquet ou le directeur de la Maison de la Poésie et celles avec le conseiller financier de sa banque parisienne, il y a quatre appels sortants à Nathalie Le Quilliou et cinq appels entrants de la même. Chaque fois, ils durent moins d'une minute, sans doute pour convenir d'un lieu de rendez-vous. Par ailleurs, il y a deux appels sur la ligne fixe du collectif *Urbamus*, et un appel à Mara Vernant. En résumé, il a un usage plus que modéré du téléphone, on peut même penser qu'il évite de l'utiliser. En remontant dans le listing, sur le mois entier, il y a eu seize appels entre Aff et Le Quilliou. Et un appel passé en Angleterre, le jeudi 7 novembre, à 19 heures, à une certaine Mary Bringsfield. Durée de la communication : une heure et huit minutes.

L'excitation de Tangore se mesure aux gribouillis dont elle couvre le tableau blanc.

— Bon sang ! Enfin du solide ! J'ai l'impression que les choses commencent à tourner en notre faveur.

Jusqu'à présent, Aubert s'était tenu bien sagement à l'autre bout de la table. Il demande à participer aux réjouissances en levant son stylo, comme un élève bien élevé. Il a la réputation du flic le plus plan-plan du SRPJ rennais. Certains des collègues l'appellent « deux de tension », à tort, car il peut faire des pointes jusqu'à trois.

— Vous voulez la suite ou pas ? propose-t-il d'un air finaud.

— Bien sûr qu'on veut la suite ! s'exclame la lieutenante. Et commence par cette Nathalie Le Quilliou si cela ne te dérange pas : cette femme devient aussi voyante qu'une balise dans un port.

— Elle est née en 1994 à Guingamp, Côtes-d'Armor, famille de commerçants, les parents tenaient un café-restaurant. Études supérieures à Rennes, deux années d'anglais, mais elle abandonne la fac pour des petits boulots tout en fréquentant beaucoup la scène *underground* qui se développe autour de l'électro. Dans les années 2010, elle est membre de plusieurs collectifs qui surgissent aussi vite qu'ils disparaissent et organisent des raves dans la région. Elle s'installe en 2015 avec Philippe Guérat et le couple ouvre une sorte de lieu alternatif pour les amateurs de musique électro, les graffeurs, les artistes de rue, les vendeurs de skeuds…

— De skeuds ? s'interroge l'enquêtrice.

— De disques, si vous préférez. Son compagnon Philippe Guérat commence alors à bénéficier d'une certaine notoriété, d'abord en proposant des sons à des artistes plus connus, puis en s'imposant dans la techno *free party*.

— Qu'est-ce que ça veut dire « proposer des sons » ? le coupe Tangore.

— Vous êtes vraiment passée à côté de votre jeunesse, se moque Aubert à qui, pourtant, on proposerait un bob *vintage* Paul Ricard sans hésitation. Les pointures de la techno ou de l'électro passent une grande partie de leur temps sur les routes, en tournée, dans des festivals, des clubs, bref ils participent à des tas d'événements comme vous pouvez l'imaginer. Ils n'ont pas toujours le temps de chercher de nouveaux sons, de bidouiller leurs *sets*, alors ils font appel à des sortes de mercenaires qui les créent pour eux contre rémunération. Il paraît que ça paie bien. On appelle ça le *ghost producing*, la production fantôme. Philippe Guérat avant de se faire connaître avec BlindTest était *ghost producer* pour d'autres.

— Waouh ! s'exclame Tangore.

— C'est assez courant en musique… Qu'aurait été Rihanna sans Ester Dean ? commente perfidement Pierre-Henry avant d'être fusillé du regard par sa cheffe, fan de la chanteuse.

— Et l'accident ? demande Tangore en coupant court à toute tentative de diversion.

— Cela s'est passé le 11 mars 2022, aux environs de 5 heures du matin. Le couple revenait de Belgique où Guérat s'était produit au festival City Sonic de Mons. L'accident a eu lieu après la sortie 25 de l'autoroute de Rennes-Caen, en direction de Thorigné-Fouillard. La chaussée était mouillée, rendue glissante par de la boue projetée sur la voie par des engins agricoles. La voiture – une Audi A3 de location – a probablement dérapé, venant percuter le talus à gauche, avant de faire deux tonneaux et de s'encastrer dans un arbre. L'accident a été signalé aux pompiers à 5 h 10 par un conducteur de la SNCF qui se rendait au travail. Guérat, qui était au volant, était décédé à l'arrivée des secours et le pronostic vital de sa passagère, Nathalie Le Quilliou, était engagé. Cette dernière a été transportée à l'hôpital de Pontchaillou et placée en réanimation. Elle a survécu malgré un traumatisme cranio-encéphalique et une déchirure de l'aorte. Elle est restée cinq semaines dans le coma et a subi ensuite une longue rééducation au centre de Kerpape, à Ploemeur. L'enquête de gendarmerie a conclu à une perte de vigilance du conducteur, associée une vitesse excessive, ayant conduit à l'accident.

Aubert ménage ses effets en agitant son stylo-baguette magique.

— Toutefois, une seconde enquête a été initiée quand Nathalie Le Quilliou, une fois sortie du coma, a évoqué l'intervention d'un deuxième véhicule dans l'accident – un fourgon de type Renault Trafic ou approchant, de couleur grise – mais elle a été classée sans suite faute d'éléments probants. Sur les lieux, les gendarmes n'avaient pas relevé d'autres traces de freinage que celles de l'Audi de Guérat.

L'exposé d'Aubert est suivi d'un silence, chacun cherchant à évaluer la validité des affirmations de Nathalie Le Quilliou.

— C'est troublant quand même, constate Levasseur, car la description du véhicule est assez précise.

— Mais quelle preuve trouver après trois mois, sur une route éloignée de toute habitation et à un moment où la plupart des gens sont couchés ? note Tangore avec une moue dubitative.

— Bon, enchaîne-t-elle, qu'est-ce que tu as trouvé sur Thomas Gellard ?

— Né en 1995 à Bruz, ce qui lui fait 35 ans. Exerce la profession de menuisier-charpentier à Vern-sur-Seiche. N'a pas eu affaire à la police à l'exception de cette soirée Dazibao pour laquelle il figure au fichier TAJ. Le 4 avril 2023, un jeudi soir, le CRIJ de Bretagne et le 4bis Rennes organisent un événement nocturne dans l'ancienne prison Jacques-Cartier, désaffectée. Il s'agit de sensibiliser les jeunes autour d'un projet impulsé par la municipalité, la création d'une cité du cinéma et d'un espace culturel polyvalent sur le site de la prison. Des expositions, des débats et des ateliers sont prévus dans les murs avec des concerts d'artistes locaux. Thomas Gellard ne participe pas lui-même à la soirée festive, c'est son jeune frère qui doit intervenir pour un *set* électro, sous le nom de MadLine. Lui est présent pour installer le matériel. Parmi les animateurs de la soirée, figure un dessinateur de bandes dessinées venu présenter l'un de ses albums, Bartel Worm. Gellard et Worm s'engueulent, une bagarre s'ensuit et Gellard attrape une bombe de peinture rouge et il écrit JUDAS en lettres géantes sur le mur de la cour de promenade. Finalement, il est maîtrisé par le service d'ordre et embarqué par les Tropolis. Fin de partie.

— L'incident ne doit pas être aussi anodin qu'il y paraît puisque le corps d'Aff a été retrouvé dans le périmètre de sécurité de la prison, commente Tangore. Vous avez fait de l'excellent boulot, les gars. Demain, je veux entendre en priorité Nathalie Le Quilliou. Aubert, tu passeras à son domicile avec une convocation et tu l'amèneras ici, je ne veux pas l'en informer à l'avance après ses cachotteries d'hier. Et tu m'assisteras lors de l'audition. Nous déciderons ensuite qui nous entendrons en priorité, Matthias Cherbine ou Thomas Gellard.

Elle se tourne vers Levasseur :

— Pierre-Henry, tu te renseignes sur ce Bartel Worm : qui il est, ce qu'il fait, où il réside, etc. Tu fais un saut à la bibliothèque des Champs Libres et tu passes en revue toutes les BD de ce Worm, il y a peut-être quelque chose à tirer de ce côté. Bien, on arrête là pour ce soir.

Aubert quitte aussitôt la salle tandis que Levasseur traîne en rangeant avec une excessive méticulosité ses listings. Tangore en connaît la raison.

— Ne sois pas déçu, Pierre-Henry, tu sais qu'Aubert passe avant toi pour les auditions puisque tu n'es pas habilité à rédiger les procès-verbaux. J'ai besoin de toi pour plein d'autres choses que je ne peux pas faire, faute de temps.

— Comme quoi ? s'enquiert-il avec une pointe d'agressivité.

— Tu sais que personne ici n'est aussi bon que toi dans le maniement des logiciels d'exploitation des images vidéo. Même chose pour l'épluchage des listings de communications téléphoniques.

— En fait, ce qui vous intéresse chez moi, c'est le boulot de mulot, se plaint-il d'un air maussade.

— Non, ce qui m'intéresse, c'est ton intelligence, ta discipline de travail. Mais je dois aussi travailler avec Aubert qui est un bon flic, même s'il est un peu lent.

— C'est vrai, convient Levasseur avec un franc sourire, qu'est-ce qu'il peut être lent, ce type : il aurait besoin d'un coup de soufflette dans le carburateur.

Ils rient tous les deux, réconciliés sur le dos d'Aubert.

*

À l'approche des fêtes de fin d'année, la ville nocturne revêt sa parure de haute joaillerie, une tenue de gala qui se décline d'une place à l'autre, enchâsse de résilles argentées chaque monument avant de semer à profusion un champ d'étoiles scintillantes sur les avenues. Les arbres à LED du mail François-Mitterrand dressent dans le crépuscule leurs branches lumineuses au-dessus de nuées d'enfants attirés comme des papillons par le pavage multicolore des marelles géantes. La chevelure sombre de la Vilaine se pique de jardins flottants aux fleurs bioluminescentes et, sur les rives, des nénuphars sonores jouent de leurs clochettes cristallines. À chaque coin de rue, comme des ogres débonnaires, les pères Noël de la publicité holographique clignotent de rouge, avatars rebondis et souriants de Ronald McDonald, du Colonel Sanders et du Burger King. La place de Bretagne, transformée en un énorme coffre à jouets, projette sur le ciel les images que les bambins commandent à distance sur leurs smartphones : peluches roses, pantins fluorescents, rennes de pacotille. La magie de Noël s'offre une beauté trop maquillée au goût de Priyanka.

Elle file sur son scooter dans la nuit saturée de lumières pour rejoindre son refuge ; la vitesse arrache de ses épaules les tendeurs du stress ; un à un, ils lâchent pour devenir des filaments aériens. Malgré le froid, un bref instant, sur le boulevard de Chézy, ses poumons semblent aspirer l'air salin de la route de la Corniche, à Saint-Denis, elle blottie contre son père, sur la vieille moto Enfield India qui transportait toute la famille les jours de promenade. Sa solitude se concentre alors en une onde douloureuse qui la traverse de part en part avant de se dissiper. À l'angle de la rue Saint-Martin, il est encore temps de changer de direction pour rejoindre l'appartement d'Adrien.

Mais, le jeudi soir, il dîne avec son vieux copain Jacob et elle se garde d'imposer sa présence malgré la sympathie réciproque qu'ils se portent. Se coucher et dormir, ce n'est pas si mal non plus.

Jour 5

Tangore s'adresse à Nathalie Le Quilliou avec une politesse cérémonieuse :

— Je vous remercie de votre disponibilité. J'ai hésité à vous appeler hier soir, mais comme il se faisait tard... Enfin, vous êtes là, c'est le principal !

Le Quilliou, sur ses gardes, se contente de hocher la tête. Elle paraît plus costaude, dans le poncho de laine bariolé qu'elle a passé sur ses épaules, les mains enfouies dans les replis du tricot. Elle porte un pantalon kaki d'une sobriété étonnante, et des bottes en cuir à plateforme qui lui donnent cinq bons centimètres supplémentaires. Elle n'a rien d'un être frêle, aisément impressionnable et, pour prendre un peu d'avance, elle affiche déjà un air revêche. Il est inutile de prendre des gants avec elle, elle se doute des raisons qui l'ont amenée dans ce bureau à 9 heures du matin.

— Lors de ma visite, mercredi, vous ne m'aviez pas dit que vous connaissiez personnellement Aff. Au contraire, vous aviez joué la surprise lorsque j'avais évoqué son passé de DJ devant vous.

— Que voulez-vous insinuer ? se rebiffe-t-elle.

— Oh ! Je n'insinue pas, j'affirme. Vous vous êtes entretenue régulièrement avec lui par téléphone, assure la lieutenante en pointant le dossier posé devant elle : seize communications dans les semaines passées. C'est un coup de foudre ? Ou plutôt des retrouvailles entre des vieux copains trop longtemps perdus de vue ?

Un silence succède à sa remarque. Son interlocutrice s'efforce de ne pas paraître déstabilisée, mais son mutisme n'est qu'une vaine tentative de s'arc-bouter sur ses mensonges. Tangore ne veut pas lui laisser le temps de fabriquer une nouvelle fable.

— Comment expliquez-vous la fréquence des appels entre vous et Aff ? Y a-t-il autre chose que vous nous cachez, madame Le Quilliou ?

L'enquêtrice sent grandir l'impatience d'Aubert au raclement de ses chaussures sur le sol. D'un geste discret, elle l'empêche d'intervenir ; il faut laisser la femme s'enfoncer encore un peu. Il cligne des yeux, il a compris le message.

— Je n'ai rien à voir avec la mort d'Aff, se défend Le Quilliou après de longues minutes.

Elle libère ses mains du poncho pour fouiller dans le sac suspendu au dossier de sa chaise. Elle en retire un inhalateur qu'elle presse sur sa bouche. Au regard interrogateur des deux flics, elle répond d'une voix morne :

— Je fais de l'asthme, avec le spray, je respire mieux.

— Voulez-vous un verre d'eau ? propose Aubert, devant cette manifestation inattendue de fragilité.

Elle décline stoïquement. Tangore se demande si l'asthme fait partie d'une mise en scène pour se donner un peu de répit. Elle décide de la surprendre sur un terrain auquel elle n'est pas préparée.

— Vous êtes de vieilles connaissances, Aff et vous. Il était présent à la cérémonie d'hommage organisée le 15 juin 2022 à la mémoire de votre compagnon, Philippe Guérat, n'est-ce pas ?

Elle accuse le coup, s'agite sur sa chaise ; ses doigts cherchent les franges de son poncho et commencent à les peigner.

— Simon Decarpentrie était présent, rectifie-t-elle avec une pointe d'agressivité. Laissons tomber Sixte Aff, s'il vous plaît. Philippe et lui étaient des amis de longue date ; alors rien de plus normal qu'il souhaite me revoir pendant sa résidence à la Maison de la Poésie.

Elle soupire d'un air excédé :

— Nous avons passé deux soirées ensemble, concède-t-elle, pour évoquer le passé, les souvenirs avec Philippe. C'est tout.

— Quels jours vous êtes-vous rencontrés ?

— Le jeudi 28 et le samedi 30 novembre. Après, je ne l'ai plus revu.

— Où habitez-vous, madame Le Quilliou ? demande Aubert avec le plus grand sérieux, tout en le sachant fort bien.

— Rue Dupont-des-Loges, c'est là que vous êtes venu me prendre, non ?

— C'est près de la cité Paul-Ricœur, remarque-t-il en la fixant paisiblement. Dix minutes de marche, à tout casser.

— Si vous le dites, répond-elle avec dédain.

— Pourquoi alors venir le chercher en voiture ? poursuit-il en lui posant sous les yeux les clichés de la vidéosurveillance du parking souterrain Charles-de-Gaulle. Vous deviez vous rendre ailleurs qu'à votre domicile ?

Elle fixe les images un peu floues des caméras avant de hausser les épaules, comme si toutes les insinuations contenues dans les questions des policiers étaient sans fondement.

— On a rendu visite à des potes avec qui on faisait de la musique autrefois. Des années que Simon n'était pas venu dans le coin, il m'avait contactée pour qu'on se revoie et qu'on passe quelques moments ensemble.

— Où vous êtes-vous retrouvés ? questionne d'un ton sec la lieutenante.

Le Quilliou se mord les lèvres. Elle tripote les photos, les pose l'une sur l'autre avant de les repousser vers Aubert.

— Chez Thomas Gellard, à Vern-sur-Seiche. Il faisait partie du collectif qu'on avait mis sur pied, en 2012-2013.

— Ce collectif avait un nom ? s'enquiert Aubert qui mime l'impatience en tambourinant de ses poings fermés le rebord de la table.

— Comment ça, un nom ?

— Vous étiez dans le même groupe, vous organisiez des raves, certains d'entre vous se produisaient sur scène : vous aviez bien un nom pour vous faire connaître ? C'est comme ça que ça marche, pas vrai ?

Elle regarde la pluie s'abattre rageusement sur les fenêtres de la salle. Voit-elle le ruissellement de l'eau sur les vitres ou se remémore-t-elle le passé ?

— Le collectif s'appelait Douz'.

— Pourquoi avoir choisi ce nom ? poursuit Aubert, imperturbable devant son air rébarbatif.

— Le groupe était constitué de douze personnes, tout simplement.

Pour la première fois, un sourire effleure ses lèvres, comme si elle s'amusait d'une évidence qui n'en était pas une pour ce petit fonctionnaire rivé à son ordinateur.

— Pouvez-vous nous donner leurs noms ? réclame-t-il sans impatience.

Elle laisse échapper un grognement.

— Une minute, que je les retrouve ! Bon, il y avait Philippe Guérat, mon compagnon, Matthias Cherbine, Jacky Seiz, et moi. Ensuite, Thomas Gellard, les frères Majong, Yann Stéphan, Barthélemy Viard. Et bien sûr, Simon Decarpentrie, John Isting et Phyllis Bringsfield.

Tangore note les identités au fur et à mesure, puis reste crayon en l'air à l'annonce de la dernière personne. Ce nom ne lui est pas inconnu.

— Bringsfield, c'est anglais, non ?

— John Isting et Phyllis Bringsfield étaient anglais. Simon les avait amenés dans l'équipe. Ils voyageaient plus ou moins ensemble à cette époque-là.

— Avec quelles personnes Simon Decarpentrie a-t-il renoué contact par votre intermédiaire ? Qui a-t-il revu lors des deux rencontres auxquelles vous avez participé ?

— Thomas, bien sûr, on s'est réuni chez lui. Matthias d'*Urbamus*. Jacky Seiz qui est prof à Vannes, et John Isting, vendeur dans un magasin du coin. Les autres, on les a perdus de vue, ça fait un bail depuis l'époque des Douz'.

— Phyllis Bringsfield, vous savez ce qu'elle est devenue? C'était bien la petite amie de Decarpentrie, n'est-ce pas? demande la lieutenante.

— Comme Philippe, elle est morte, déclare d'une voix atone Le Quilliou.

— Oh ! Comment est-ce arrivé ?

— Un accident, une chute mortelle.

— Il y a longtemps ? insiste Tangore avec l'impression de lui arracher les informations une à une.

La femme croise les jambes de manière à s'asseoir en biais. Pressée d'en finir, lassée des questions, elle ne cache pas sa réticence à y répondre, oscillant sans cesse entre tentatives de dissimulation et de persuasion. Elle donne l'impression d'être indifférente au sort subi par Decarpentrie, en tout cas, nullement chagrinée. Les épaules rejetées en arrière, le regard dur, elle cède :

— En février 2014.

— Et dans quelles circonstances ? insiste Aubert.

— Elle est montée dans les étages d'une maison délabrée où était organisée une *free party* et un plafond s'est effondré sur elle.

Tangore sort de son dossier un agrandissement de la photo parue dans le hors-série de *Trax* de septembre 2013.

— Vous êtes sur cette photo, n'est-ce pas? Et Phyllis également.

— Incroyable, c'est la première fois que je la revois après toutes ces années !

Nathalie Le Quilliou se penche pour scruter les personnes prenant la pose, assises à une longue table, deux groupes séparés par une place vide au centre. Elle pointe une fille à gauche du siège inoccupé : un petit visage pointu, des cheveux presque rasés, d'immenses yeux noirs, rendus charbonneux par un maquillage appliqué à la truelle, et qui fixent intensément l'objectif.

— Voilà Phyllis, et à côté Simon. Moi, je suis tout au bout, là, avec Thomas. Nous étions les jeunots du groupe. On faisait figure de bleus, pourtant Thomas savait tout faire : installer le *desk*, s'occuper des branchements, monter les enceintes... Toujours prêt pour le taf.

— Et vous, quel était votre rôle ?

— Je sketchais les flyers et je tenais le porte-monnaie. Dans les *free parties*, il n'y a pas d'entrées payantes, pas de billetterie : c'est un principe. Mais il faut bien couvrir les frais, payer le gasoil des camions et des groupes électrogènes, les locations de matériel et tout le reste, alors on compte sur une donation des participants, sinon il n'y aurait plus de teuf.

Elle regarde en souriant son air juvénile d'alors, ses longs cheveux roux coiffés en dreadlocks, son buste recouvert d'un tee-shirt trop grand aux épaules. Elle glisse son doigt à la droite de la place vide, où se tient un homme très brun de peau et de cheveux, à la mâchoire imposante, au sourire éclatant.

— C'est Philippe. Qu'il était beau ! Peut-être pas aussi beau que Simon Decarpentrie, mais quand même…

À son côté, elle désigne un barbu à l'air renfrogné.

— Ici, c'est Matthias. Il devait être encore de mauvais poil ! Pour ça, il n'a pas changé. Le gars les cheveux dans les yeux, c'est Jacky Seiz, l'intello. Au bout de la rangée, les frères Majong – on les appelait les damnés de l'enfer à cause du kilo de chaînes qu'ils se trimballaient autour du cou – des virtuoses pour faire sauter les cadenas des entrepôts. Yann Stephan, le chéri des meufs, mais un vrai cinglé aux platines.

Le Quilliou volubile, c'est inespéré. Aubert reporte discrètement ses indications sur un second exemplaire de la photo sorti de son dossier. Il revient sur une silhouette, penchée sur Phyllis, qui a sauté dans son énumération. Il pose son ongle sur le visage inconnu.

— Et lui ?

Elle détourne les yeux.

— Barthélémy Viard.

— Il fait quoi aujourd'hui ?

— C'est un graffeur qui bouffe à tous les râteliers pour décorer les murs de ses bouses. Un mercenaire guidé par l'appât du gain ! Style le fric y a que ça de bon...

— Vous ne semblez pas beaucoup l'apprécier, remarque Tangore, pour la pousser à d'autres confidences.

— C'est un fouteur de merde. Il nous a causé que des ennuis avec ses plans à la con.

— Vous ne le voyez plus ?

— Heureusement ! Bon débarras.

Elle s'est refermée sur un silence boudeur et semble soudain se désintéresser de la photo. Elle sort son portable de sa poche, regarde l'heure d'un air préoccupé. Son changement d'attitude n'échappe pas à Tangore. Elle choisit d'ignorer cette manifestation d'impatience.

— Pourquoi la place au centre de la photo est-elle inoccupée ? Cela fait un peu étrange.

— On était douze, comme les Apôtres, et personne pour jouer le Christ. C'est un symbole : nous étions tous à égalité, aucun d'entre nous ne pouvait se dire le chef et décider sans les autres.

— Mais il y a seulement onze personnes sur la photo, il en manque une.

— John Isting, je crois. À ce moment-là, il avait dû rentrer en Angleterre pour une raison quelconque. C'est de l'histoire ancienne, conclut-elle en abaissant le regard, comme si elle craignait de laisser percer sa nostalgie, et peut-être ses regrets.

Ce repli intrigue l'enquêtrice. Quelque chose d'amer et de fané se lit dans ce visage encore jeune, mais privé d'expression, de vivacité, lorsqu'on le compare à celui de la photo, seize ans auparavant. Entre-temps, cette femme avait perdu l'homme qu'elle aimait et, sans doute, une vie pleine de promesses. Pourquoi éprouverait-elle du réconfort ou du plaisir à évoquer une période de sa vie où tout pouvait encore advenir, où elle n'avait aucune raison de croire en une mauvaise étoile ? Face à l'adversité, elle s'était durcie. Et qu'on déballe devant elle ses omissions, pire ses mensonges, elle s'efforcerait de tenir la dragée haute aux flics. Question de tempérament. Pour une raison inconnue, dire la vérité lui est aussi pénible.

— Après ce que vous nous avez raconté, vous ne nierez plus avoir poussé la candidature de Simon Decarpentrie à la Maison de la Poésie et manipulé le choix des membres de la commission ? questionne-t-elle pour la forme.

— Non, et je ne regrette rien. Simon était dans une mauvaise passe, très déprimé. Matthias et moi nous sommes dits qu'il était temps de faire quelque chose pour lui. On ne pouvait pas le laisser couler à pic.

— Pourtant, on ne peut pas dire que son séjour en Bretagne lui ait particulièrement réussi, ne peut s'empêcher de relever la flic, agacée par ce qui lui semble être une fausse sollicitude.

— Comment expliquez-vous ce qui lui est arrivé ? intervient Aubert.

Elle se tourne vers lui, piquée au vif :

— Je ne l'explique pas. J'ai lu *Ouest-France* qui parle d'overdose. Simon ne touchait à aucune substance depuis longtemps. Jamais il n'aurait pris de drogue de son plein gré. Jamais.

— Il y avait une raison particulière à cela ?

— Il avait tourné la page : plus de raves, plus de substances, plus de DJ Glazeye's. Il avait tiré un trait sur tout ça en partant au Canada.

— Vous auriez pu me le dire mercredi quand je vous ai rendu visite à *Urbamus*, lui reproche Tangore.

— Je suis peut-être conne, mais pas au point de scier la planche sur laquelle Matthias et moi sommes assis. Reconnaître que nous avions influencé la décision de la commission de la MP nous aurait conduit tout droit à la porte.

Elle regarde Tangore, puis Aubert. Son visage ressemble à un buvard qui a séché trop d'encre et se délite entre les doigts à chaque nouveau tamponnage.

— Vous allez le leur dire ? s'inquiète-t-elle avec une pointe de défi dans la voix.

— Non, si aucune question venant de la Maison de la Poésie ne m'y oblige, répond sèchement Tangore. Mais, à la première entourloupe de votre part, je n'hésiterai pas à déballer ce que je sais au directeur de la MP.

La lieutenante se lève.

— Restez jusqu'à ce que le major Aubert ait finalisé le PV d'audition et vous l'ait fait signer. Ensuite, vous pourrez partir.

*

Levasseur pianote sur son clavier comme le jeune Chopin, en virtuose. Quand sa cheffe se penche sur son bureau, ses narines détectent aussitôt des relents nauséabonds.

— C'est quoi cette odeur ? Tu te dégueules dessus, Pierre-Henry ? demande-t-elle en fronçant le nez.

Il ouvre son tiroir et en sort une barquette remplie d'une marmelade brune, peu ragoûtante.

— Je teste des compotées de fruits pour Bachk… Barbara. J'ai fait un essai : banane, mangue, nèfle. Ça sent un peu le pourri, mais c'est très riche en apports vitaminiques. Comme il m'en restait un peu, j'ai pensé le garder pour mon déjeuner.

Un jour ou l'autre, il va se trahir et appeler sa nièce par son petit nom secret : Bachka la Jeune. Il ferait mieux de renoncer à cette lubie, mais elle est tenace. Il éprouve le besoin de rattacher ce bébé flottant à une lignée : après Bachka la Vieille, il y a Bachka la Jeune. Sans père identifié, elle a au moins une aïeule, une arrière-grand-mère qui avait eu assez de plomb dans la tête pour fuir la Pologne occupée et les Russes.

— Soit tu avales ce truc tout de suite, soit tu le balances. C'est compris ? Je ne veux pas de culture bactérienne sauvage dans le service. Je te le dis, Pierre-Henry, tu vas devenir maboul avec cette gosse.

L'adjoint hoche piteusement la tête.

— J'ai un nom pour toi : Barthélémy Viard. Un graffeur. Tu me fais une recherche complète sur ce type.

— Je m'y mets tout de suite.

— Deuxième chose : Phyllis Bringsfield, décédée en février 2014. Citoyenne britannique. Vois ce que tu peux rassembler sur elle. Je vais avec Aubert à Vern-sur-Seiche. J'espère y trouver Thomas Gellard.

La déception de ne pas être de la partie se lit sur le visage de Pierre-Henry. Elle lui tend l'exemplaire de la photo du magazine *Trax* annoté par Aubert.

— Je me demande si ton histoire de Cène ne mérite pas une petite vérification : regarde ça et tu m'en reparles ce soir, quand nous ferons le point.

Levasseur la regarde avec les yeux d'une adoration aussi subite que passagère.

*

Les abords de l'atelier de Thomas Gellard ressemblent à une casse. La gueule béante d'une vieille bétonnière électrique s'est transformée en réservoir à eau de pluie, d'anciens châssis de fenêtres en plastique s'entassent sous un préau avec un lot de gouttières en zinc hors d'usage. Une tondeuse à gazon, en partie carbonisée, est abandonnée dans un fossé. Devant l'entrée du garage, un plancher grossier fait de palettes supporte deux grandes niches, désertées par leurs occupants. Tangore regarde tout autour d'elle, dans la crainte de voir débouler deux molosses. Elle éprouve une peur irraisonnée envers les canidés dépassant trente centimètres. Enfant, sur la plage de Saint-Denis, une bande de chiens errants avait attaqué un homme ; depuis, la seule vue de ces animaux la stresse.

Le bruit d'une machine leur parvient d'un entrepôt ; ils franchissent la porte coulissante à moitié ouverte et découvrent un homme derrière une grande table de sciage, lunettes de protection sur le visage et casque antibruit sur les oreilles. Il pousse une longue planche sur la lame dans un jet de sciure. La poussière de bois en suspension irrite le nez et s'amasse au sol en dépôts rougeâtres. Un apprenti range des outils sur un établi ; les ayant aperçus, il va prévenir son patron.

À 35 ans, Thomas Gellard n'a plus grand-chose à voir avec le jeune homme photographié pour le magazine *Trax*. C'est un colosse vêtu d'une combinaison de travail en piteux état. Il vient vers eux avec un sourire, mais se fige lorsqu'ils sortent leur badge de policier.

— Excusez-nous de vous déranger en plein travail, monsieur Gellard, nous venons vous voir au sujet de la mort de Simon Decarpentrie. Est-il possible de nous entretenir un moment ?

Il leur désigne un local vitré au bout de l'atelier. Quand il s'assoit dans le vieux fauteuil de bureau tout déglingué, devant sa table couverte d'échantillons de bois et de fenêtres, le siège grince comme s'il n'allait pas résister au poids de l'occupant. Les deux policiers prennent place sur des sièges de jardin fatigués, trop bas pour ne pas se sentir en position d'infériorité.

Le Quilliou a probablement averti son copain d'une visite de la police, c'est pourquoi Tangore, après une brève entrée, en vient aux faits :

— Monsieur Gellard, votre utilitaire apparaît sur des images de vidéosurveillance avec, à son volant, Mme Le Quilliou, et Simon Decarpentrie à ses côtés. Nous voudrions avoir quelques explications.

Il tire sur son épaisse queue-de-cheval serrée par un élastique.

— Si vous avez parlé avec Nathalie, reconnaît-il sans détours, vous savez que je lui ai prêté le camion pour qu'elle puisse nous rejoindre avec Simon quand on a revu les copains.

— Chez vous ? Ici ? précise Aubert.

L'hésitation a été imperceptible, mais ne leur a pas échappé.

— Oui.

— Comment est-elle venue récupérer le véhicule chez vous ?

— Elle a pris le bus, c'est pas compliqué.

— Il n'aurait pas été plus simple que vous alliez les chercher tous les deux à Rennes ? remarque le major.

— J'avais du travail, je ne voulais pas perdre du temps en passant les prendre à une heure où il y a beaucoup de circulation sur la rocade.

— À quel moment sont arrivés les autres participants à la soirée du jeudi 28 novembre ?

— À peu près en même temps que Nathalie et Simon.

— Et Matthias Cherbine, il est aussi venu avec eux ? s'enquiert la flic d'une voix anodine.

La question semble le désarçonner. Il regarde le plafond.

— Euh, je ne sais plus. Je crois qu'il est venu avec sa propre voiture. Il a dû arriver comme les autres, vers 7 heures et quart.

— Où vit M. Cherbine, demande Aubert qui a saisi les intentions de Tangore.

— Rue Ginguené, dans le quartier Sacrés-Cœurs, à Rennes.

— Vous trouvez logique que Nathalie Le Quilliou emprunte votre camion pour amener ici Simon Decarpentrie alors qu'ils auraient pu être véhiculés par votre copain Matthias Cherbine ? remarque Aubert d'un ton dur. Je crois que vous nous racontez des histoires, monsieur Gellard.

Devant l'expression de plus en plus déconfite du menuisier, Tangore décide d'enfoncer le clou :

— Votre camion ne transportait pas seulement Simon Decarpentrie, Nathalie Le Quilliou, mais aussi Matthias Cherbine, vous-même, et sans doute aussi Jacky Seiz et John Isting, assène Tangore.

Gellard semble soudain complètement perdu. Il regarde les deux policiers, l'un après l'autre, comme s'il cherchait un dernier moyen de leur échapper.

— D'accord, capitule-t-il. On était tous dans le fourgon, sauf Jacky qui est venu par ses propres moyens.

— Et pour aller où ? interroge d'une voix pressante Aubert.

— C'était un tour de bagnole entre potes, on n'a rien fait de mal. On est allés à Sixt-sur-Aff, lâche-t-il avec réticence.

Aubert et Tangore échangent un regard. Voici que réapparaît le nom de cette commune.

— Jacky Seiz habite Vannes, il était inutile qu'il fasse un détour par Rennes, il s'est rendu directement sur les lieux, n'est-ce pas ? suggère la lieutenante.

— Oui.

— Et cette balade, où vous a-t-elle amenés ?

— Au château de Musil : un coin perdu entouré de bois, au-dessus de la vallée de Trohinat.

— En plein hiver, en pleine nuit, vous allez vous promener dans la nature uniquement pour le plaisir d'une vadrouille entre copains ? s'étonne d'un ton narquois Aubert.

— J'ai pas dit que c'était seulement pour se promener, proteste le menuisier. Simon avait le projet de racheter le château qui est abandonné ; il voulait nous le montrer, nous demander ce qu'on en pensait.

— Et ?

— Ben, c'était une mauvaise idée, à mon avis. Rien que pour mettre la bâtisse hors d'eau, il faudrait une somme délirante. Elle est inhabitée depuis plus de trente ans, alors vous imaginez le chantier. Un gouffre, conclut-il avec un soupir.

— Simon Decarpentrie n'avait, semble-t-il, pas d'argent : alors comment comptait-il acheter ce château ? s'étonne l'enquêtrice, le regardant bien en face pour le dissuader de raconter des bobards.

Il fixe ses énormes poings d'un air gêné.

— Ben… Il pensait nous convaincre de mettre au pot. Il voulait créer une société civile immobilière où chacun aurait détenu des parts en fonction du capital apporté.

L'artisan a un sourire contraint pour embrasser d'un même geste le bureau miteux, l'atelier glacial et, sans doute, les abords délaissés de son entreprise.

— Vous croyez sérieusement que j'ai de l'argent à investir dans une SCI. C'est du Simon tout craché, avec des rêves de palace quand il vit dans une boîte à chaussures, « vivait », se reprend-il comme s'il réalisait brutalement que son copain n'avait pas survécu à ses rêves de grandeur.

— Qu'ont dit les autres ?

Gellard hausse les épaules.

— Nat et Matthias travaillent à mi-temps dans une association sans le sou, John est vendeur dans une grande surface de bricolage, il n'y a que Jacky qui ait un peu de thune. M'enfin, un prof ne roule pas sur l'or. Franchement, il déconnait Simon.

— Vous vous êtes rendus les deux soirs à Sixt-sur-Aff ?

— Non, seulement le jeudi. Le samedi, on s'est réunis ici pour rediscuter de l'affaire. Simon voulait qu'on réfléchisse avant de donner un refus définitif. Il ne voulait pas démordre du truc.

— Pourquoi avait-il choisi comme pseudo d'écrivain Sixte Aff ? demande à brûle-pourpoint Aubert.

— Je ne lui ai pas posé la question. Il n'était pas toujours facile de discuter avec Simon, il n'aimait pas parler de lui et je crois que, nous deux, on n'a jamais été très proches, avoue-t-il. J'ai pas vraiment l'air d'un intellectuel, non ? Ce qui est sûr, c'est que cet endroit le fascinait, sans doute à cause de Phyllis. Mais tout ça, c'est trop glauque pour moi.

— Vous parlez de Phyllis Bringsfield, la petite amie de Simon, morte dans un accident ?

— Oui. C'est là qu'il a eu lieu, alors c'est pas le genre de souvenir qu'on aime se rappeler. Faut croire que Simon n'avait pas la tête sur les épaules pour imaginer racheter cette baraque. C'était lui tout craché. Enfin, personne n'avait vraiment l'intention de le suivre dans ce projet. Comme si la vie n'était déjà pas assez compliquée. Regardez-moi ce bordel !

Il commence à faire le ménage sur son bureau, range une pile de catalogues, empile ses échantillons de bois. Peut-être pour dissimuler sa lassitude d'une existence peu reluisante.

— Où étiez-vous le lundi 2 décembre ?

Il soulève sa carcasse du fauteuil, ouvre la porte du local et siffle entre ses doigts. L'apprenti arrive en galopant du fond de l'atelier.

— Denis, pas lundi dernier, mais le lundi d'avant, on était où ?

— Le jour où j'ai pété la fenêtre neuve du papy ?

— Ouais, ce jour-là.

— L'assurance marche pas ? Je vais devoir payer les dégâts ? demande le gamin d'un air anxieux.

— Non, t'inquiète pas. Tu dis juste où on était.

— Chez M. Thévenoux, à La Bretèche.

— C'est bon, tu peux y aller.

Le garçon ferme la porte, repart en slalomant à toute vitesse entre les machines. Gellard soupire.

— Vous avez vu, il est pas encore débourré, celui-là, il fait connerie sur connerie. Chez les Thévenoux, en déplaçant son échelle, il a percuté une fenêtre tout juste posée, résultat : double vitrage foutu.

Le silence se prolonge dans le bureau jusqu'au moment où Tangore met fin à l'entretien en se levant.

— Restez dans les parages, monsieur Gellard. Il est possible que l'on vous convoque à l'hôtel de police en tant que témoin.

Il leur renvoie une grimace triste.

— Où voulez-vous que j'aille ? Cet atelier est tout ce que je possède et vous ne lui trouverez pas de roulettes, même en cherchant bien.

*

Levasseur, les doigts pleins de sucre glace après avoir englouti une guimauve à l'angélique, feuillette son dossier à la recherche de la note qu'il a rédigée sur Bartel Worm. Aubert lui tend un mouchoir en papier en se demandant comment on peut se délecter de choses aussi spongieuses. La cheffe, d'une indulgence coupable envers son protégé, se contente de froncer les sourcils, mais l'apparition d'une nouvelle friandise déclenche l'envoi immédiat d'un scud.

— Pierre-Henry, tu es la seule personne au monde qui fasse le test du marshmallow à l'envers : tu te récompenses avant même de mettre à l'épreuve ta patience. Range-moi ça immédiatement ou je confisque tout! Alors, cette note, c'est pour aujourd'hui ou pour demain?

Malgré cette menace, elle est de bonne humeur et le manifeste par une patience inhabituelle.

— Qu'as-tu trouvé sur ce Bartel Worm?

— C'est du deux en un. Graffeur, dessinateur de bandes dessinées, graphiste indépendant, il s'appelle, pour l'état civil, Barthélémy Viard : vous savez, le type sur lequel vous m'avez demandé de faire une recherche.

Tangore fonce vers le tableau où elle a affiché la photo du collectif Douz'.

— On dirait qu'on a affaire à un petit monde. Le gars qui s'est battu avec Thomas Gellard à la soirée Dazibao de 2023, pour lequel a été barbouillé sur le mur un « Judas » vengeur, faisait partie de la bande!

— J'ai lu ses albums : six au total. Il y en a un qui m'a paru intéressant, dit Levasseur en brandissant une BD.

Il l'ouvre sur la table et la glisse en direction de ses deux collègues.

— *Rave pourrave* : le titre annonce le contenu. Elle raconte l'histoire d'une bande de copains qui a décidé d'organiser une rave et cherche un endroit pour leur fête. L'un d'eux connaît un château abandonné en pleine campagne. Ils vont le voir et sont époustouflés. C'est le lieu idéal, plutôt isolé, ambiance Carpates, sauf que la bâtisse est dangereuse. Le dernier étage est totalement délabré et le toit menace de s'effondrer. Il y a une discussion entre les potes, certains trouvent l'endroit trop risqué tandis que d'autres le jugent parfait, car il n'y a personne à moins de cinq kilomètres et une seule route d'accès, facile à repérer pour les futurs teufeurs. Ils votent et ceux qui ont opté pour le château l'emportent. Cependant, par précaution, ils condamnent l'accès au dernier étage et aux combles pour éviter un accident.

— Dans l'album, quel nom est donné au château ? demande Aubert.

— Le château de Silaff.

— On dirait bien que ça nous ramène vers Sixt-sur-Aff, commente le major avec un sourire.

— Je continue mon histoire, enchaîne Levasseur, un brin agacé par son interruption. La *free party* est mise sur pied, les gens affluent vers le lieu du rendez-vous tenu secret jusqu'au dernier moment et la journée se passe sans incident. Le *dance-floor* a été installé dans les immenses salons du château et le premier étage abrite le *chill-out*, une sorte d'espace de repos. Les teufeurs investissent tous les recoins de la demeure, dansent, picolent, s'amusent et s'échangent les petites pilules du bonheur. Mais, dans la nuit, l'une des filles du groupe, gavée de buvards de LSD, prend l'escalier interdit, se met à courir dans le grenier en plein délire et passe au travers du plancher. Panique à bord quand on découvre qu'elle a fait une chute mortelle. C'est la débandade. Finalement, le matériel est démonté et chargé, les camions repartent, il ne reste plus que quatre personnes pour attendre l'arrivée des gendarmes. Embarquées, elles sont relâchées après la garde à vue, car le décès de la fille est imputé à son imprudence. Le groupe, jusqu'alors soudé, éclate et se disperse. La fête est finie.

— À l'époque, la législation sur les raves, était assez limitée : je ne vois pas quelles charges on aurait pu retenir contre ces jeunes, constate Aubert.

— Comment s'appelle la fille dans la BD ? s'enquiert la lieutenante en regardant la photo du magazine *Trax*.

— Floria. Elle est présentée comme une Italienne qui voyage avec un *traveller*, Raphaël. Ils circulent un peu partout, toujours en quête d'une fête, jusqu'au moment où ils décident de s'associer à un groupe de jeunes qui organise des *free parties*.

— Aubert, tu penses à quelque chose ? demande Tangore, toujours campée devant le tableau.

— Forcément à Phyllis Bringsfield, la petite amie de Simon Decarpentrie, décédée en février 2014.

— À ce propos, intervient Pierre-Henry, je n'ai pas retrouvé sa trace dans le fichier TAJ, car les faits la concernant remontent à plus de quinze ans et l'affaire avait été probablement classée sans suite à l'époque. Il n'y avait donc aucune raison de conserver les données au-delà du délai légal. Mais, comme dans le listing des communications téléphoniques d'Aff, figurait un appel sortant pour une certaine Mary Bringsfield, je l'ai appelée.

Ses deux collègues le regardent comme s'il venait de leur annoncer une communication avec la planète Jupiter.

— Tu causes anglais ? interroge Aubert avec un soupçon de moquerie dans la voix.

— Je me débrouille, répond Pierre-Henry sans fausse humilité. J'ai fait une année Erasmus à Portsmouth, dans mon parcours de géo aménagement.

— Et ? s'impatiente la lieutenante. Vous n'êtes pas restés discuter des avantages comparés des systèmes éducatifs français et anglais, je suppose.

Levasseur rougit.

— Non, bien sûr. Mary Bringsfield est la sœur aînée de Phyllis, dix ans la séparaient de sa cadette. Elle a mis du temps à surmonter sa mort avant de s'y résigner. Elle décrit Phyllis comme une fille à la fois fantasque et déterminée. Elle était plus ou moins déscolarisée quand elle avait rencontré Simon pour la première fois. Cela remonte à loin, bien avant 2013, probablement vers le milieu des années 2000, quand il avait fait une fugue de plusieurs mois en Angleterre. Phyllis avait un petit boulot de serveuse dans un café d'Acton Town que Simon fréquentait. Après son rapatriement en France, ils ont gardé le lien, ils se téléphonaient de temps à autre. Puis, Simon est revenu à Londres au début des années 2010, il a commencé à bosser dans des clubs et ils se sont mis ensemble. Ils ont eu un enfant, une fille, Johanna.

— Ils ont eu un gosse ! s'exclame Aubert.

— Oui, mais comme Phyllis avait un problème d'addiction à l'alcool et à la drogue, Mary a pris en charge la petite et l'a élevée après le départ en France de sa sœur et de Simon. Quand Phyllis est morte en 2014, elle a récupéré définitivement la garde de Johanna. D'après ce que j'ai compris, Simon n'avait rien fait pour faire établir ses droits sur l'enfant, estimant sans doute qu'il était incapable de s'en occuper. Mais il lui versait un peu d'argent de temps à autre et s'efforçait de garder le contact. Aujourd'hui, elle a 18 ans et vit en Nouvelle-Zélande, à Oakland.

— Mary Bringsfield est mariée ?

— Divorcée. Elle est bibliothécaire à la Keats Foundation, à Londres. Elle n'avait plus eu de nouvelles de Simon depuis un moment quand il l'a appelée il y a un mois.

— Et pour quelles raisons avait-il pris contact avec elle ?

— Elle n'a pas très bien compris. Il parlait de réhabiliter la mémoire de Phyllis, qu'elle n'était pas juste une droguée qui, à force de faire n'importe quoi, avait fini par en payer le prix. Il prétendait que sa mort n'avait rien à voir avec les abus auxquels il lui arrivait de se livrer, etc. Tout cela lui avait paru assez confus, pour ne pas dire fumeux. En plus, Simon s'était mis en tête de faire quelque chose pour Johanna en les bombardant de paperasses auxquelles elle ne comprenait pas grand-chose. Mary n'a jamais eu une très haute opinion de Simon ; pour elle, il avait aggravé l'instabilité de Phyllis en l'entraînant dans un mode de vie qui la mettait encore plus en danger. Selon Mary, son repentir avait des allures pathétiques, et elle n'était pas loin de penser qu'il était carrément en train de perdre la boule.

— Je suppose qu'elle va prévenir Johanna de la mort de son père ? s'enquiert Tangore.

— Oui. Elle m'a posé des questions sur les funérailles, mais je n'ai pas su quoi dire. Elle m'a laissé ses coordonnées, son mail.

— Écoute, je vais les transmettre à Jenny Decarpentrie : elles s'arrangeront. Il n'y a rien d'officiel dans cette histoire de paternité, il vaut mieux ne pas s'en mêler. Bien, maintenant à nous de relier toutes ces informations les unes aux autres, car elles convergent vers un même point : la mort de Phyllis au château de Musil.

— Pierre-Henry, secoue tes petites cellules grises, lui intime-t-elle. Comment inscrire Barthélemy Viard dans le fil de notre raisonnement ?

— Il était membre des Douz'. Il était présent au château et a raconté le drame dans un album de bandes dessinées. Il s'est battu avec Thomas Gellard qui l'a traité de Judas. Ce qui revient à l'accuser de traître, quoi ! Soit parce qu'il a fait un livre d'un événement vécu comme un drame pour la bande, soit parce qu'il a révélé quelque chose dans la BD qu'il fallait taire, propose Levasseur.

— Très juste ! s'exclame la cheffe. Il y a un fait important qu'il faut éclairer : quelles sont les quatre personnes qui ont attendu les gendarmes ? Le Quilliou et Gellard le savent sans doute – mais ces deux-là ne livrent pas tout –, je préférerais entendre les noms de la bouche de Viard. Aubert, nous allons lui rendre une petite visite demain.

Le major la regarde avec appréhension :

— Je suis de récupération demain.

— Pas grave, je suis sûre que Pierre-Henry sait où dénicher l'oiseau.

Avec un sourire un peu jaune, Levasseur hoche la tête.

— Il n'est pas loin, d'après ce que j'ai appris, il a un studio d'artiste à la brasserie Saint-Hélier.

*

Priyanka, confortablement allongée sur le canapé, ses pieds nus sur les genoux d'Adrien, lit *Rave pourrave* sous son œil amusé. Pour saper sa concentration, il lui chatouille les orteils.

— Dis donc ! Ça m'a l'air passionnant ce que tu lis. Depuis que tu es rentrée, tu ne lâches pas cette bande dessinée.

— C'est pour l'enquête, grommelle-t-elle en se tortillant pour échapper aux chatouilles. Ce bouquin raconte un fait divers vieux de seize ans, devenu une madeleine empoisonnée pour ceux qui l'ont vécu.

— Alors, il y a une méchante fée dans ton histoire ?

— Ou un méchant sorcier, ajoute Priyanka. J'essaie de trouver un détail qui donnerait une tout autre vision des faits. Une chose en apparence anodine, mais qui permettrait de comprendre ce qui s'est réellement passé ce soir-là.

Elle reste songeuse, le livre ouvert reposant sur sa poitrine.

— Tu t'es déjà intéressé aux *free parties* ?

— Jamais, mon travail de sociologue porte essentiellement sur la famille et les formes de parenté. Mais il y a toute une littérature sur ce phénomène. C'est d'ailleurs très intéressant.

— Ah ? Qui peut s'intéresser à ce genre de choses ?

Il sourit.

— Je ne veux pas être pontifiant, mais tout fait ayant une dimension collective possède une signification dans la société où il se produit et doit être étudié. Pour quelles raisons des individus choisissent des comportements différents des normes sociétales à un moment donné ? Quelle place occupe une contre-culture dans un ensemble culturel ? Quelle socialisation s'opère sur les individus qui adhèrent à une pratique particulière ? Tu vois, on est à mille lieues d'un objet sans intérêt.

— Épargne-moi ce bla-bla et explique les choses à mon petit niveau, en me donnant des exemples, tu veux bien ?

— Les *free parties* sont nées en Angleterre, à un moment où des jeunes gens se sentaient de plus en plus mal insérés dans la société. Le corset thatchérien était étouffant, ils recherchaient un peu d'oxygène dans une fête accessible à tous, donc gratuite, où les différences sociales se fondraient dans un creuset de liberté, de non-censure et de créativité nouvelle. C'est un peu comme si on faisait sauter les boulons pour expérimenter un style de vie différent : une autre manière de faire de la musique, de s'amuser, de vivre le moment présent, de se regrouper dans de nouvelles tribus…

— Mais les hippies avaient fait la même chose dans les années 1960. La démarche ne change pas beaucoup, non ?

— Tu n'as pas tort. À chaque époque, ses modes de transgression. Dans la culture *free-party*, il y a peut-être plus d'individualisme qu'il n'y paraît de prime abord. Les hippies voulaient changer le monde, y introduire plus de fraternité, plus de paix, plus d'harmonie et de communion avec la nature. Ils prônaient l'avènement d'une société non-violente et frugale. Les organisateurs des raves ou des teknivals n'ont pas l'ambition de révolutionner le monde. Ils veulent simplement disposer de l'autonomie la plus grande possible pour organiser leurs fêtes. Ils ne sont pas plus égoïstes que la moyenne des gens, et ils sont même très attachés à certaines formes de solidarité, mais ils se revendiquent d'une marge qui a fait le choix d'une liberté hors cadres pour aborder d'autres formes d'expression musicales ou artistiques.

— Mais tout le monde veut la liberté, objecte Priyanka. Rien de bien neuf là-dedans.

— Tout le monde ne peut pas la vivre telle que la conçoivent les purs et durs du mouvement, les *travellers*. C'est l'itinérance totale, la débrouille, le système D, tout ça au nom d'un mode de vie global centré sur la fête. Le mythe de la route avec pour but la rencontre éphémère, le grand rassemblement où l'on va se diluer, des jours durant, dans le son, dans son battement frénétique, dans la transe.

— Attends, ce que tu me décris ne colle pas avec le quotidien de la plupart des gens qui participent aux raves.

— Bien sûr que non. Un pantalon patte d'éléphant ou une chemise à fleurs ne faisait pas du premier venu un hippie. Et tous les participants aux raves ne sont pas des adeptes de cette culture *underground*. La majorité d'entre eux ont une vie sociale très ordinaire et ils vivent la *teuf* comme un pas de côté dans leur quotidien, la recherche d'une forme de plaisir bon enfant en groupe.

— Je te trouve assez renseigné pour quelqu'un d'étranger au sujet.

— Je lis quand même certains travaux de mes collègues, ne serait-ce que par curiosité.

— Tu vois, l'album est intéressant pour ses qualités graphiques, sa scénarisation de l'histoire, mais il raconte aussi un événement tragique. Mon boulot, c'est de trouver le truc dissonant dans le récit qu'en font les uns et les autres : autant dire que je cherche une aiguille dans une botte de foin.

Il la contemple avec tendresse.

— Il t'arrive d'appuyer sur le bouton « Pause » ?

— Eh oui ! Chaque fois que tu me regardes comme ça, dit-elle suavement.

Jour 6

Pierre-Henry est de mauvaise humeur. Être privé de sa sortie avec Barbara au parc du Thabor pour aller interroger un type qui se fait appeler Bartel Worm, Bartel le Ver ! Il faut être givré du carafon pour choisir un tel pseudonyme. Il remise son casque dans le compartiment latéral du scooter, rabat le col de son caban, et s'approche maladroitement de sa cheffe qui vérifie dans le rétroviseur l'ordre impeccable de sa tenue. Il sait qu'il va commettre un acte de rébellion, mais l'indignation l'étouffe.

— Moi aussi, je devais être de récupération aujourd'hui. Pourquoi Aubert et pas moi ? Lieutenant, ce n'est pas juste.

Tangore fait la sourde oreille, glisse écharpe et gants dans le bloc de rangement de son BMW Concept Link et verrouille la machine à partir de son portable. Quand elle lève les yeux vers lui, il devine qu'il va se faire ratatiner.

— Qui a identifié le corps de Sixte Aff le soir où il a été découvert ?

— C'est moi, bredouille-t-il.

— Tu t'en souviens, n'est-ce pas ? Cela ne te pose aucun problème d'accorder une petite récréation au salaud qui l'a abandonné comme une merde de chien contre le mur d'un garage ? Tu t'es dit : « Ce pauvre type, il n'a vraiment pas eu de chance, mais ce n'est pas une raison pour me bousiller mes week-ends et mes déjeuners en famille. » C'est ça ? Remarque, je n'ai rien contre, mais les gens avec qui je travaille n'ont pas le cul dans un fauteuil Louis XV quand des blattes criminelles leur grouillent autour des pieds. Mais peut-être que les blattes ne te gênent pas ? Peut-être même que tu trouves qu'elles ont leur utilité dans un certain écosystème ?

Elle a dit ça sans marteler ses phrases, comme un boxeur portant une série de coups tout en donnant l'impression d'effleurer à peine l'adversaire. Bon sang ! La suite ne va pas tarder à lui dégringoler dessus. Elle le regarde maintenant droit dans les yeux.

— Ah ! Aubert ! « Pourquoi lui et pas moi ? » Pourquoi, à Aubert, ON ne lui demande rien quand il est de récupération ? ON lui accorde des privilèges. Pour QUELLE RAISON ? Parce qu'aujourd'hui, c'est samedi, et que Gassière – qui est payé aussi pour connaître chacun d'entre nous – sait que le major, chaque samedi, quand il est de récup, va à Saint-Lô voir son jumeau placé dans un établissement pour handicapés moteurs. Alors, ON lui fiche la paix, à Aubert, et moi la première. Je trouve ça assez normal, vois-tu.

L'adjoint est devenu vermillon sous le fouet de la honte. Il se tient les bras ballants devant la lieutenante qui lisse une mèche rebelle sur sa tempe. Elle lui envoie une tape sur le biceps.

— On est un peu bête quand on sait ça, non ? Fais pas cette tête ! Allez, il faut qu'on trouve ce Barthélemy Viard.

— Je me sens aussi, aussi…, commence Levasseur.

— Aussi con qu'un yéti devant une cuillère à pamplemousse ? C'est sûr.

Le château d'eau de l'ancienne brasserie Saint-Hélier dresse ses pattes d'araignée sur un ciel moutonné dans toutes les nuances de gris. Le bardage acier recouvrant ce qui était autrefois le hall d'embouteillage décline les mêmes teintes d'hiver, fondues dans un dégel high-tech. L'heure bénie du brunch a rempli la salle du restaurant installé au pied de la tour ; à travers les grandes baies vitrées ouvertes sur la rue, les globes luminescents suspendus au-dessus des tables ressemblent à des méduses flottant dans les eaux d'un vaste aquarium. Les deux flics s'engouffrent dans le passage où un escalier conduit aux bureaux et aux ateliers réservés aux « transitions sociétales ». Levasseur sur les talons, la lieutenante énumère les dénominations ronflantes des occupants des lieux. « E-learning

Green Shot, Campuce's, EcoModerm, PassAuVert, FonçDD, WormDesign. WormDesign ! On y est » murmure-t-elle, sans un regard pour lui. Elle sonne. Rien. Elle enfonce de nouveau le timbre assez longtemps pour que la porte s'ouvre sur un type furax.

— Barthélemy Viard ? interroge-t-elle en dégainant son insigne. Lieutenant Tangore, du SRPJ de Rennes.

L'adjoint se tient dans son dos.

— Levasseur, ajoute-t-elle en le désignant du pouce.

Il ravale sa fierté devant cette présentation lapidaire qui résume sa contrariété ; il l'a déçue. Elle pousse la porte sans en avoir l'air et, avant que le dessinateur ait pu réagir, elle est postée devant trois écrans incurvés de 32 pouces disposés sur une table de travail équipée de tout un bric-à-brac numérique. Le moniteur central affiche un dessin en cours de réalisation tandis que celui de droite expose un *storyboard*.

Bartel Worm observe les intrus comme un plant de betterave redoutant une attaque de pucerons. Vêtu d'un tee-shirt noir et d'un curieux pantalon à carreaux, un peu voûté, il paraît fatigué et, derrière la monture de ses lunettes finement cerclées, ses yeux papillonnent d'un visage à l'autre.

— J'adore la BD ! s'exclame Tangore dont les connaissances en la matière se restreignent à une brève incursion dans l'univers des mangas et à un lot dépareillé de *Lucky Luke*, époque Morris et Goscinny.

Le scepticisme de Viard se traduit par un soupir exaspéré :

— Vous voulez quoi ?

— Quelques éclaircissements sur *Rave pourrave*, répond la flic d'une voix dure. Les dessins ne m'ont pas suffi, j'ai besoin d'un peu plus de dialogues.

— Vous ne faites pas dans la nouveauté, l'album date de 2023, lâche-t-il de mauvaise humeur.

— La nouveauté, comme vous dites, porte un nom : Simon Decarpentrie, alias Sixte Aff, alias DJ Glazeye's. Nous enquêtons sur son meurtre et je crois savoir que vous étiez l'une de ses anciennes fréquentations. Rabattez-la un peu, on n'est pas là pour parler de votre période bleue ou rose, mais pour avoir quelques précisions sur l'histoire racontée dans *Rave pourrave*.

Il fait pivoter l'imposant fauteuil ergonomique installé devant son bureau, s'y laisse choir avant de leur désigner une étroite banquette qui lui sert de lit à l'occasion, si l'on se fie à la couverture tire-bouchonnée repoussée à l'une de ses extrémités.

— J'ai appris pour Simon, c'est moche, avoue-t-il. Je ne comprends pas que les choses aient tourné de cette manière.

— Vous l'avez revu pendant son séjour à Rennes ?

— Il est venu me voir ici. Je ne m'y attendais pas, confie Viard en se frottant les paupières. Tous les autres – je veux dire ceux de notre ancienne bande – m'ont tourné le dos après la publication de l'album, mais lui, non.

— À quand remonte sa visite ? demande-t-elle. C'était au sujet de la BD ? Que cherchait-il s'il n'avait pas l'intention de vous casser la figure, comme l'avait fait Thomas Gellard ?

C'est exprès qu'elle a cité le menuisier, pour montrer qu'ils peuvent recouper leurs informations.

— Le bouquin, il l'avait lu depuis longtemps. Ce sont mes souvenirs qui l'intéressaient. Il est venu il y a trois semaines, un mardi, je crois. Il voulait parler de la fête au château de Musil. La mort de sa copine l'obsédait, il m'a demandé de lui raconter tout ce dont je me souvenais, même ce qui pouvait paraître insignifiant : qui avait fait quoi, qui était avec qui, où se trouvaient les gens du *crew* à tel ou tel moment, ce genre de choses.

— Pour quelle raison ? Il vous l'a dit ?

Bartel Worm se tortille dans la coque de son siège. « Quel teint d'asticot ! » pense Tangore qui perçoit son désarroi, et un épuisement peut-être lié au manque de sommeil. Une pensée lui traverse l'esprit : peut-être dort-il dans son studio de création pour éviter de rentrer chez lui et d'être la prochaine cible d'un assassin ?

— Je n'arrête pas de repenser à notre conversation, de me la repasser dans la tête, sans arriver à y trouver le moindre sens. J'ai eu l'impression qu'il évitait de m'en dire trop sur les raisons de sa présence ici, comme s'il craignait que j'aille bavasser... Pourtant, je ne vois plus personne du groupe.

— Pourquoi avez-vous fait cet album, *Rave pourrave*? Qu'est-ce qui vous y a poussé dix ans après les événements? s'autorise à demander Levasseur.

Viard hausse les épaules, à demi-tourné vers le dessin sur lequel il travaillait à l'écran.

— On ne se pose pas la question au départ. Un jour, on commence par faire un dessin, puis un autre, et encore un autre. Il n'y a plus moyen de s'arrêter. Tout ressort, des années après, comme si on venait d'ouvrir une boîte noire. J'ai compris que je devais raconter cette histoire en l'écrivant, en la dessinant avec ce qui remontait en moi, sinon j'allais la revivre encore et encore, jusqu'à ce qu'elle déteigne sur toute ma vie. C'est pas mon genre d'utiliser certains mots, mais ça a été un drame pour nous, qui frappait une personne adorable, dénuée de toute méchanceté.

— Vous parlez de Phyllis, n'est-ce pas? glisse l'adjoint.

Le dessinateur se lève pour saisir une photo posée sur la plus haute étagère du meuble, derrière le mur de ses écrans. Le cliché en noir et blanc, cadré en plan américain, saisit de trois quarts une jeune femme, épaule projetée vers l'avant, sortant du feuillage d'une haie; un faune apparu au détour d'une allée. Son regard fixe l'objectif avec une grâce chancelante.

— Voilà Phyllis, dit-il tout simplement.

La robe qu'elle porte dégage ses bras et son cou, le tissu trop fin glisse sur son corps androgyne sans le souligner. L'une de ses mains se pose sur le haut de son crâne, ses doigts ébouriffant ses cheveux, très courts. D'un bras, elle écarte les branches qui laissent son corps dans l'ombre, seul son visage prend la lumière. Ses traits fins, à peine modelés par le soleil qui l'aveugle, expriment à la fois une fougue indomptable et une vulnérabilité infinie.

Levasseur a saisi le cadre et, fasciné, observe l'image.

— On dirait un travail de Reinhart.

— Vous ne vous trompez pas, la photo a été prise durant l'été 2013, lors d'une fête à Saint-Malo. Reinhart avait encore l'habitude de traîner un peu partout où il y avait de la musique pour faire ses photos. Il m'a donné celle-ci, il y a longtemps, après une discussion sur nos débuts. Il a toujours été attiré par les femmes-enfants, leur présence fugace, c'est sans doute ce qui lui a plu chez Phyllis. Mais elle avait un peu trop de caractère pour un type comme Reinhart, elle n'était pas du genre à faire tapisserie, ajoute-t-il avec un demi-sourire.

— Revenons au château de Musil, s'agace Tangore. Qui avait repéré le lieu ?

— Moi, je connaissais l'endroit ; ado, j'y traînais avec des copains. Mes parents avaient une petite maison, une sorte de résidence secondaire, dans un hameau du coin, à La Rollais. Le jour où j'ai parlé de cette grande baraque à mes potes, j'aurais mieux fait d'avaler ma langue. Mais on cherchait à faire un gros rassemblement pour créer le buzz, il nous fallait un lieu à la hauteur. En plus, au mois de février, impossible de faire un truc en plein air si on voulait rameuter du monde.

— Quelle était votre place dans la bande ?

Il hésite, sa grimace révèle une bonne dose d'autodérision.

— Pas évidente, je ne faisais pas partie du carré d'as, si vous voyez ce que je veux dire. Les mecs importants, c'étaient Philippe Guérat, Matthias Cherbine, Jacky Seiz et Simon Decarpentrie, les musicos et les bidouilleurs de son. Guérat était un très bon guitariste, Cherbine assurait aux platines, tandis que Seiz et Decarpentrie avaient beaucoup traîné dans les clubs où ils avaient appris à sampler, à faire du son. Si vous voulez, dans les Douz', il y avait le haut du panier, ces quatre-là, puis leurs fidèles lieutenants – pour assurer la logistique – et, enfin, les petites mains comme moi. Je me chargeais de réaliser les visuels pour les réseaux sociaux, les flyers, je gérais la messagerie : en gros, toute la com' pour attirer les gens à la teuf et les faire arriver au lieu du rendez-vous.

— C'était pas aussi le rôle de Nathalie Le Quilliou ? s'étonne la lieutenante.

— À l'entendre, celle-là, elle faisait tout, mais pour ce qui était de maîtriser un logiciel graphique, elle n'y connaissait rien. Son taf, c'étaient les sous, point barre, le Grand Argentier, dit-il en se gaussant.

— Thomas Gellard, vous l'auriez classé dans quelle catégorie ? demande la flic à brûle-pourpoint, en pensant à la bagarre qui avait éclaté entre les deux hommes.

— La même que la mienne, il trimballait le matos, s'occupait des branchements, des lumières, du ravitaillement en carburant. Il n'avait pas son mot à dire, c'était juste le jeunot, content de se taper toutes les corvées du moment qu'on le laissait jouer avec les grands.

— Vous ne l'appréciez guère, commente-t-elle.

— C'est vrai. Sous ses airs patauds, il a le sang chaud, Gellard, et comme il ne voit pas plus loin que le bout de son nez, il fonce dans le tas. En réalité, c'est un gros naïf.

— Nathalie Le Quilliou l'avait pris sous son aile, glisse Levasseur.

— Ouais ! Nat, la meuf du chef, son éminence grise : elle faisait partie de toutes les réunions. Elle l'idolâtrait son mec, mais ça ne l'empêchait pas de faire du gringue aux autres pour les amadouer. C'était sa trouvaille de monter un gros truc sur deux jours, pour faire décoller les Douz' et monter ensuite un vrai teknival. Elle avait de la suite dans les idées, même si elles n'étaient pas toujours claires !

— Que voulez-vous dire ?

Viard regarde les flics avec méfiance, avant de chasser d'un bruit de lèvres ses dernières réticences.

— C'est de l'histoire ancienne, maintenant. On carburait à pas mal de trucs à l'époque, je ne parle pas des bédos, ça tout le monde en fumait. Nat, son truc, c'était le *speed* – les cristaux d'*ice* – les amphètes de manière générale. Si on en prenait tous, plus ou moins, elle était un peu plus portée là-dessus que nous.

— Et Phyllis ? sonde l'adjoint.

— Quoi, Phyllis ? Les produits ? Ben, elle, c'était une experte en la matière, elle avait à peu près tout essayé, là-bas, à Londres. Simon tentait de la cantonner au raisonnable, mais c'était pas son genre, le raisonnable. Elle avait quelque chose de magique, mais il fallait qu'elle allume sa magie à toutes les prises de courant. Jusqu'aux plus… dangereuses.

— Revenons à la fête, suggère Tangore, soucieuse de ne pas perdre son fil. Comment s'est déroulée l'installation au château ?

— Nous sommes arrivés sur le site le samedi matin avec les camions et une remorque où on avait entassé les groupes électrogènes. On avait recruté quelques potes pour nous donner un coup de main. La priorité était d'aménager le *dance floor*, au rez-de-chaussée, dans le hall, énorme avec ses colonnes, et dans une série de pièces qui donnaient, côté vallée, sur une terrasse. Le top ! On avait décidé de monter un mur de son au bout de l'enfilade, dans le dernier salon, et l'autre dans l'entrée qui faisait caisse de résonance avec son volume. Au milieu du hall, il y avait un escalier en pierre, avec un palier à mi-hauteur, nickel pour installer le matériel de *DJing*. Au premier étage, un grand espace ouvert, une sorte de bibliothèque, servirait de *chill-out*, le coin repos. On avait mis aussi des matelas dans quelques chambres vides. Après, une équipe de trois mecs a été chargée de condamner l'accès aux étages supérieurs, car le toit était dans un sale état et des infiltrations d'eau avaient pourri certains planchers. On ne voulait pas d'accidents pendant la fête.

— Comment aviez-vous bloqué la montée ? Je suppose qu'il était difficile de maîtriser les déplacements de plusieurs centaines de personnes réunies au même endroit ?

— Attendez, on n'était pas là pour fliquer les gens. Il fallait seulement éviter qu'ils grimpent dans les étages. Donc on avait dressé un mur de palettes dans l'escalier et Thomas avait cloué des planches en travers pour empêcher les teufeurs de les pousser sur le côté pour se faufiler là-haut.

Levasseur se penche en avant, l'esprit en alerte.

— Je ne comprends pas : dans la BD, Floria, qui incarne Phyllis, se fraye un passage entre les planches pour accéder aux combles.

— C'est la liberté de l'auteur. Dans un roman graphique – et c'est vrai pour n'importe quel roman – la réalité est en partie transposée. Il ne faut jamais prendre pour argent comptant ce que disent ou ce que font les personnages, répond Viard comme s'il formulait un constat relevant du simple bon sens.

— Donc Phyllis n'a pas accédé aux étages supérieurs par l'escalier central ? insiste Levasseur.

— Bien sûr que non, je vous ai dit qu'il était impossible de passer au travers de cet amas de palettes. On avait testé le truc, infranchissable.

— Alors comment s'est-elle retrouvée là-haut ?

— Eh ! C'est un château, avec un escalier de service qui part des cuisines et monte jusqu'aux chambres des domestiques et aux combles.

— Et celui-là, vous ne l'aviez pas bloqué ? s'étonne l'adjoint. Vous preniez un sacré risque.

— Pas du tout, on avait repéré le danger. Chaque niveau avait une porte donnant sur cet escalier. Pas facile à repérer, car elle était dissimulée dans un recoin, en général au bout d'un couloir. Mais, au premier, elle donnait quasiment sur le *chill-out* et, comme les gens furètent partout, il fallait s'attendre à ce qu'ils tombent dessus. Alors, on a demandé à Thomas de poser un verrou sur la porte, côté escalier, pour éviter tout problème.

— Mais rien ne les empêchait d'accéder aux étages depuis les cuisines ou les salles de réception si l'escalier les desservait aussi ? s'entête Levasseur.

— Pour les cuisines, l'affaire était réglée : semi-enterrées à cause de la pente du terrain, les fenêtres en façade étaient munies de barreaux et la porte de service était condamnée depuis longtemps. On n'avait aucune raison d'y pénétrer et on n'y a pas mis les pieds. Au rez-de-chaussée, on avait placé le mur d'enceintes à l'extrémité du grand salon, juste devant le passage conduisant à la porte. Qui essayerait de se glisser par-là, au milieu des câbles, pour monter un putain d'escalier !

Il s'arrête, se frotte les mains sur les cuisses en secouant la tête d'un air désolé.

— Pourtant, c'est bien ce qui allait arriver.

— Mais pour quelle raison Phyllis est-elle allée là-haut, connaissant le danger ? s'obstine Tangore.

— C'est la même question que m'a posée Simon. Pourquoi ? Mais je n'ai pas la réponse.

— Quand avez-vous remarqué son absence ?

— C'est Jacky Seiz qui s'en est rendu compte, vers 5 heures du matin, le dimanche. Il y avait une fille scotchée aux enceintes du hall, c'était leur tour, à lui et Phyllis, de s'occuper des gens qui avaient un peu trop pris le large.

— Vous pouvez être plus clair, demande la flic.

— Dans une teuf, il peut y avoir des soucis. Certains gamins se ramènent en n'ayant jamais pris de produit et gobent tout ce qu'on leur file. Parfois, la dose est trop forte, ou le produit a été mélangé avec des trucs qui les envoient direct sur l'astéroïde B612. Les scotchés sont collés au mur de son. Si tu veux pas d'ennuis, vaut mieux essayer de les enlever de là et les amener se reposer. C'est aussi à ça que sert le *chill-out*.

Tangore, les yeux écarquillés, regarde Bartel Worm. Un rictus complaisant retrousse ses lèvres :

— Vous êtes flic, me dites pas que vous ignorez comment ça se passe pour les substances. Elles sont aux *free parties* ce qu'est l'anisette aux concours de pétanques : l'adjuvant indispensable, ironise-t-il.

Il y a de la provocation dans son attitude, elle n'en est pas dupe. Mais elle juge inutile de réagir à ses bravades ; en dépit de ses forfanteries, c'est un témoin direct des événements.

— La communauté, reprend-il, les vrais raveurs, ne se laisse pas berner par n'importe quel type débarquant dans une tawa. Mieux vaut savoir à qui on a affaire si on veut pas d'emmerdes. Les putains de voyeurs, qui viennent là comme ils iraient au zoo ou au spectacle, pour s'en taper une bonne tranche sur le dos de soi-disant *freaks*, on met pas trente secondes à les repérer. Pas besoin de les foutre dehors, ils dégagent d'eux-mêmes, connards qu'ils sont. Même chose pour les fêtards venus chercher leur came du samedi soir plus qu'écouter du bon son. Ils te tapent dans le dos, se marrent, mais ils ont rien pigé et, à la première averse, à la plus petite galère, ils se carapatent. Nan, le stage de survie, c'est pas pour eux, bon débarras. Et puis, il y a ceux qu'on tolère parce qu'on peut pas faire autrement : ils font du commerce près des camions en proposant leur marchandise. Faut être clair, l'ecsta, les buvards et les amphètes, c'est un peu le nerf de la guerre, on n'a pas trop le choix, mais tu traites pas avec eux, tu les laisses juste faire leur business. Tu t'en mêles pas.

Il n'y a pas de fausse honte chez Viard, juste un constat.

— Y a à faire gaffe avec ces machins, c'est un peu la roulette russe. Et, ce soir-là, il n'y avait pas d'assos sur notre spot pour tester les produits parce qu'un des leurs rencardait les flics et on voulait pas prendre le risque qu'ils débarquent à la fin de la teuf et confisquent notre matériel.

Il jette un regard entendu à Levasseur, comme s'il le soupçonnait d'en connaître aussi long que lui sur le sujet tout en étant du côté des méchants.

— Pour vivre vraiment les sensations de la teuf, te faire embarquer dans la transe, tu vas prendre un truc. Ou plusieurs. C'est pas un but en soi, c'est juste un moyen pour t'engager à fond dans le son. Pour la plupart des raveurs, ça se passe bien avec les produits. Pour ma part, c'était surtout de l'alcool, et un peu de taz, point final. Mais ceux qui y vont trop fort se retrouvent perchés : rien à faire, ils redescendent pas. Les chépers, tu t'en occupes pas forcément, sauf si tu vois qu'ils sont très jeunes, un peu novices, et que ça peut mal se passer pour eux; alors tu les chopes pour les mettre à refroidir.

Il médite quelques secondes sa dernière remarque.

— Des fois, c'est vrai, ils tombent dans des états très, très seconds, il vaut mieux les rapatrier dans un coin, au calme.

D'où le petit tour pour vérifier que tout le monde est O.K. Jacky et Phyllis devaient assurer la tranche de 5 heures à 7 heures. Sauf qu'il ne l'a pas trouvée ; c'était à elle de s'occuper de la fille qui se traînait devant le mur.

Il reprend la photo de l'Anglaise et l'examine avec un sourire attendri.

— Avec elle, c'était toujours un peu compliqué, le respect des consignes, à cause de sa consommation. Elle aussi, pouvait rapidement devenir un problème si Simon n'était pas dans les parages pour veiller au grain. Bref, on s'est mis à la chercher partout, elle était introuvable. On était tous un peu arrachés par la nuit passée, comme au ralenti.

— Où se trouvait Simon Decarpentrie ? l'interrompt Tangore.

— Quelqu'un est allé le prévenir, il était dans son camion. Il avait assuré une grosse partie de la nuit – c'était lui le roi de la *line-up* – et il nous avait servi des sets de *hardstyle* magiques avec une montée en puissance du son qui avait déchiré, des BMP de dingue. Après sa dernière descente, il était parti se reposer. Les frères Majong avaient enchaîné avec leur soupe habituelle, de la *goa trance*. Ils préparaient l'*after*, dans une heure ou deux.

— Que faisiez-vous à ce moment-là ?

— J'avais passé un petit moment dehors, à boire des bières avec des potes du coin. Ensuite, j'avais rejoint John Isting, on a fait les cons sur le palier du premier étage avec des bolas lumineuses ; John était un as du jonglage.

— Matthias Cherbine ?

— Il était écroulé dans le *chill-out*, aux abonnés absents.

La lieutenante interroge du regard son adjoint. Quelle foi ajouter aux propos de Viard ? Qu'est-ce qui est vérifiable, surtout après tant d'années ? Levasseur a saisi ses doutes, mais pour la première fois, ils ont un éclairage sur un épisode que les Douz' évitent prudemment d'aborder. Il relance Viard.

— Vous étiez donc avec John Isting. Qui vous avait prévenus pour la fille scotchée ?

— Ben, on la matait depuis la rambarde du palier, on avait une vue plongeante sur le hall et cette nana était affalée près du *sound system*. Jacky a essayé de la relever et nous a fait signe. John est descendu pour rester auprès d'elle en attendant que Jacky mette la main sur Phyllis.

— Et vous ?

— Moi, j'ai fait un tour au *chill-out* et dans les chambres pour voir si elle n'y était pas. Rien. Quelqu'un a fini par trouver le copain de la meuf chargée qui l'a ramenée à sa voiture. On a arrêté de chercher Phyllis un peu partout. Le dernier à l'avoir vue, deux heures auparavant, c'était Jacky. Elle discutait avec un type qui vendait sa came près des anciennes écuries.

— Quand vous l'avez enfin découverte, cela s'est déroulé de la même manière que pour la Floria de la BD ? s'enquiert Levasseur.

— Non. Dans l'album, il y a un grand craquement sinistre, tout le monde se carapate dehors et, plus tard, on découvre le corps de Floria au milieu des gravats, car un plancher pourri s'est effondré sous ses pas. En réalité, ça ne s'est pas passé ainsi.

Le dessinateur ôte ses lunettes d'un geste hésitant, passe les mains sur son visage, se résignant à affronter l'évocation qui a ressurgi dans son esprit avec l'acuité du traumatisme. Seize ans après, l'émotion décompose ses traits et les fond dans une expression de stupeur mêlée d'incrédulité. Il voit le carrousel des images se bousculer, il lutte pour donner un semblant de fermeté à sa voix, mais son élocution syncopée révèle la limite de ses efforts.

— La fête a plus ou moins pris fin vers 9 heures du matin, l'*after* s'est éternisé pendant qu'on rangeait le matériel. Thomas a emprunté l'escalier de service pour aller récupérer un jeu de tournevis qu'il avait oublié après avoir fixé le verrou sur la porte du premier étage. Il a vu les marches parsemées de morceaux de plâtre et est allé jeter un coup d'œil au-dessus. La porte palière était ouverte sur le couloir de la nursery. Elle était étendue là, sur le sol, coincée sous un madrier, à moitié ensevelie sous un amas de lames de parquet et de morceaux de briques ; bizarrement, elle portait encore sa lampe frontale et son faisceau éclairait un pan de mur décoré d'un paysage de conte de fées. Un ciel bleu, des bosquets peints à la manière d'un livre pour enfant avec une rivière et un château à tourelles en haut d'une colline. Ça faisait bizarre, dans un coin, il y avait les restes d'un théâtre de marionnettes.

Il presse son poignet sur son front, ses doigts se recroquevillent comme sous l'effet d'une douleur lancinante.

— L'étage était entièrement étayé pour empêcher le plancher du grenier de s'effondrer, mais il y avait eu des infiltrations d'eau un peu partout : une partie de la toiture s'était déjà affaissée sur les combles. On savait que c'était dangereux de monter. Il n'y avait aucune raison de traîner dans cette partie du bâtiment. Pourtant, elle était là, au milieu des décombres, avec son blouson de cuir maculé d'une sorte de purée épaisse, rouillée : du sang.

— Vous en parlez comme si c'était vous qui l'avez trouvée.

— Thomas est redescendu, totalement paniqué : j'étais le premier qu'il a croisé, il m'a supplié d'aller voir, il n'avait pas pu s'approcher de Phyllis tellement il était secoué.

— Qu'est-ce qui s'est passé ensuite ?

La question de Tangore dissipe l'évocation morbide. Viard remue les épaules à la manière d'un nageur qui retrouve le sable après avoir affronté une mer houleuse.

— Le bazar ! Il y avait eu plus de six cents personnes sur le site pendant la nuit, il en restait une quarantaine, surtout des potes qui démontaient le matériel avec nous, trimballaient les *flight-cases* jusqu'aux camions, nettoyaient le spot. Ç'a été la débandade après l'accident ! Guérat a pris les choses en main. Il a dit qu'il fallait dégager, seulement quatre personnes allaient attendre les gendarmes : Simon, Jacky, John et lui.

— Pourquoi ces quatre-là ?

— Simon, John et Phyllis voyageaient ensemble. Guérat se considérait comme le représentant du collectif et Jacky… hésite Viard, eh bien ! Jacky n'était pas n'importe qui, c'était le beau-fils du préfet de l'époque.

— L'enquête a conclu à une mort accidentelle ?

— Oui. Aucune procédure pénale n'a été engagée. La mise en danger de la vie d'autrui n'a pas été retenue, le manquement à une obligation de prudence ou de sécurité n'a pu être établi : la partie dangereuse de l'édifice avait été barricadée et Phyllis s'était mise elle-même en danger. L'affaire s'est arrêtée, sans action au civil de la famille Bringsfield. Quant aux propriétaires du château, ils ne pouvaient rien faire puisqu'ils n'avaient pas pris les mesures nécessaires pour condamner les lieux.

Le silence emplit le studio, percé par les cris des enfants jouant sur l'aire de jeux, en contrebas de l'immeuble. Barthélemy secoue plusieurs fois la tête comme s'il n'acceptait toujours pas le sort qui avait emporté Phyllis. Tangore se demande si l'impression de solitude et de fuite qu'il dégage n'est pas la conséquence du drame vécu. La justice n'est peut-être pas passée, mais les Douz' n'ont pas tous échappé aux remords.

— Vous aviez un sacré bon avocat.

— Le meilleur sur la place de Rennes, précise-t-il avec un sourire désabusé, le préfet n'allait pas laisser son beau-fils dans de sales draps après la mort d'une fille droguée.

— Comment expliquez-vous la mort de Simon Decarpentrie ? Vous n'êtes pas troublé qu'il soit venu vous voir peu de temps avant ?

La question ne semble pas l'émouvoir. Il hausse les épaules. « Il a la compassion sélective » se dit l'OPJ.

— Simon a eu des regrets... tardifs. À quoi ça rime de revenir ici seize ans après et de poser des questions ? S'il voulait comprendre quelque chose, il aurait dû le faire avant.

— Comprendre quoi ?

— Je n'en sais rien, élude-t-il, c'est à lui qu'il aurait fallu le demander.

Tangore est persuadée que ce sont les questions demeurées sans réponse de DJ Glazeye's qui ont provoqué la mort de Sixte Aff.

— Vous ne l'avez pas rencontré quand il a participé à l'hommage rendu à Philippe Guérat ?

— Je n'étais pas invité.
— Le lundi 2 décembre, qu'avez-vous fait ?
— C'est le jour de la disparition de Simon ?
— Oui.
Il tapote du bout des doigts sur le bureau, les yeux dans le vague.
— J'ai dû travailler toute la journée au studio. Rien de particulier.
Il réfléchit encore, saisit son smartphone et affiche un ticket de caisse électronique.
— J'ai déjeuné en bas, comme vous pouvez le voir.
La lieutenante se lève, examine le reçu avant de lui rendre son appareil.
— Nous allons vous laisser travailler, monsieur Viard.
Pierre-Henry sort un album de son sac et s'avance timidement vers le dessinateur :
— Vous pourriez me dédicacer votre BD, j'aime bien votre travail.
Viard lui jette un regard goguenard, se saisit d'un gros feutre et orne la page de garde de *Rave pourrave* d'un mystérieux signe cabalistique avant de le lui rendre. Il s'épargne l'effort de les raccompagner et retourne aussitôt à ses écrans. Les deux flics s'éloignent sans échanger un mot. Au bout de la galerie déserte, Tangore s'arrête et se tourne vers Levasseur. Il craint une remarque acide sur sa demande de dédicace.
— Il ne nous a pas dit ce qu'il a révélé à Decarpentrie, j'en suis certaine, affirme-t-elle dans un élan qui l'amène à taper du poing sur le mur.
— Nous voici repartis à la case départ, se désole Pierre-Henry.
— Non, pas du tout ! Et grâce à toi.
— Je ne vois pas où vous voulez en venir, lieutenant.
— Nous avons un autre témoin et celui-là n'appartient pas à la confrérie des menteurs : Reinhart. Tu sais où le trouver ?
— Non, mais j'ai quelqu'un qui nous dira où le débusquer. Je m'en charge.

— Très bien. Pour la peine, je t'offre à déjeuner dans cette cantine bobo qui nous tend les bras, à l'étage au-dessous.

*

Reinhart fréquente les cafés, mais pas n'importe lesquels. Son goût le conduit à traîner dans les bistrots tapis dans les ruelles de la vieille cité. Après avoir visité tous les estaminets de la rue Saint-Malo, puis ceux de la rue Saint-Michel, avant de passer à ceux de la rue Saint-Georges, Tangore et son adjoint ne savent plus à quel saint cabaretier se vouer pour un miracle. Accoudés à la balustrade surplombant la place du Parlement, ils contemplent le chapiteau rouge et bleu dressé au centre du square et dont la bouche colorée avale les enfants pour un spectacle en matinée. Devant eux, le palais de justice se campe fièrement en haut de son perron et, perchées sur son toit, l'Éloquence souffle avec entrain dans sa trompette dorée tandis que la Justice brandit ses éclairs. L'ordonnancement strict des immeubles qui ferment l'ancienne place Royale crée une sorte d'entonnoir où le vent de nord-est s'engouffre, transformant Pierre-Henry en bâton d'esquimau. Son caban de marin tout élimé, sans doute une relique familiale depuis qu'un ancêtre a servi aux côtés du corsaire Jean Bart, le protège difficilement du froid.

— Je ne vois plus où chercher, se lamente-t-il. Mon oncle Damien m'a dit que nous avions 90 % de chances de le trouver dans les parages, il ne quitte pas le centre.

— Et la rue Hoche ? suggère sa cheffe en pointant le doigt vers le haut de la place.

— Essayons le Jéroboam, propose Pierre-Henry en coinçant le col de son manteau par un tour d'écharpe supplémentaire.

Ils montent sans conviction les marches du troquet qui protège l'intimité de ses clients derrière une étroite et austère façade. Tangore s'efface devant son adjoint, lui seul connaît la physionomie du photographe. La salle est quasiment déserte et, tout au fond, sous l'ardoise détaillant les trésors œnologiques du lieu, un homme, une paire de Ray Ban sur le nez, attire aussitôt son attention.

— C'est lui, murmure-t-il.

Tangore s'avance vers la table où est déplié un exemplaire du journal *Le Monde* ; *L'Équipe* et *Ouest-France*, déjà épluchés, ont été repoussés à côté d'un carnet en moleskine et d'un élégant stylo Parker. Signe d'un petit déjeuner tardif, un café crème accompagne un croissant à moitié grignoté.

— Monsieur Reinhart, puis-je vous déranger un instant ?

L'homme lève la tête vers eux, sans qu'on sache où se porte exactement son regard dissimulé derrière les verres fumés de ses lunettes.

— Lieutenant Tangore, du SRPJ de Rennes et voici l'adjoint Levasseur, ajoute la flic en adepte des présentations courtes.

La tête de Reinhart se déplace lentement de l'un à l'autre, mais ses traits marmoréens ne révèlent aucun intérêt pour les intrus qui viennent d'interrompre sa lecture.

— Quelque chose à voir avec Damien Levasseur ? demande le photographe d'une voix traînante, un rien nasillarde et, pour tout dire, blasée.

Pierre-Henry rougit.

— C'est mon oncle, confesse-t-il.

— Je ne l'ai pas vu depuis un moment : il va bien ? interroge la voix en baissant encore d'un ton comme si elle était exténuée. La dernière fois que l'on s'est croisés, c'était dans ce bar à hôtesses, le Zaroff, place Leperdit. Un chouette d'endroit, mais trop de putes en maraude.

Un sourire, plutôt un petit pincement des lèvres, étire fugacement la bouche de Reinhart.

— Prenez place, propose-t-il avec une politesse ironique.

Il paraît sans âge, ni frais, ni fatigué, échoué comme un béluga au fond d'une crique déserte après avoir sillonné toutes les mers du globe. Tangore, aussi ignare en photographie qu'en BD, a bénéficié d'une formation accélérée par Pierre-Henry : le portrait de Bruce Springsteen, le visage à moitié caché derrière sa Fender de légende, c'est lui ; la pochette de *Virulence* des Sesterces, c'est aussi lui, Étienne Daho et Carla Bruni en meilleurs amis, c'est encore lui. Elle s'en fiche à vrai dire, puisqu'il n'a pas immortalisé le popotin de Rihanna à l'époque où il était aussi ferme qu'un maxi potiron. Elle n'est pas à l'aise devant cet homme qui semble enveloppé dans une feuille de gélatine et imperméable aux rumeurs du monde. Levasseur lui jette un coup d'œil et, d'un battement de cils, elle pousse son cavalier dans la partie.

— Nous enquêtons sur le meurtre de Simon Decarpentrie, vous le connaissiez peut-être sous son nom de scène, DJ Glazeye's : ça vous évoque quelque chose ?

Il toussote pour s'éclaircir la voix, et peut-être aussi les idées. Une lueur malicieuse glisse sur son visage, une envie de jouer au mistigri.

— Ouais, Simon, je vois, concède-t-il derrière l'écran fumé de ses Ray Ban.

Pierre-Henry avance sur des sables mouvants en tâtonnant du pied.

— Barthélemy Viard m'a montré la photo d'une fille, Phyllis Bringsfield, prise à Saint-Malo en 2013 ; j'ai tout de suite vu que c'était l'un de vos portraits.

— Ah ouais ? marmonne-t-il.

— Vous savez de quelle photo je parle ?

— Non, je n'en fais pas des milliers, mais assez pour ne pas me rappeler de toutes. En revanche, si vous dites Viard, je vois de quoi il s'agit. J'ai débarqué parmi ces gens parce que je connaissais Philippe Guérat et je lui devais un service. Il avait été *roadie* sur la mini tournée de Yan Wagner et il avait retrouvé le mec qui m'avait volé ma sacoche avec tout mon matériel pendant le concert de Benjamin Biolay, aux Vieilles Charrues. Les photos, on les a faites juste après Carhaix. C'était pour un projet que Guérat avait avec cette Anglaise.

Tangore a l'impression qu'une enclume vient d'atterrir dans la mare aux canards. Malgré son envie d'intervenir, elle laisse Pierre-Henry continuer.

— Pourtant, Guérat travaillait avec le collectif Douz'.

— P'têt bien, mais il voulait se lancer dans un truc avec cette fille. Bien sûr, les photos, tout ça, c'était en douce. Officiellement, je traînais mes guêtres dans le coin pour *Trax* et j'en avais profité pour faire quelques photos au débotté.

La lieutenante farfouille dans son sac à la recherche de son gestionnaire de tâches, l'allume et pousse l'écran sous le nez de Reinhart.

— Cette photo est de vous, également ?

Il se penche avec réticence sur l'appareil et jette un œil sur le cliché des Douz' paru dans *Trax*.

— On dirait bien. C'est pas ce que j'ai fait de meilleur, mais oui, elle est de moi. Prise au cours de ce même week-end, à Saint-Malo. Les Douz' qui étaient onze, raille-t-il, il manque le traître.

— Ça représente une sorte de Cène ? réagit Pierre-Henry en saisissant l'allusion du photographe.

— Ouais, un dernier repas entre potes ; bien sûr, ils comprennent pas – c'est ça qu'est drôle – qu'il y en a un en train de les baiser tous, Judas l'Iscariote.

— Philippe Guérat ? dit Tangore sans réfléchir.

— Non, il est là, au milieu, côté droit. C'est l'Anglais qui manque, je ne me souviens plus de son nom.

— John Isting ?

Il hausse les épaules.

— Si vous le dites. Un type intelligent, débrouillard. Il avait décroché, par je ne sais quel miracle, une audition à Londres pour Philippe et cette nana. Ils devaient rencontrer un producteur en cheville avec Partizan Films pour un projet d'album. C'était la raison pour laquelle Philippe voulait des photos de lui et de la fille.

— Qui était au courant ?

— Personne hormis les deux Anglais et Guérat. Je ne devais pas en parler aux autres. On a pris le prétexte d'une photo pour *Trax* pour faire quelques portraits de Guérat et Phyllis.

Une femme surgit derrière le bar, les bras chargés de bouteilles, et les salue joyeusement. Reinhart réclame un autre café et s'adosse à la banquette, l'air absent. Tangore n'en a pas encore fini avec lui et ne se laisse pas impressionner par sa nonchalance classieuse.

— Judas, c'est une appellation assez désobligeante. Si j'ai bien compris, c'était Philippe Guérat qui avait tout à gagner dans l'affaire, alors pourquoi être aussi dur envers l'Anglais ?

— Il jouait double jeu : il empapaoutait son meilleur pote, Decarpentrie, et faisait miroiter le succès à Londres aux deux autres. Après ça, les Douz' n'avaient plus qu'à disparaître. Perfide Albion, lâche-t-il avec un amusement non dissimulé.

— Vous avez raconté cette histoire à Barthélemy Viard ?

— Inutile. Il la connaissait, et depuis longtemps, il suffit d'en voir son interprétation.

Il jubile de plus en plus, sa morne revue de presse se trouve égayée par deux gugusses qui ont l'air de patauger dans une histoire les dépassant.

— De quelle interprétation parlez-vous ? demande Tangore.

— De la fresque qu'il a réalisée sur le mur à l'arrière de la prison Jacques-Cartier.

Pierre-Henry lance un regard éberlué à sa cheffe.

— Vous pouvez m'expliquer ? demande-t-elle d'une voix rendue blanche par l'agacement.

— Je vous donnerai la version de Viard. En 2023, les anciens locaux de la maison d'arrêt avaient été exceptionnellement rouverts au public pour célébrer le 10ᵉ anniversaire de la soirée Dazibao organisée en 2013 par le Centre Information Jeunesse de Bretagne. Bartel était chargé de faire une démonstration de graff urbain. Il est tombé sur l'un de ses anciens copains et la rencontre a tourné au pugilat à cause de la bande dessinée *Rave pourrave* qui venait d'être publiée. Ils en sont venus aux mains. Mais Viard avait sans doute d'autres comptes à régler avec la bande car, quelques mois après, il a réalisé une fresque à l'arrière de la prison. Elle reprend la photo que vous venez de me montrer, mais Isting y figure cette fois et il le désigne sans ambiguïté comme le « traître ».

— Vous savez où on a trouvé le corps de Simon Decarpentrie ? interroge Levasseur.

— Je n'en ai aucune idée, répond Reinhart avec une certaine suffisance. Pourquoi voulez-vous que je m'intéresse au sort d'une personne que je n'ai pas vue depuis une éternité ?

Rabroué, l'adjoint se tasse sur sa chaise. Le photographe donne l'impression d'avoir épuisé sa bonne volonté ; nullement impressionnée, la lieutenante s'adresse à lui d'un ton sec :

— Elle existe toujours, cette fresque ? Vous l'avez vue ?

Il hausse les épaules et ôte pour la première fois ses Ray Ban pour dévoiler un regard hésitant.

— Non, je n'ai pas ce genre de curiosité. Les règlements de comptes ne m'intéressent pas, je ne m'en mêle pas, surtout quand il s'agit de désigner des cibles. C'est valable pour Viard, comme pour ses anciens copains. Mais si vous voulez mon avis, cette Phyllis est un fantôme bien encombrant.

Alors qu'il chausse à nouveau ses lunettes et reprend son journal, les deux flics se lèvent en le saluant d'un bref signe de tête. Ils ne sont pas sûrs qu'il l'ait remarqué.

*

Il leur faut à peine dix minutes pour rejoindre la maison d'arrêt Jacques-Cartier. Des enfants jouent dans l'allée Léon-Le-Berre. Ils délaissent leur partie de ballon pour suivre d'un œil attentif les manœuvres du scooter contraint de slalomer entre les draisiennes et les trottinettes abandonnées sur la chaussée. Tangore se gare devant la barrière métallique fermant l'accès au terrain situé entre l'enceinte de la prison et les propriétés riveraines. Les petits restent à distance respectueuse de l'engin, mais quand ces deux inconnus entreprennent d'escalader l'obstacle solidement cadenassé, le plus âgé s'adresse à eux d'une voix impérieuse :

— Mon papa a dit qu'il était interdit d'aller jouer là-bas.

Pierre-Henry, à califourchon sur la barre, se tourne vers lui :

— Il a raison, ton papa, renchérit-il, il ne faut pas traîner dans ce coin.

— Alors pourquoi tu n'obéis pas ? réplique le gamin avec l'approbation silencieuse de ses compagnons de jeu.

— Je suis un policier, déclare Levasseur, j'ai le droit.

Une môme vêtue d'un manteau dont la capuche s'orne d'une paire de cornes noires et de deux yeux menaçants s'avance vers l'adjoint :

— La maîtresse, à l'école, dit qu'il faut pas croire tout ce que disent les grands. Elle dit qu'il y a des grands qui mentent exprès.

Les commentaires commencent à aller bon train chez les marmots. Levasseur tâte les poches de son caban et en sort un paquet de craies à la réglisse. Un bon appât pour calmer les apprentis rebelles.

— Qui veut un bonbon ? demande-t-il à la cantonade espérant s'attirer les faveurs des contestataires.

La plus petite du groupe s'approche déjà, main tendue, quand elle est bloquée par le chef de la bande. Il lui parle à l'oreille et l'écarte en la tirant par la manche. La lieutenante commence à s'impatienter.

— Pierre-Henry, c'est pour aujourd'hui ou pour demain ? Laisse tomber ces gosses et rapplique !

Un chœur s'élève alors : « La sorcière ! La sorcière ! La méchante sorcière ! » Levasseur regarde sa cheffe en la gratifiant d'un sourire revanchard :

— Qui a dit qu'il ne faut jamais mésestimer l'adversaire ?

Il lui emboîte le pas, heureux de cette diversion inattendue, car il appréhende de revenir sur les lieux où il a identifié le cadavre de Simon Decarpentrie. En quelques enjambées, ils ont rejoint l'emplacement où se trouvait le corps, reconnaissable à l'inscription badigeonnée sur le mur du garage : « Dans ta peau ». Ils sont presque à l'angle du mur d'enceinte et des restes de rubalise, vestiges du périmètre délimité par Gabriella Lescoat, traînent au sol. Ils s'engagent sur la bande d'herbe longeant l'arrière du site, isolée des bâtiments de la résidence voisine par une clôture en plaques de béton. Au bout de quelques mètres, ils découvrent une fresque aux couleurs à peine atténuées par les années, mais dont une partie a été recouverte d'inscriptions. Tandis que Levasseur la contemple, Tangore a sorti son portable pour prendre quelques photos. Il y a là douze personnes, représentées grandeur nature autour d'une longue table.

— Commençons par le plus simple, propose la lieutenante, cherchons les deux filles. Là ! Nathalie Le Quilliou.

Elle pointe son doigt à gauche, tout au bout de la table, sur une femme à la tête couverte d'un bandana d'où s'échappent de longs cheveux rouges. Devant elle est posée une boîte pleine de jetons.

— C'est quoi ce truc ? demande-t-elle à son adjoint, tu as vu ces ₿ ?

— Des bitcoins, une cryptomonnaie qui s'échange sur Internet.

Elle déplace son bras vers le centre de la fresque.

— La personne aux allures de garçon avec ses cheveux presque rasés, je pense qu'il s'agit de Phyllis. Quant aux deux hommes qui l'encadrent, le barbu et le brun avec les cheveux mi-longs, ce sont Simon Decarpentrie et Philippe Guérat. Où pourrait être Thomas Gellard ?

Pierre-Henry désigne un jeune homme tenant un trousseau de clés aux côtés de Le Quilliou.

— Peut-être ce gars ? Il paraît plus jeune que les autres et les clés sont peut-être une allusion au verrou posé au château de Musil. Par ailleurs, il est blond-roux, comme Gellard.

— Comment Barthélemy Viard s'est-il représenté, à ton avis ?

Ils passent en revue tous les visages.

— C'est le type debout, à droite, qui observe les autres. Bon sang, il ne s'est pas raté, on dirait *Doctor Strange*.

— Moi, je dirais plutôt qu'il s'est fait le masque de *Guy Fawkes*, du dénonciateur...

— Tu n'as peut-être pas tort, déclare pensivement sa cheffe.

— En dessous, les deux Bouddhas souriants pourraient être les frères Majong. Et Matthias Cherbine est le grand type qui fume un joint, coude à coude avec Guérat.

— Très juste. Et John Isting ?

— En partant du centre et de Phyllis, sur la gauche, il y aurait Simon Decarpentrie, puis Isting : ce serait le mec avec le tee-shirt jaune, propose Levasseur.

— Pourquoi ?

— Le jaune est la couleur du mensonge et de la trahison. Autrefois, on peignait en jaune la maison des félons, des faux-monnayeurs.

La lieutenante adore cette couleur ; elle se sent un peu froissée.

— Bon, bon, mettons. Mais ton explication est trop recherchée pour moi. Il doit y avoir un autre indice nous indiquant qu'il s'agit d'Isting. Regarde, il tient quelque chose entre ses doigts, un dé ?

— On dirait plutôt une pièce du jeu d'échecs, remarque Pierre-Henry, oui, un cavalier ?

— Qu'est-ce que ça pourrait signifier ?

— Sur l'échiquier, c'est une pièce mineure, mais elle peut se mouvoir dans huit directions, sauter les obstacles. Elle n'avance pas en ligne droite, on peut y voir de l'astuce, mais aussi de la dissimulation ou de l'hypocrisie, voire de l'irrationalité.

— Hum ! Ton commentaire me semble tiré par les cheveux. Bien, on peut supposer que les deux dernières personnes non identifiées à droite, le binoclard et le poupin, sont Jacky Seiz et Yann Stéphan.

Ils piétinent encore un moment devant le mur, cherchant des détails qui leur auraient échappé. Pierre-Henry réclame la torche pour éclairer le fond sur lequel se détachent les Douz'. Une illustration de conte de fées s'étale en arrière-plan. Le contraste grinçant entre le style réaliste des personnages et le décor à *La Belle au bois dormant* les laisse perplexes.

— Cette fresque a joué un rôle dans l'affaire, mais je ne vois pas de quelle façon, finit par avouer la lieutenante. J'ai la conviction que le corps de Decarpentrie a été abandonné ici pour une raison précise.

Levasseur reste silencieux. Il promène le faisceau de la lampe sur le mur, éclairant tantôt un visage, tantôt l'autre.

— On dirait une joyeuse réunion de copains, pourtant déjà trois d'entre eux ont disparu. On prétend que la musique adoucit les mœurs, mais je n'en suis pas certain.

— Allez, il fait de plus en plus sombre, inutile de rester plantés là. Je te ramène chez toi.

Les enfants ont déserté l'allée, chassés par le froid de plus en plus vif à l'approche du crépuscule. Tangore voudrait atténuer les paroles très dures adressées à Pierre-Henry le matin. La présence d'Aubert sur l'enquête le ramène à sa situation de bleu et il peine à trouver sa place dans le trio, d'autant qu'il a le sentiment d'être dévolu aux tâches les moins intéressantes.

— Lundi, on fera le point et Aubert verra qu'on a bien avancé aujourd'hui.

— Vous trouvez ?

Elle laisse ses doutes de côté pour rassurer son équipier.

— Oui, même si nous n'arrivons pas encore à faire le tri dans ce que nous glanons ici et là. Le travail d'investigation est difficile parce qu'il nous faut remonter très loin en arrière pour comprendre les faits. Mais nous avançons, même si le procureur a l'impression que nous faisons du surplace.

Le sourire qu'il lui adresse la revigore. Il sort son paquet de bonbons de sa poche, en prélève un avant de le lui tendre.

— Gardez-le, on ne sait jamais, vous pourriez en avoir besoin.

*

Avant de rejoindre Adrien chez lui, Priyanka a besoin d'un moment seule pour apaiser le sentiment d'urgence qui la tenaille pendant l'enquête et lui gâche le peu de temps libre qu'elle s'accorde. La tension ne retombe pas facilement avec la crainte de passer à côté d'un indice, d'un fait à première vue anodin. Mais une autre sensation, à la fois plus ténue et plus pernicieuse, s'est aussi glissée en elle après son échange avec Reinhart. Ses allures de dandy fatigué, sa distance ostentatoire, son agaçante placidité, elle les reçoit comme une sorte de mépris de classe, une attitude qui ravive chez elle un vieux ressenti d'illégitimité. Qui est-elle pour débarquer ainsi et interroger un paisible et irréprochable citoyen, sans tenir compte de son envie de discrétion et de tranquillité ? C'est ce que des types comme Reinhart lui renvoient en manifestant une réticence détachée. Cette impression déstabilisante la pousse à douter de ses compétences et de sa manière de les exercer. Elle n'a aucune raison de se faire des reproches, sa tâche est de mettre hors d'état de nuire les criminels, c'est ce qui importe avant tout. Mais, cette fois, ses arguments ne la convainquent pas et elle a besoin d'une autre réponse moins rationnelle.

Elle se dirige vers les Gayeulles et le Jardin des Communautés, gare son scooter sur le parking quasiment vide à l'approche de la nuit. Le gong du temple bouddhiste retentit pour annoncer la prière du soir. Deux nonnes vêtues d'une robe rouge, un châle safran drapé sur les épaules, la saluent d'une inclination du buste avant de se diriger vers une salle aussi illuminée qu'une attraction de fête foraine. Le trépied de bronze placé à l'entrée du temple de Guan Di rougeoie dans le soir de centaines de bâtonnets d'encens qui se consument lentement dans un épais nuage odorant. Priyanka dépasse la grotte du Dragon jaune et aperçoit le portique bigarré signalant l'entrée du temple de Shiva. Le dieu, juché sur Nandi, son taureau blanc, est entouré de son fils Ganesh, à tête d'éléphant, et de Kârttikeya aux six têtes, brandissant sa javeline aux côtés de son paon tueur de serpents. Elle ôte ses chaussures pour pénétrer dans le sanctuaire et frissonne, malgré ses épaisses chaussettes, au contact du sol glacial. La petite chapelle de la déesse Dourga scintille dans l'éclat de ses diodes luminescentes ; ses multiples bras semblent onduler dans les volutes du camphre échappées d'une coupe de métal. « Neuf jours et neuf nuits pour vaincre le mal » murmure Priyanka, en s'adressant à la divinité, « apporte-moi le discernement devant l'erreur, la force face à la difficulté et la justice dans la victoire ».

Elle dépose sur le plateau des offrandes les craies à la réglisse de Pierre-Henry.

Jour 7

Adrien a emprunté la voiture de son ami Jacob pour une promenade dominicale à Sixt-sur-Aff. Il conduit trop lentement au goût de Priyanka, mais elle évite toute remarque puisqu'il s'est plié de bonne grâce à sa demande. Elle l'observe du coin de l'œil. Il a ôté sa parka pour être plus à l'aise au volant de la petite auto qui a pris une allure d'escargot en quittant la quatre-voies. Il siffle la mélodie de *Blue Skies* d'Ella Fitzgerald qu'elle se surprend à fredonner et qui l'emmène, à son insu, sous le ciel bleu de Petit-Bazar. Les images radieuses des premiers instants s'éclipsent dans le jeu de bonneteau de la mémoire et d'autres souvenirs surgissent avec netteté.

Sur le petit autel dressé dans la cour, son père baigne d'un petit filet d'eau les pieds de Mahadev, le grand Seigneur, avant de l'asperger d'huile parfumée et d'orner ses épaules d'une guirlande. Dans la senteur âcre du benjoin, sa mère s'incline devant le Bienveillant et dépose devant lui un plateau de fruits parsemés de fleurs d'hibiscus et de sucreries. Elle a 7 ans et devine que le rite célébré n'est que le prolongement de celui accompli au temple par les prêtres. Le *shakti*, la puissante énergie de la Déesse, source de fécondité et d'abondance, s'est détournée une nouvelle fois de Ma et elle a perdu l'enfant tant désiré dans une fausse couche. Pétiaye lui a retiré sa protection, laissant la place à Kartéri, la mangeuse de fœtus. Ses parents tentent de conjurer le sort et d'appeler sur eux la faveur des divinités. Elle a entendu sa grand-mère murmurer que l'impureté provenait de la méconduite des femmes. Elle n'a pas compris la signification de ses paroles, mais en a ressenti la dureté. Elle ne comprend pas davantage les regards désapprobateurs que l'aïeule coule vers Ma. La même question, formulée avec tous les sous-entendus possibles, agite chaque soir le conciliabule des membres de la famille dans l'ombre du pied de bois trois caris : sans la naissance d'un fils, comment ses parents rempliront-ils leur dette à l'égard de l'Ancêtre ?

La voix d'Adrien la ramène au présent.

— Tu t'étais endormie ? interroge-t-il, une main tendre posée sur sa cuisse.

— Endormie ? Non. C'est bizarre, j'ignore ce qui s'est passé, mais des souvenirs d'enfance me sont tout à coup revenus en mémoire.

— Des moments heureux ? demande-t-il en tournant vers elle son visage souriant.

— Je n'en suis pas sûre, répond-elle laconiquement.

— Est-ce si difficile de distinguer ce qui est heureux de ce qui est triste ?

— Certains souvenirs m'apportent du réconfort, d'autres me rappellent des choses désagréables, des peurs.

— Tu éprouves alors une sorte de malaise, précise Adrien.

— C'est ça. Enfant, on est capable de déceler la tristesse des adultes qui nous entourent, leurs peines, mais souvent sans bien les comprendre. On reste le spectateur de leur chagrin ou de leur rancœur, impuissant à les consoler comme à les questionner parce que l'on n'est pas censé avoir vu ou entendu certaines choses.

— Tu penses à un événement en particulier ? s'enquiert-il en effaçant toute trace de curiosité dans sa voix pour ne pas l'effaroucher.

Elle lisse ses cheveux sur les tempes, signe qu'elle s'efforce de maîtriser son émotion ; elle hésite à se confier avant de se tourner vers lui :

— Sais-tu ce qui est le plus difficile pour le chef d'une famille hindoue ?

Il fait semblant de réfléchir, bien décidé à chasser la ride barrant son front par une boutade.

— De marcher pieds nus sur un lit de braises ? De s'allonger sur une planche à clous ? D'écraser une vache sacrée dans un virage ? De vivre avec sa mère ? lance-t-il avec des mimiques de plus en plus horrifiées.

— Non, dit-elle, incapable de réprimer un sourire. Le plus difficile est de ne pas avoir de descendance mâle, car il n'y aura personne pour accomplir les rites funéraires.

— Tu veux dire que le fait de n'avoir pas eu de frère a influencé ta relation avec tes parents ?

Il faut accepter qu'Adrien a toujours le chic pour mettre le doigt sur le point sensible.

— Sans doute. Ça ne m'a pas privée de leur affection, mais n'ayant pas eu de fils, ils n'ont pas accompli leur devoir envers les ancêtres ; ce sont les offrandes faites par un enfant mâle qui assurent le bien-être dans l'au-delà.

Il ne fait aucun commentaire, soucieux de ne pas heurter ses croyances religieuses.

— Un gendre n'aurait pas pu faire l'affaire ?

Sa remarque les fait rire.

— Ils n'ont pas eu l'occasion de se poser la question.

Après avoir traversé le bourg de Sixt-sur-Aff et parcouru quelques kilomètres dans une campagne morne, sous un soleil hivernal à éclipses, ils prennent une étroite route bordée par des bois dénudés et un long mur de pierre, éboulé par endroits. Le château de Musil n'est plus très loin. Une grille rouillée en signale l'entrée. Adrien gare la voiture sur le bas-côté et ils décident de se faufiler dans la propriété par une brèche du mur obstruée par un simple bout de grillage qu'ils n'ont aucun mal à écarter. Une impressionnante allée de chênes conduit au château qui reste hors de leur vue. Au bout d'une centaine de mètres, ils tombent sur une petite chapelle délabrée posée au bord du chemin. Sa porte a disparu et les boiseries du chœur, pourries par l'humidité, gisent sur les dalles envahies par la mousse. En poursuivant leur marche jusqu'à un énorme if, à l'écorce fissurée et aux gigantesques branches tordues, ils découvrent les anciennes écuries du château ; les abords disparaissent sous des buissons de ronces et les ardoises soulevées du toit par les intempéries s'éparpillent au sol. Un massif de rhododendrons retourné à l'état sauvage dissimule en partie une vaste cour. La demeure leur apparaît soudain ; campée sur une lande grise, sa masse solitaire se découpe sur l'horizon de la vallée. Ils restent un instant saisis par la vision de cette bâtisse trapue, solidement ancrée au sol, édifiée sur trois étages dans de gros blocs de schiste. Le toit s'est effondré, emportant une partie du fronton, mais les pilastres d'angle, les refends, le grand balcon ornant l'avancée de la façade en son centre, soulignent la majesté de l'édifice malgré son délabrement. Adrien ne peut s'empêcher d'émettre un sifflement admiratif.

— Eh bien ! L'architecte avait vu les choses en grand.

— Le baron de Wart également, maître de forges, il avait fait construire le château dans les années 1880.

— Pourquoi le domaine est-il à l'abandon ? Tu le sais ?

— D'après ce que j'ai appris, la dernière descendante de la famille est d'un âge canonique et vit dans une maison de retraite. Elle ne se résout pas à vendre la propriété bien qu'elle tombe en ruine depuis plus de vingt ans.

— Quel dommage ! Ce lieu est grandiose, constate Adrien en faisant un tour sur lui-même. Regarde ces bois tout autour et cette vue sur la vallée en contrebas !

Ils traversent l'esplanade, couverte au fil des ans d'une herbe rase, brunie par les gelées hivernales. Le soubassement de la construction est percé de fenêtres munies de barreaux. Priyanka pense aux communs évoqués par Barthélemy Viard et auxquels personne n'avait eu accès pendant la fête, de l'extérieur comme de l'intérieur. Un perron mène à la porte d'entrée encadrée de palmettes. Barricadée pour éviter les intrusions, son panneau a été renforcé de planches clouées sur le chambranle. Inutile de chercher à se frayer un passage de ce côté. Elle s'efforce un instant d'imaginer le vestibule, desservant peut-être un vestiaire ou une armurerie, comme dans les pavillons de chasse de l'époque. De là, quelques marches mèneraient à l'immense hall entouré par les salons en enfilade, puis le départ du grand escalier et, à l'étage au-dessus, la bibliothèque ouverte sur le vaste palier.

— Je comprends que des jeunes aient été attirés par ce château abandonné, si mystérieux dans ce lieu isolé, incroyable pour une fête, constate Priyanka en se souvenant de la remarque de Viard.

— Tu vas me trouver romantique, déclare Adrien, mais toute cette histoire me fait penser à un livre, *Le Grand Meaulnes*.

— Ce nom me dit quelque chose, avance prudemment Priyanka, souvent prise en défaut devant la culture de son compagnon.

— C'est le roman d'un jeune écrivain, Alain-Fournier, mort au cours de la guerre de 14-18. Le jeune Meaulnes, lors d'une fugue, arrive dans un château où se tient une grande fête. Le récit prend alors des allures fantasmagoriques et Meaulnes rencontre une jeune femme, Yvonne de Galais dont il tombe aussitôt amoureux.

Priyanka hoche la tête, tout en se reculant pour embrasser du regard la façade du château.

— Cela se termine comment, cette histoire ?

— Mal. Meaulnes cherchera Yvonne pendant des années, la retrouvera enfin pour l'abandonner sans explication après l'avoir épousée. Elle meurt en mettant au monde leur enfant, une petite fille.

— Tu penses à Simon Decarpentrie et à Phyllis ?

— Non. Ces deux-là se connaissaient depuis longtemps d'après ce que tu m'as dit. J'imaginais plutôt un autre amour, fulgurant, farouche, porté par la fête. Tu m'as raconté qu'il y avait cette nuit-là des jongleurs, des cracheurs de feu, des jeux de lumières, en plus de la musique qui inondait le *dance floor*. Il doit y avoir plein de recoins dans cette bâtisse...

Elle regarde Adrien, emporté par son imagination, qui transforme en conte pour adolescents un fait divers tragique. *Le Grand Meaulnes*, peut-être, mais Adrien, c'est Winnie l'Ourson emporté par les ballons de sa fantaisie. C'est ce qui lui plaît en lui.

— L'amour ? Ou la jalousie, la désillusion… s'interroge-t-elle, se rappelant ce qu'avait dit Reinhart sur les projets de Phyllis et Guérat. Tout était peut-être réuni pour un cocktail explosif ?

Il sourit devant son obstination à revenir à son idée première.

— Les Douz', s'entête-t-elle, formaient une bande de copains réunis autour de ce qui peut nous apparaître – à nous plus âgés – comme une illusion, un rêve cristallisé autour de la fête, de moments forts partagés, d'une solidarité forgée dans un jeu de gendarmes et de voleurs. Plus c'est grisant dans les moments de cohésion, plus tu peux exploser quand tes espoirs sont déçus. Peut-être même au point de tuer ?

Il observe le flic poindre derrière la remarque.

— Dans une confrérie soudée, qu'arrive-t-il aux traîtres ? lui suggère-t-il.

— C'est bizarre que tu évoques cela. Ce mot de « traître » revient souvent, sans qu'on sache très bien à qui le coller.

Adrien la prend par les épaules et l'entraîne vers l'arrière du château.

— Viens, je voudrais voir la façade côté vallée, l'architecture a un style néoclassique, voire palladien, qui m'intrigue.

Priyanka s'exécute avec une réticence qu'elle attribue au tourbillon d'idées déclenché par la remarque d'Adrien. Elle voudrait y réfléchir, mais elle est bousculée par sa curiosité, son entrain à fureter dans tous les coins.

Le soleil perce enfin la couverture nuageuse et découpe des ombres nettes sur la mosaïque des champs tapissant le fond de la vallée. Au-delà des méandres paresseux d'une rivière, les eaux d'un étang miroitent. Une étrange sérénité imprègne ce paysage découpé par des haies bocagères miraculeusement épargnées par les opérations de remembrement. L'ancien jardin d'agrément a disparu depuis longtemps, mais on en voit encore les traces, çà et là. Une orangerie, reconnaissable à la ferronnerie rouillée de ses piliers et de ses arcatures, se dresse au bout du terre-plein bordant la façade sud du château. Celle-ci, ornée d'une longue terrasse pourvue d'un escalier à chaque extrémité, revêt un air presque méditerranéen sous la chaleur des rayons. Adrien resserre son étreinte.

— Je m'imagine très bien en châtelain contemplant depuis mes fenêtres la vaste étendue de mon domaine.

— Des rêves de grandeur ? se moque Priyanka.

— Du rêve, incontestablement ! Je crois que l'habit serait trop grand pour moi. Il y a des gens capables de passer leur vie à entretenir un joyau du patrimoine, à en bichonner chaque recoin, moi, j'en serais incapable. Je ne suis pas prêt à me sacrifier pour sauver des vieilles pierres, malgré tout l'intérêt que je leur porte : j'ai besoin de m'alléger.

Un éclat de rire secoue sa complice qui tapote son torse.

— Ça ne m'étonne pas du bon vivant que tu es, réplique-t-elle avec malice.

*

Ils regagnent Rennes après un déjeuner revigorant dans une ferme-auberge repérée par Adrien ; il ne s'aventure jamais hors des sentiers battus sans une solide base arrière. Priyanka sait que cette journée lui a apporté bien plus qu'un répit après une semaine de travail éreintante : un nouvel élan. Le téléphone de Simon Decarpentrie a plusieurs fois borné dans le rayon de Sixt-sur-Aff. Qui, dans le petit groupe, a une maison, un local, un pied-à-terre dans le coin ? Dès demain, elle mettra Aubert sur le coup.

Peu à peu, sa vision du fonctionnement des Douz' s'affine. Elle devine que leurs rapports cachent bien des rancœurs et des jalousies qui ont sans doute provoqué des réactions en chaîne tout au long des années écoulées.

Pour la première fois, elle se sent en phase avec l'enquête.

Jour 8

Gassière écoute le compte rendu de sa lieutenante en prenant quelques notes. De temps à autre, il fronce les sourcils, ce qui amène Tangore à redoubler d'efforts pour justifier le bien-fondé de leur démarche. Aubert reste en retrait, coincé dans une attitude révérencieuse à l'égard du patron, tandis que Levasseur calme ses inquiétudes à coups de boules de gomme. Plus Tangore expose le travail effectué au cours de la semaine écoulée, plus elle sent dans le silence de son supérieur comme un désaveu. Après avoir dressé un bilan complet de la situation, elle rejoint ses équipiers. Gassière les observe sans cacher sa déception devant d'aussi maigres résultats ; il devra demander une prolongation de l'enquête au procureur.

— Pour moi, vous consacrez beaucoup trop de temps à démêler cette histoire du château de Musil, au détriment des investigations sur la mort de Simon Decarpentrie.

Ses subordonnés encaissent le choc.

— Pour le dire clairement, vous enquêtez sur le meurtre d'un homme tué par overdose, exposé comme un trophée, un homme qui aura été probablement séquestré pendant plusieurs jours, et vous n'avez rien trouvé de solide sur les causes de cet assassinat, aucun suspect dans le viseur. Girardy s'étonne, à juste titre, de notre propension à patauger.

Tangore lui sait gré d'avoir utilisé le « nous ». Cependant, elle ne se fait aucune illusion, c'est sa direction d'enquête qui est mise en cause.

— Je ne suis pas d'accord avec toi, contre-t-elle aussitôt. Nous savons que Decarpentrie est venu à Rennes pour une raison particulière qui l'a amené à se servir de ses anciens copains,

Le Quilliou et Cherbine, pour obtenir la résidence de la Maison de la Poésie. Sa venue est liée à une histoire qui s'est passée il y a seize ans, puisqu'il a appelé en Angleterre la sœur de sa compagne d'autrefois, Mary Bringsfield, pour lui dire que la mort de Phyllis n'était pas due à ses excès. Nous savons aussi qu'il a revu une partie de ses anciens copains, qu'il est allé avec eux au château de Musil et que son téléphone a borné plusieurs fois à Sixt-sur-Aff. C'est quand même pas rien ! Il est inconcevable qu'il n'y ait pas de lien entre les retrouvailles des Douz' et sa mort.

— Bon sang ! Si vous avez tant de certitudes, qu'attendez-vous pour avancer ? s'énerve Gassière.

Aubert remue sur sa chaise, il craint que les reproches du commandant conduisent la lieutenante à l'une de ses sautes d'humeur où elle brûle tous ses vaisseaux, sans pitié pour ses matelots.

— Il fallait se faire une idée de ce que les contacts de Decarpentrie allaient dire ou taire avant de dévoiler nos batteries. Cette tactique exige du temps, mais elle peut s'avérer payante quand on démarre de zéro, conclut-il avec un flegme admirable.

Tangore lui adresse un regard reconnaissant. Gassière les observe à tour de rôle avant de revenir vers elle.

— Ce soir, on fait le point avec Girardy, on confirme notre demande de prolongation de l'enquête de flagrance et, dans la foulée, je lui annonce que nous passons à la vitesse supérieure. Tu te débrouilles comme tu veux, mais j'exige maintenant du solide. C'est compris ?

Elle se contente de hocher la tête pour fulminer dès qu'il a refermé la porte de la salle de réunion. Les coups de pied au cul, elle n'en a pas besoin pour mesurer l'urgence de la situation. Son calme retrouvé, elle s'adresse au major :

— Cherbine, Le Quilliou, Gellard, Isting, Seiz, Viard : tu contactes le service de la publicité foncière, je veux savoir qui a une propriété sur la commune de Sixt-sur-Aff, maison, hangar, entrepôt, peu importe.

Elle rallume le vidéoprojecteur et affiche la vue aérienne Google couvrant la zone où le corps de Simon Decarpentrie a été trouvé.

— Le patron n'a pas tort sur toute la ligne, nous n'avons pas assez travaillé sur la scène de crime secondaire en nous focalisant sur l'entourage de la victime.

Elle désigne du doigt l'emplacement de l'ancienne maison d'arrêt en bordure du boulevard Jacques-Cartier, une masse grise de cours et de toits entourée sur trois côtés par une bande verte de végétation : le périmètre de sécurité longeant le mur d'enceinte.

— Jusqu'à présent, nous avons supposé que le corps avait été amené dans le périmètre par l'accès situé du côté de l'allée Léon-Le-Berre puisque la barrière était ouverte. Un véhicule qui entre dans cette impasse ne peut passer inaperçu. Alors, est-il envisageable que le ou les meurtriers aient amené le corps en utilisant un autre accès ?

Aubert s'approche de l'écran.

— C'est impossible par l'arrière, la clôture est trop haute et les fenêtres de la résidence voisine donnent directement sur celle-ci. Quant à l'autre accès par le boulevard, à gauche de la prison, la barrière est verrouillée, on a vérifié. Forcément, ceux qui ont déposé le corps sont passés par l'allée Léon-Le-Berre.

— Donc, nous revenons à notre point de départ, s'agace Tangore. Qu'a donné le porte-à-porte ?

— Pas grand-chose, avoue le major. Les riverains n'ont rien vu ou entendu. Les propriétaires du garage contre lequel était adossé le corps sont un jeune couple sans histoire. On a vérifié leur emploi du temps, demandé aux voisins s'ils avaient vu quelqu'un pénétrer chez eux, etc. *Nada*.

Pierre-Henry s'approche de l'ordinateur et zoome sur le bout de l'impasse.

— C'est quoi, ces machins ? demande-t-il en désignant deux taches grises.

— D'autres garages, répond Aubert.

— Ils sont utilisés par les gens de l'impasse ou par des personnes extérieures ?

La lieutenante vient, à son tour, coller son nez sur l'image agrandie.

— Que veux-tu dire, Pierre-Henry ?

— Certains propriétaires de garages les louent parce qu'ils n'en ont pas l'usage. Ils n'habitent pas forcément dans les parages.

Sa cheffe commence à suivre son raisonnement.

— Tu veux dire qu'il aurait suffi de ramener le corps dans un endroit proche du périmètre et d'attendre tranquillement le moment propice pour l'exposer ?

— Oui, confirme Levasseur avec un sourire innocent. Cela expliquerait que nous n'ayons repéré aucun véhicule suspect dans ce coin sur les enregistrements de vidéosurveillance entre le 7 et le 9 décembre. Et puis, on sait que le décès remonte au vendredi 6 décembre.

— Aubert, tu ajoutes les deux garages à ta liste de requêtes au service de la publicité foncière. Si nécessaire, tu vas voir les occupants des maisons à côté, et tu leur demandes s'ils en connaissent les utilisateurs.

Elle se tourne maintenant vers son adjoint :

— Gellard nous a dit que Cherbine possède une voiture, tu vérifies le fichier des immatriculations pour en connaître le type. Même chose pour Viard.

Elle réfléchit quelques instants.

— Et John Isting, où travaille-t-il ? Le Quilliou nous a dit qu'il était vendeur à Rennes. Tu te renseignes là-dessus et quand tu auras fini, nous lui ferons une petite visite sur son lieu de travail.

*

Un énorme sapin de Noël, garni de cadeaux factices, se dresse dans l'entrée du Grand Format de Saint-Jacques-de-la-Lande. Quelques clients poussent sans conviction leur chariot dans les allées quasi désertes du magasin de bricolage. L'hôtesse d'accueil étant en congé le lundi, c'est une voix masculine, toute bourdonnante dans le micro, qui demande à John Isting de rejoindre le bureau des devis où Tangore et Levasseur l'attendent. Ils voient débarquer un petit homme vif, souriant, qui se dirige vers eux la main tendue. Son sourire devient à peine plus contraint quand ils présentent leur insigne. Il leur désigne une chaise et prend place derrière le bureau, comme s'il allait établir un plan de cuisine pour un jeune couple sympathique. Doigts croisés sur le calendrier servant de sous-mains, il attend calmement leurs questions. Cependant, il émane de lui une énergie ramassée dans son physique sec et sa vivacité d'écureuil. « Un bon vendeur, efficace », a confié le gérant. Avec quelque chose de l'employé idéal, serviable, affable, de bonne humeur.

— Nous sommes désolés de vous déranger pendant votre travail, monsieur Isting, mais nous enquêtons sur la mort de Simon Decarpentrie et nous savons qu'il faisait partie de vos amis, dit Tangore après avoir fait les présentations.

— Le lundi matin, c'est plutôt tranquille, alors pas de problème, déclare-t-il sans plus d'étonnement de leur présence.

Sa voix a perdu presque toute trace d'accent britannique. Ses cheveux blond cendré, coiffés en houppette courte, ses yeux très bleus, sa bonne condition physique le font paraître beaucoup plus jeune que ses 40 ans.

— Comment avez-vous appris son décès ? demande l'OPJ.

— Aux infos.

— Vos copains ne vous ont pas appelé ? s'étonne Tangore.

Il s'autorise un sourire triste.

— Vous savez, les années ont passé et on n'est plus vraiment très proches. Chacun sa vie, c'est ce qu'on dit, non ?

— La mort de Simon a dû vous surprendre, remarque la lieutenante, surprise par sa retenue.

Il les regarde tour à tour, soupesant une réponse qui ne s'embarrassera pas de fioritures.

— Si vous voulez la vérité, pas vraiment. Simon était à côté de ses pompes, complètement perturbé.

— Mais, objecte-t-elle, nous parlons ici d'un assassinat, monsieur Isting, pas d'un suicide comme vous semblez le croire.

— Bien sûr. Il n'y a pas de doute que Simon a été tué.

Elle jette un coup d'œil à Levasseur : à lui d'entamer le discours un poil surréaliste que leur dévide l'Anglais.

— Vous pensez que le meurtre a été commis par l'un des membres de votre ancien groupe, les Douz'?

— Qui d'autre? répond Isting du tac au tac. Simon revient à Rennes après des années, on le retrouve mort au bout de quelques semaines : je crois pas qu'il a été tué par un inconnu.

Sa réponse désarçonne l'adjoint qui s'attendait à des finasseries. Ce type est cinglé et il le signale à sa cheffe en posant discrètement deux doigts sur sa tempe.

— Quand l'avez-vous vu pour la dernière fois? demande Tangore, à la recherche d'un semblant de rationalité devant l'attitude sans filtre d'Isting.

Il regarde le calendrier qu'il a sous les yeux, pointe une date.

— Le lundi 2 décembre.

Il vient de confirmer ce qu'ils savaient déjà, par le relevé d'appels.

— Il est venu ici, pour me parler de la réunion qui avait eu lieu chez Thomas le samedi soir.

Il hésite, la regarde, puis Levasseur, avant de soupirer.

— Je n'aime pas dire ça, mais je ne fais pas confiance à ces gens. J'ai participé aux retrouvailles pour faire plaisir à Simon, parce que c'était mon ami depuis toujours.

— Toujours? relève Tangore. Vous lui aviez pourtant joué un sale tour autrefois. L'audition à Londres pour Phyllis Bringsfield et Philippe Guérat, vous saviez que ce genre d'initiatives risquait de faire éclater le collectif.

— Oh! Cette vieille histoire! reconnaît-il à regret.

— Elle a été perçue comme une trahison par les autres membres du groupe. Et qu'en a dit votre copain Simon? Comment l'a-t-il pris, lui?

— Simon m'a toujours fait confiance depuis le jour où on s'est rencontrés. C'était un type… merveilleux, généreux. Il savait que Philippe partirait un jour ou l'autre; son monde, ce n'était pas vraiment l'électro, mais le rock. Quant à Phyllis, elle voulait rentrer à Londres, elle en avait assez de faire la route.

— À cause de Johanna ? risque Levasseur.

— Vous savez ça aussi, note Isting avec un petit sourire. C'est exact, à cause de sa fille. Elle l'avait confiée à sa sœur Mary, mais la petite lui manquait et elle faisait ce qu'il fallait pour la récupérer.

— Vous voulez dire qu'elle ne se droguait plus ? glisse l'adjoint.

— Elle était *clean* depuis des mois quand elle est morte. Je suppose que vous connaissez l'histoire, oui ? J'ai jamais cru qu'elle s'était volontairement défoncée quand elle est montée dans les étages, mais cette explication arrangeait tout le monde...

— Pourtant, coupe Tangore, les personnes que j'ai interrogées s'accordent pour dire qu'elle avait pris des substances ce soir-là.

— Vous savez comment se passent les choses : vous laissez votre boisson dans un coin et n'importe qui peut y mettre du GHB, cette saloperie n'a pas de goût, pas d'odeur. Avec une petite pipette dans un verre, il est facile de provoquer un *G-hole* chez une personne, ou encore mieux, de la persuader de faire un truc qu'elle ne veut pas, un truc dangereux.

— C'est grave ce que vous dites-là, monsieur Isting. En effet, le gamma-hydroxybutyrate peut entraîner une soumission chimique. Mais alors, pourquoi n'en avez-vous pas parlé au moment de l'enquête ? Vous avez été entendu par les gendarmes, vous pouviez leur exposer vos soupçons.

— À l'époque, Simon était dans leur viseur : il vivait avec Phyllis, il s'était disputé avec elle deux jours auparavant et il n'avait pas vraiment d'alibi au moment de sa mort. Vous croyez que, dans ces circonstances, j'allais raconter à la police que Phyllis avait été droguée ?

— Quel était le motif de la dispute qui avait éclaté entre eux ?

— Johanna. Simon ne voulait pas en entendre parler, ça l'intéressait pas la vie d'un père de famille avec une petite femme et une gosse, c'était pas dans ses plans.

— J'aimerais revenir à la soirée du samedi 30 novembre chez Gellard, s'impatiente Tangore. Pourquoi aviez-vous choisi de vous retrouver là-bas ?

Isting passe et repasse la main dans ses cheveux, la perplexité se lit sur ses traits. Quand il se décide à parler, il le fait avec circonspection.

— Simon nous a dit qu'il avait décidé de s'installer à Rennes. Il avait le projet d'acheter un château en ruine, de le retaper pour créer une fondation à vocation artistique, musicale : la Fondation Phyllis Bringsfield. Si on marchait avec lui, il nous garantissait une place dans la structure.

— Quelle a été la réaction du groupe ?

— Une franche rigolade. Personne n'a cru à cette histoire. Pourquoi s'adresser à nous ? Avant même de parler d'argent, il suffit de regarder ce qu'on est devenus : des *has been* qui peinent à finir le mois. Simon se racontait des conneries et il le savait.

— C'est pour vous faire changer d'avis qu'il est venu vous voir sur votre lieu de travail le lundi suivant ? Qu'y avait-il de si urgent ? questionne la lieutenante.

À nouveau, l'Anglais semble peser sa réponse.

— Il avait peur. Il se sentait menacé.

— Par qui ?

— Il ne le savait pas, mais il sentait que quelque chose était en train de se produire dans son dos. Il avait forcé la main de Nathalie et de Matthias pour venir à Rennes en résidence et profiter de la bourse qui allait avec. Pourquoi ? Parce qu'il était obsédé par la mort de Phyllis alors que je croyais qu'il avait tiré un trait sur toute cette histoire. Ça tournait à l'obsession. Comme si ça servait à quelque chose de remuer le passé !

— Soupçonnait-il quelqu'un ?

— Oui, sinon pourquoi revenir ici ?

— Qui ? insiste Levasseur.

— Je vous ai cité leurs noms tout à l'heure : Cherbine, Le Quilliou, Gellard, Seiz et moi. S'il nous a réunis pour une histoire aussi invraisemblable, c'est qu'il voulait éclaircir certains points.

— Vous vous comptez parmi les suspects, s'étonne l'enquêtrice, de plus en plus sceptique devant son attitude.

— C'est pas votre raisonnement ? remarque-t-il astucieusement. Après tout, moi aussi il m'a recontacté.

Tangore déteste ceux qui prétendent faire le boulot à sa place.

— Je repose ma question : que vous a-t-il dit précisément quand il est venu vous voir ici, le lundi 2 décembre ? Comment avez-vous su qu'il avait peur ?

— Il était agité, inquiet.

Il s'arrête pour regarder la rangée des caisses, soudain ému.

— Il venait me demander de lui prêter mon taser.

— Un taser ? s'exclame Levasseur.

— Oui. Enfin pas un vrai, plutôt un *shocker* qui envoie une décharge électrique par contact. J'avais dit à Simon que j'en gardais un dans mon casier, au travail. Quand il y a des nocturnes au magasin, je rentre à pied et je croise parfois des types louches. C'est pour me défendre, se justifie-t-il, je me suis fait casser la gueule, une fois, mais pas deux.

— S'il voulait emprunter votre arme, avec qui avait-il rendez-vous ?

— Il ne me l'a pas dit, il m'a envoyé balader en disant que c'était pas mon affaire.

— Vous pensez que ça pouvait être avec l'un des participants à la réunion chez Thomas Gellard ?

— Peut-être. Je ne vois pas qui d'autre...

Tangore commence à s'agacer du petit jeu de l'Anglais. En se penchant sur le bureau, elle l'oblige à s'enfoncer dans son siège. Elle plante son regard dans le sien, Levasseur sait qu'elle va maintenant montrer les dents.

— Je trouve vos déclarations très ambiguës, monsieur Isting. Vous étiez les meilleurs amis du monde, Simon Decarpentrie et vous, mais je ne le constate pas dans les faits. Selon vous, votre copain allait mal, mais vous n'insistez pas pour en connaître la raison.

Il vous emprunte une arme et, à nouveau, vous n'exigez aucune explication. Tout ça après l'annonce de son projet irréaliste qui n'a fait moufter personne. Franchement, je ne vous crois pas. On vous convoquera pour une audition en tant que témoin, là vous aurez l'occasion de vous poser les bonnes questions et de nous donner les bonnes réponses.

Il paraît tétanisé et recule son fauteuil à roulettes jusqu'à buter sur la cloison. Levasseur accentue la pression en posant ses mains sur le bureau et en faisant mine de se lever.

— Appelez votre patron pour lui dire que vous venez avec nous.

— Non, je ne peux pas quitter mon poste comme ça ! Il n'y a personne pour me remplacer ce matin, s'insurge-t-il. Vous voulez quoi à la fin ? C'est vrai, je ne savais pas ce que Simon avait en tête, seulement qu'il était décidé à tirer les choses au clair au sujet de Phyllis. Il avait trouvé un truc, mais il ne voulait pas m'en parler.

— Monsieur Isting, je vous demande du concret : que savez-vous exactement ?

Il se tortille sur son siège.

— Simon avait la certitude que l'un d'entre nous était le responsable de la mort de Phyllis et il voulait le prouver par n'importe quel moyen. C'est pour cela qu'il voulait mon *shocker*. Je lui ai dit de ne pas faire ça, que c'était dangereux, mais il était aussi têtu qu'une moule.

— Qu'une mule, corrige Levasseur.

— Avec qui avait-il rendez-vous et où ? s'acharne Tangore, revenant à la charge.

Isting secoue la tête, désolé.

— Si je le savais, je vous le dirais.

— C'est la seule manière de vous protéger si vous réfléchissez bien. Une dernière chose : pour quoi son corps a-t-il été déposé près de l'ancienne prison Jacques-Cartier ?

Il hausse les épaules devant l'évidence.

— C'est comme si la boucle était bouclée, non? La fresque de Bartel est dans le même coin. Une sorte de retour à la case départ, ou de retour à l'envoyeur, si vous préférez.

Sa voix est tranchante. Viard s'est fait de solides ennemis dans son ancien groupe.

— Que pensez-vous de votre ancien pote, Barthélemy? Il se débrouille plutôt bien dans son domaine.

— Ouais, comme donneur de leçons et redresseur de torts.

— Vous faites allusion à la BD *Rave pourrave* ou à la fresque?

— Aux deux. Il est toujours à se la péter, à parler de Phyllis comme s'il la connaissait bien, mais elle le calculait même pas. Il ne savait rien d'elle, même s'il affirme le contraire. Il est prêt à baver sur nous tous, mais il sait que dalle. Un pauvre type, si vous me demandez mon avis. Bon, là, je peux y aller?

— Une dernière chose : qu'avez-vous fait une fois Simon parti?

— J'ai repris le travail. Ma journée s'est terminée à 17 heures, la routine habituelle. Vous pouvez vérifier auprès du service du personnel.

— D'accord. Il est probable que l'on vous recontacte, alors restez dans les parages.

— Quand vous voulez.

En quittant le magasin, Tangore remarque la perplexité de son adjoint.

— Il y a quelque chose qui te chiffonne?

— Oui. Nous avons deux images de Phyllis qui s'opposent. Viard nous dépeint une sorte d'égérie romantique, une fille qui se consume dans ses addictions et meurt dans un décor grandiose. Tandis qu'Isting insiste sur ses efforts pour tenir à distance la drogue, son aspiration à renouer avec une vie plus rangée, son amour pour sa fille. Forcément, des deux portraits, il y en a un plus juste que l'autre, mais lequel?

— Cela mérite peut-être un deuxième coup de fil à sa sœur Mary? suggère la flic.

*

Tangore appelle Spina au service de médecine légale. Quand une voix inconnue lui répond sur son poste, elle se souvient de son départ en congé maternité.

— Docteur Bouysse, je vous écoute.

— Je suis la lieutenante Tangore du SRPJ de Rennes. Je souhaitais m'entretenir avec le docteur Spina, j'avais oublié qu'elle est en congé. Excusez-moi.

— Je peux vous être utile ? propose son remplaçant d'une voix affable.

— Je voudrais consulter un dossier archivé, une autopsie réalisée sur une femme, Phyllis Bringsfield, en février 2014.

Elle entend le sifflement émis par son interlocuteur.

— Dites donc, c'est pas du récent, votre affaire !

— J'aurais souhaité connaître les résultats de l'analyse toxicologique, notamment si les prélèvements effectués sur la victime révélaient la présence de GHB.

— Je viens de débarquer dans le service, je vais donc voir avec le secrétariat : on fera notre possible pour vous retrouver ça.

— Je vous remercie. Contente d'avoir fait votre connaissance, docteur Bouysse. Vous savez ce qu'on dit...

— Moins on se voit, mieux on se porte, réplique-t-il avec le plus grand sérieux.

— Non ! On dit que le meilleur ami d'un flic est un légiste et le pire ennemi d'un légiste est un flic : le premier est content que son ami fasse parler les morts et le second lui reproche de les faire mentir.

— Ne vous inquiétez pas, on trouvera un terrain d'entente. À bientôt.

Levasseur passe une tête dans l'encadrement de la porte :

— Je suis avec Aubert dans la salle de réunion, on vous attend.

Tangore les découvre plongés dans une discussion animée. Levasseur essuie les rebuffades de son aîné en affichant un air innocent.

— Aubert, c'est Aubert ! On n'est pas dans une colonie de vacances, je ne veux pas que tu m'appelles autrement. Tout le monde m'appelle Aubert dans le service, tu feras comme les autres.

— Tu n'aimes pas ton prénom ou quoi ? lance Pierre-Henry. Tu crains qu'on t'affuble d'un surnom ?

— Non, mais c'est intime un prénom, tu n'as pas à l'utiliser sans mon autorisation, répond le major, sur la défensive.

— James Stewart, James Dean, tiens James Coburn ou encore James Brown, James Franco, énumère l'adjoint, il y a un nombre incalculable de célébrités à porter ce prénom.

— Tu oublies James Bond, dit Tangore en s'asseyant devant un Aubert au bord de l'apoplexie.

Il tourne vers elle un visage renfrogné.

— Tu ne vas pas t'y mettre, toi aussi !

— Allons, on revient aux choses sérieuses. Le résultat de tes recherches ?

— Dans la bande, deux sont propriétaires d'un bien à Sixt-sur-Aff. Tout d'abord Viard : il possède une maison dans le hameau de La Rollais, héritée de sa mère après le décès de celle-ci en 2020. Puis, Jacky Seiz – Jacques Beaufait-Seiz plus précisément – propriétaire d'un gîte au lieu-dit La Métairie. Maintenant, concernant les garages situés au fond de l'allée Léon-Le-Berre, le dernier appartient aux gens de la maison en face, côté numéros impairs, tandis que l'autre est loué par son propriétaire. J'ai appelé ce monsieur, très âgé, pour connaître l'identité de son locataire, mais il m'a dit de contacter sa fille qui s'est occupée de la location. Comme elle est en vacances aux Antilles, je suis allé voir les propriétaires du garage attenant et je leur ai montré les photos de tout ce petit monde. Bingo ! Le locataire du garage est Matthias Cherbine. Il y abrite une belle voiture selon eux.

— Rien moins qu'une BMW i3, intervient Levasseur. Quant à Viard, il n'a qu'une moto.

Tangore ne cache pas sa stupéfaction.

— Eh bien ! Le travail à temps partiel à *Urbamus* rapporte, une BMW ! On tient là un truc important. Pierre-Henry, lance la recherche sur les enregistrements de vidéosurveillance des boulevards Clemenceau et Jacques-Cartier, il faut repérer tout déplacement des véhicules de Cherbine ou de Gellard dans le coin, entre le 6 décembre, jour présumé du décès de Decarpentrie et le 9 décembre, jour de la découverte du corps.

Elle réfléchit tout en tapant avec excitation du poing sur la table.

— Une belle voiture comme celle de Cherbine, ça vous dit quoi sur le gars ? demande-t-elle à ses coéquipiers.

— Trafic de stupéfiants, dit Aubert.

— Chantage, répond Levasseur.

— Cherbine n'a pas d'antécédents judiciaires, donc l'hypothèse d'un chantage me plaît davantage, remarque la lieutenante.

Pierre-Henry sort un étui de *Mon Chéri*. Pendant un bref instant, le seul bruit dans la salle est le crissement de la cellophane qui enveloppe les friandises.

— File-moi un autre *MyDarling*, exige Aubert à un Levasseur médusé.

La main du chef s'abat sur la boîte.

— Plus rien avant de m'avoir fourni un argument qui tient la route pour expliquer la bonne fortune de Cherbine. Faites marcher vos méninges.

Le silence qui suit l'injonction de Tangore est rompu par Aubert :

— La demande que j'ai faite au service de la publicité foncière renseigne sur tous les biens de la petite bande dans le département d'Ille-et-Vilaine. Un seul possède un patrimoine important : Seiz. Il a deux appartements, un à Vannes et un à Rennes, sans compter le gîte.

— Excellent ! Je commence à voir une certaine configuration des choses, enchaîne Tangore en se dirigeant vers le tableau pour gribouiller un schéma.

— Je vais informer le procureur Girardy des auditions prévues demain. Nous entendrons deux personnes en tant que témoins. Aubert, qui sera la première ?

— Matthias Cherbine.

— Pierre-Henry, qui viendra en second ?

Il détaille le schéma de la lieutenante.

— Le seul que nous n'avons pas encore interrogé est Jacky Seiz. Nous n'avons pas vraiment d'informations sur lui, et nous ignorons ses relations avec les uns et les autres, pourtant il fait partie du cercle resserré des Douz'. Après la mort de Phyllis, il est resté sur les lieux et a été entendu par les gendarmes. L'avocat qui a défendu l'affaire a été recruté par sa famille. Il a participé aux deux réunions avec Simon Decarpentrie.

Aubert lui jette un regard un peu envieux devant son aisance à prendre la parole, son agilité d'esprit, sans oublier son intuition : c'est lui qui a vu pour les garages. Rien n'échappe à Tangore qui ne veut pas de tensions dans son équipe et encore moins de surenchère dans l'émulation.

— Je suis entièrement d'accord avec vous. Sans ton travail, Aubert, on n'aurait jamais pu tirer le fil que nous tenons. Tu feras avec moi l'audition de Cherbine, tu l'as déjà rencontré, tu connais ses feintes. Tout partira de ce que nous pourrons lui arracher. J'entendrai Seiz dans l'après-midi, de toute façon, il faut lui laisser le temps de venir de Vannes. Pierre-Henry, tu m'assisteras : j'ai besoin d'un œil, je sens que ce ne sera pas facile.

Elle quitte la salle pour filer chez Gassière : il n'y aura pas de remontée de bretelles ce soir.

*

Adrien commence à débarrasser la table et jette un regard désolé sur l'assiette de Priyanka.

— Tu n'as presque rien mangé. Tu n'aimes pas mes gnocchi à la patate douce et aux épinards ?

— J'adore.

Elle lève vers lui un regard songeur et lui adresse un sourire absent.

— Et ? insiste-t-il.

Pas de réponse. A-t-elle seulement entendu ? Elle s'étire, repousse sa chaise pour l'aider à faire la vaisselle, mais s'arrête devant la baie du séjour. Le front contre la vitre, elle contemple au-delà du canal les immeubles du quartier Armorique ; quelques balcons clignotent sous leurs guirlandes lumineuses, envoyant un signal intermittent de joie et d'espoir. Elle se tourne tout à coup vers lui.

— Tu crois qu'on devrait installer un sapin de Noël ?

— Tu me dis ça dans un souci œcuménique ?

— Je dois manquer de chlorophylle, je ne vois plus que ça, des sapins partout.

— Des avancées dans ton enquête ? demande-t-il en voyant qu'elle tourne en rond.

Elle s'accoude au comptoir de la cuisine pendant qu'il rince la vaisselle.

— Je le crois, sans que je saisisse encore les motifs des uns et des autres. Tu connais la mise en scène macabre qu'a subie le corps de Simon Decarpentrie. Eh bien, je n'en comprends pas les raisons. Le ou les meurtriers ont pris beaucoup de risques pour le déposer à l'endroit où on l'a découvert. Et à quoi rime l'inscription barbouillée sur le mur ? Bien sûr, on peut chercher un lien avec la fresque de Barthélemy Viard, mais je ne vois pas comment elle serait une réponse à celle-ci.

Adrien se dirige vers le canapé pour y ruminer à son aise. Une fois installé, il ferme les yeux tout en tapotant le siège pour l'inviter à le rejoindre.

— « Dans ta peau », c'est ça l'inscription ? Il y a plusieurs manières de l'interpréter, note-t-il, pensif.

— La première chose qui m'a traversé l'esprit était un rapprochement avec la poésie transcutanée, le concept défini par Sixte Aff. Son travail du poète l'avait amené à traduire en mots la souffrance éprouvée dans leur chair par des victimes : victimes d'attentats, migrants, violences faites aux femmes, etc. Mon idée était que – par un retournement tragique – le meurtrier faisait subir « pour de vrai » à Aff le sort des victimes.

— Hum ! Ton hypothèse est logique, mais elle ne répond pas à la question essentielle : pourquoi ?

— Le meurtrier voulait lui faire du mal, se venger de quelque chose, l'humilier, physiquement, mais aussi intellectuellement. Et le faire savoir.

Priyanka botte en touche.

— Peut-être qu'il a vu trop de séries américaines ?

— Il y a une autre manière de voir les choses, suggère Adrien. Si je prends l'inscription au pied de la lettre, elle peut signifier : « Je me mets dans ta peau ». Le meurtrier dit qu'il prend la place de Simon Decarpentrie. En le tuant, il l'élimine définitivement pour le remplacer.

— C'est bizarre, je n'y avais pas pensé. Mais quelle place lui enviait-il ? Qu'est-ce qui comptait tant à ses yeux au point de le tuer ?

— Il faut que tu cherches dans les frustrations, les jalousies, les haines qui ont pu naître parmi les Douz'.

— Laissons cela maintenant, monsieur le professeur, je ne veux pas faire de cauchemars cette nuit.

Jour 9

Matthias Cherbine a fait un effort de sobriété vestimentaire pour son audition. Pantalon, sweat-shirt et doudoune se déclinent en noir. Avec sa longue barbe et ses traits émaciés, il ressemble à un prédicateur mormon, ou à un boyard affamé, sans qu'il ait opté pour un style définitif. Mais sa posture avachie, jambes écartées, renseigne sur son humeur du moment : « Faites pas chier ! » Pendant qu'Aubert accomplit les indispensables vérifications, Tangore peaufine sa stratégie. Se souvenant des dérobades continuelles de l'homme lors de leur première entrevue, elle opte pour la manière directe et glisse vers lui une photo de la victime, assez peu flatteuse pour le modèle.

— Reconnaissez-vous Simon Decarpentrie, connu sous le nom de plume de Sixte Aff, et ayant exercé autrefois une activité musicale sous le pseudonyme DJ Glazeye's ?

L'interrogé jette un regard sur le cliché, souffle bruyamment et finit par hocher la tête. La lieutenante perçoit dans son soupir plus un signe d'agacement que d'apitoiement pour son ancien camarade. Elle ne sent chez lui aucune émotion, il s'affiche en spectateur d'une affaire qui ne le concerne pas vraiment.

— Nous devons entendre distinctement votre réponse, monsieur Cherbine. S'agit-il de Simon Decarpentrie ?

Il acquiesce d'une voix atone, les yeux fixés sur l'ordinateur où Aubert note ses réponses. Il s'efforce de paraître aussi détaché que s'il venait déposer une main courante pour un vol de paillasson dans le hall de son immeuble. L'officier de police judiciaire décide de laisser filer la ligne devant une proie aussi fuyante.

— Est-ce la personne dont vous avez appuyé la candidature pour la résidence à la Maison de la Poésie ?

— Oui.

— Pouvez-vous nous éclairer sur les circonstances qui vous ont amené à appuyer le dossier de Simon Decarpentrie – de Sixte Aff si vous préférez – auprès de la commission de sélection ?

Tangore veut le pousser à mobiliser son attention sur des réponses sans importance sur le fond pour le trimbaler jusqu'au moment où il en aura assez et voudra passer à autre chose, n'importe quoi, et là... Déjà, il se redresse sur sa chaise. C'est un bon début.

— Le collectif *Urbamus* envisageait de lancer un projet avec la Cité de la danse. On cherchait quelqu'un connaissant bien les musiques urbaines pour mettre en place une collaboration. L'idée était de partir de textes écrits par les jeunes que nous soutenons pour en faire le support d'une chorégraphie.

— Mais ce que vous nous exposez là n'a pas été mis en place. La médiatrice de la MP n'a pas évoqué ce genre d'initiatives quand nous l'avons rencontrée.

Il croise les mains sur la table pour appuyer sa sincérité. Il donne surtout l'impression de prier pour sortir du merdier où il s'est fourré.

— Faut le reconnaître, on s'est trompés sur Aff, il n'était pas capable de mener à bien la moindre chose. Il s'est foutu de nous.

— Vous affirmez donc que Simon Decarpentrie vous a menti sur ses intentions ? Ce qui signifie que c'est lui qui vous a sollicités, et pas l'inverse.

— Ouais, il nous a contactés, Nathalie et moi. Il nous a demandé d'appuyer sa candidature auprès de la MP, pour nous laisser tomber comme des vieilles chaussettes aussitôt qu'il a obtenu la résidence d'écriture. Il n'en avait rien à foutre d'*Urbamus*, tout ce qui comptait pour lui, c'était de séjourner à Rennes aux frais de la princesse.

— Dans quel but, monsieur Cherbine ? Pourquoi voulait-il revenir à Rennes ?

Il regarde autour de lui, cherchant une échappatoire. Plusieurs fois, sa mâchoire s'avance, comme s'il ruminait une évidence qu'il ne parvenait pas à digérer. Le bout de ses doigts aux ongles rongés frotte la table dans un mouvement de va-et-vient. Il finit par se pencher en avant et cracher son exaspération.

— Pour faire chier le monde avec des histoires à dormir debout.

— Quelles histoires, monsieur Cherbine ? Expliquez-nous.

— Il voulait racheter une bâtisse en ruine pour en faire un centre culturel, une sorte de fondation. Comme tous les fils à papa, il n'avait pas les pieds sur terre quand il fallait parler thune.

« Ah ! Le vieil antagonisme de classes ressort » se dit Tangore. Elle s'en étonne un peu, car Cherbine, avec une mère traductrice, qui l'a élevé seule, n'est peut-être pas un fils à papa, mais sans aucun doute un fils à maman. Nadia Labaky est la propriétaire de son appartement de la rue Ginguené, d'après les recherches menées par Aubert.

— Ce projet immobilier était l'objet de vos rencontres des 28 et 30 novembre ? s'enquiert la lieutenante, arrivant peu à peu à ce qui l'intéresse.

— Oui. Le 28, on est allés voir le château de Musil et le 30, on a discuté du projet avec les copains.

— Un château ! C'est effectivement un projet d'envergure, s'étonne Tangore, comme si elle ignorait tout de l'endroit. Je suppose qu'il faut pas mal de capitaux.

— En réalité, il s'agit plutôt d'une ruine, corrige Cherbine avec une certaine gêne.

— Simon Decarpentrie vous avait fait part de ce projet au moment où il avait renoué avec vous ?

— Non, il n'en avait pas parlé, à aucun d'entre nous.

— Avez-vous été en contact dès son arrivée à Rennes, au mois d'octobre ?

— Oui et non, répond-il en déplaçant le poids de son corps d'une fesse sur l'autre. Nathalie avait son numéro de portable, mais il était injoignable. Il ne répondait pas.

— Vous auriez pu le joindre par le biais de la Maison de la Poésie ?

— Ben, on était un peu gênés. *Urbamus* avait appuyé sa candidature, tout ça pour qu'il se défausse ensuite…

— Mais au cours du mois de novembre, observe la flic, votre collègue Nathalie Le Quilliou l'a eu régulièrement au téléphone et il a appelé par deux fois votre bureau.

— C'est lui qui est revenu vers nous. Tout à coup, on l'intéressait, il voulait nous voir, potes comme avant, quoi !

— Comment expliquez-vous ce revirement ?

— J'explique pas. Sauf si on croit à son idée farfelue de racheter la bâtisse de Sixt-sur-Aff.

— C'est-à-dire, le château de Musil, le lieu où s'est déroulé l'accident tragique qui a coûté la vie à l'une de vos anciennes camarades, Phyllis Bringsfield, précise Tangore. L'idée était pour le moins étonnante après ce qui s'y était passé.

— Une idée de barjot. Avec Simon, les choses partaient toujours en cacahuète.

Tangore adresse un signe discret à Aubert pour qu'il embraie ; un changement d'interlocuteur destiné à désarçonner l'interrogé, à désorienter les paramètres de sa vigilance.

— Il y a une chose qui nous ennuie beaucoup, monsieur Cherbine, constate le major, la mine sévère et le ton grave. Un fait qui explique votre présence ici : vous louez un garage dans l'allée Léon-Le-Berre, à moins de cent mètres du lieu où l'on a retrouvé le corps de Simon Decarpentrie.

Toute couleur a disparu du visage de Cherbine.

— C'est le garage où vous remisez votre BMW, n'est-ce pas ?

— La voiture n'y est pas ces jours-ci, bredouille-t-il. Je ne me sers pas du garage en ce moment.

— Pour quelle raison ?

— J'ai prêté ma voiture à un copain.

— À Jacky Seiz ? déclare tout à trac Aubert, mu par une intuition.

Cherbine renifle ostensiblement, fouille ses poches à la recherche d'un mouchoir. Du couloir montent les voix de Gabriella Lescoat et de Le Guillou ; c'est l'heure de la pause-café, les fumeurs vont aller se griller une cigarette dans la cour. Dans un geste secourable, Tangore tend un paquet de mouchoirs en papier à celui qui n'est plus qu'un grand gamin, aussi déboussolé qu'un môme le jour de la rentrée des classes. « On y est » pense-t-elle.

— Oui, finit-il par reconnaître après avoir soufflé dans le Kleenex, une narine après l'autre comme sa gentille maman lui a appris à le faire. La sienne est au bout du rouleau et, comme il fait un remplacement à une soixantaine de kilomètres de chez lui, il lui faut une bonne bagnole, fiable.

— Pour être une bonne bagnole, c'est une bonne bagnole, relève le flic, impitoyable. Une BMW i3, c'est pas donné à tout le monde. C'est cher, non ?

Cherbine hausse les épaules. Le bout de ses doigts tapote nerveusement le rebord de la table.

— Vous avez les moyens pour vous payer un tel véhicule ? enchaîne la lieutenante. En travaillant à temps partiel à *Urbamus*, vous pouvez vous offrir un truc aussi classe ? Vous en avez de la chance !

— On fait quand même ce qu'on veut avec ses économies, ronchonne-t-il, en lui lançant un regard mauvais.

— C'est possible d'aller jeter un coup d'œil dans votre garage ? s'enquiert Aubert.

— Je ne vois pas pourquoi vous iriez y mettre le nez. Y a rien à voir, il est vide.

Tangore commence à perdre patience.

— Dommage. Moi, je vois très bien les motifs que nous aurions à y faire une petite visite : sa proximité avec une scène de crime où l'on a trouvé le corps de l'une de vos connaissances, tout à côté d'une fresque murale vous représentant, vous et vos anciens copains, sans compter les mensonges que vous m'avez débités la première fois où je vous ai rencontré. Voici trois bonnes raisons de demander un mandat de perquisition. Elles vous paraissent suffisantes ?

— J'ai rien à voir avec la mort de Simon, martèle Cherbine. Ce type était cinglé, il passait son temps à ressasser de vieilles histoires. Il crevait de culpabilité et c'est pour ça qu'il n'était plus bon à rien, sinon à créer des emmerdes aux autres.

— Si vous voulez mon avis, monsieur Cherbine, ce n'est pas la culpabilité qui l'a tué, mais la drogue qu'on lui a administrée. On l'a éliminé, et ça n'a pas suffi à celui qui l'a fait puisqu'il l'a exhibé en signant sa vengeance d'une inscription aussi morbide que sarcastique. Simon, qu'a-t-il pu faire, ou ne pas faire, pour mériter un tel châtiment ? Nous trouverons, avec ou sans votre aide : à vous de choisir.

Matthias Cherbine vacille sous la charge de l'OPJ. Il regarde la chair boursouflée autour de ses ongles rongés, se résigne à lâcher quelque chose :

— Tout ce que je peux vous dire, c'est qu'après notre réunion chez Thomas, au moment de partir, Jacky m'a demandé de lui prêter ma voiture. La sienne allait le lâcher et il devait remplacer un prof en congé maladie à Guer, à partir de mardi. Il est venu à Rennes pour la prendre le lundi matin. Je lui ai donné les clés en même temps que celle du garage. Je ne pouvais pas lui refuser ça.

Tangore farfouille dans ses papiers pour retrouver les déclarations de Barthélemy Viard.

— Pendant la *free party* au château de Musil, quand vos copains ont commencé à s'inquiéter de l'absence de Phyllis, vous étiez dans ce que vous appelez le *chill-out*, l'espace de repos, au premier étage.

Il regarde les deux flics, déboussolé, mais soulagé par le changement de cap.

— Ouais, sans doute. Je devais être un peu dans les vaps.

— Vous n'avez vu personne ? Phyllis peut-être ?

— Non, je n'ai aucun souvenir de ce genre. Ça fait plus de quinze ans, quand même !

Il s'efforce de soutenir le regard de Tangore. Elle lui adresse une grimace qui peut passer pour un sourire.

— Soit. Vous vous souviendrez sans doute mieux de votre emploi du temps du lundi 2 décembre.

Il s'offre une petite séance d'onychophagie, histoire de bien réfléchir.

— Comme je vous l'ai dit, Jacky a débarqué chez moi, assez tôt. Avant 9 heures, en tout cas, car je n'avais pas pris mon petit déjeuner. On a bu un café ensemble, je lui ai filé les clés de la bagnole et du garage, car il fallait que je sois à 10 heures à *Urbamus* pour voir des gars de la mairie pour l'installation d'une scène au gymnase Albert-de-Mun. J'ai déjeuné avec ma mère. Je suis revenu au bureau pour 14 h 30, j'avais rendez-vous avec des mecs du collectif RapRennes avant la réunion à 18 heures au 4bis avec les gens du café culturel et l'adjoint à la Culture.

La lieutenante croise le regard d'Aubert qui a tout enregistré. La vérification ne sera pas très difficile à faire.

— Bien, vous allez attendre ici que le major Aubert imprime le procès-verbal de votre audition. Vous aurez le temps de le relire, de faire d'éventuelles modifications et, ensuite, vous le signerez.

— Je peux partir après ? demande-t-il avec une lueur d'espoir dans la voix.

— Dès que vous aurez fini les formalités.

Le soulagement qu'elle lit dans ses yeux est immense. Il ignore qu'elle n'a pas dit son dernier mot.

*

— Pierre-Henry, tu as la BD *Rave pourrave* sous la main ?

— Mon exemplaire perso dédicacé par Bartel Worm ?

— Non, celui signé par le général de Gaulle, répond rageusement Tangore.

Levasseur ouvre l'un de ses tiroirs et sort religieusement l'album.

— C'est pas une pièce à conviction, lieutenant, c'est un achat fait sur mes deniers personnels, précise-t-il.

— T'inquiète ; je dois vérifier une chose. Je crois que j'ai compris comment Matthias Cherbine arrondit ses fins de mois sur le dos de son copain Jacky Seiz.

Tangore lui arrache la BD des mains, l'ouvre et feuillette sans ménagement les pages sous le regard horrifié de son adjoint.

— Tu te souviens de ce que nous a raconté Viard, qu'il avait arrangé les choses à sa sauce pour la mort de son héroïne, Floria ? Il parlait de la licence du créateur.

— Oui, il a montré qu'elle se faufilait à travers l'escalier barricadé pour accéder à l'étage supérieur alors qu'en réalité, Phyllis avait emprunté l'escalier de service.

— Là ! s'écrie Tangore. Regarde bien, elle passe entre les palettes, mais il y a une main qui l'aide, qui la tire, une autre personne qu'on ne voit pas, qui est dissimulée derrière les planches. C'est ça qu'avait remarqué Simon Decarpentrie. Il est allé voir le dessinateur pour qu'il lui explique qui était cette personne cachée.

— Mais quel rapport avec Cherbine ? demande Pierre-Henry après s'être penché sur la BD.

— Nous savons que Phyllis a emprunté l'escalier de service. Il n'y avait que deux accès possibles, soit par le salon du bas, derrière le mur de son, soit par la porte du premier étage, préalablement verrouillée par Gellard. Suis-moi : Cherbine est allongé dans le *chill-out*, d'après lui, il est dans les vaps et ne capte rien. Je crois le contraire, il a vu deux personnes passer près de lui et se diriger vers la porte condamnée : Phyllis, probablement dans un état second, et sans doute Jacky Seiz.

— Mais il faut qu'il y ait un ou une complice pour tirer le verrou de la porte de service. Qui alors ?

— Nous le saurons bientôt. Probablement cet après-midi. Du nouveau en ce qui concerne les enregistrements de vidéosurveillance du boulevard Jacques-Cartier ?

— Oui. La BMW de Cherbine passe devant les caméras de la Direction Interarmées le lundi 2 décembre à 11 heures en direction de la station de métro Jacques-Cartier, et je la retrouve à 14 heures, elle remonte la rue de Nantes, peut-être pour retourner au garage. Elle ne figure plus sur les enregistrements ensuite.

— Parfait. J'appelle Girardy pour l'informer que nous avons l'intention de perquisitionner le garage. Aubert va s'en occuper avec la Scientifique. Il faut une surveillance discrète des lieux jusqu'au moment de la perquisition : je vais voir avec Lescoat si elle peut y affecter un agent du Groupe Voie Publique.

— Ah ! Le docteur Bouysse a appelé pendant l'audition de Cherbine. Il voulait vous parler de l'analyse toxicologique de Phyllis Bringsfield. Il a demandé si vous pouviez le rappeler avant midi, après il n'est plus en service.

— Suis-moi dans le bocal, Pierre-Henry, on va le faire tout de suite.

La voix gouailleuse du docteur Bouysse ne tarde pas à s'élever dans le bureau.

— Bonjour, lieutenant. Bonne nouvelle, j'ai pu compter sur l'aide précieuse du secrétariat pour mettre la main sur le dossier de Phyllis Bringsfield.

— J'ai mis le haut-parleur pour que mon adjoint puisse suivre notre conversation, l'avertit Tangore qui se méfie de ses blagues.

— D'accord, répond-il sur un ton moins enthousiaste. Vous avez pris connaissance des résultats de l'analyse toxicologique que je vous ai transmise ?

— Je les affiche à l'instant sur mon écran. Vous pouvez m'éclairer sur cette avalanche de chiffres et de tableaux ?

— La première feuille porte sur les analyses d'urine avec le tableau des substances consommées, les feuilles 2 et 3 portent sur les analyses de sang, et ensuite, dans l'ordre, les résultats sur les prélèvements de cheveux, de liquide oculaire, l'analyse du contenu gastrique, etc. Bon, si je vous fais un petit résumé, cela ira plus vite, n'est-ce pas ?

— Incontestablement, reconnaît la flic en s'étonnant de la capacité de ce type à se faire mousser.

— Il y a eu un intervalle d'environ quatre heures entre la découverte du corps, vers 10 heures du matin et le décès estimé entre 5 h 30 et 6 heures du matin. Le corps élimine 0,15 gramme d'alcool par litre et par heure pendant les quatre premières heures après la consommation, ensuite, en moyenne, 0,10 gramme par litre et par heure. Les analyses fixent à 1,2 gramme son alcoolémie au moment du décès, c'est-à-dire qu'elle était ivre.

— Bon sang !

— Elles révèlent également une consommation à la fois récente, mais aussi régulière, de cannabis par inhalation. La concentration dans le sang des deux composés du tétrahydrocannabinol est la suivante : pour le 11OH-THC, elle est inférieure à 0,3 ng/mL – le dernier joint fumé remontait à plus de cinq heures –, et supérieure à 50 ng/mL pour le THC-COOH, ce qui est signe d'un usage fréquent. J'arrive maintenant à la question que vous vous posiez sur la présence de gamma-hydroxybutyrate, l'ecstasy liquide ou la drogue du viol, selon des terminologies assez répandues. Ce produit n'est détectable dans le sang que très peu de temps après ingestion, environ quatre à six heures. Il n'apparaît donc pas dans les analyses sanguines de la fille. Il n'est pas simple non plus de le détecter dans les cheveux, car l'organisme produit aussi du GHB ; on ne pouvait pas distinguer à l'époque une prise de GHB d'une concentration endogène de l'organisme. Compliqué n'est-ce pas ?

« Il attend quoi ? s'agace Tangore. Que je lui décerne la palme du petit chimiste ? »

— Mais la substance est détectable dans l'urine jusqu'à douze heures après la prise. Alors, oui elle a pris, ou on lui a fait prendre, du GHB. Quant à pouvoir préciser si la concentration est thérapeutique, en gros conforme à des effets souhaités, ou toxique, c'est-à-dire accompagnée d'effets secondaires indésirables, rien ne permet de l'affirmer. Voilà, j'espère que ce petit topo vous aura été utile.

— Merci docteur Bouysse.

— C'est un devoir de rendre service à son pire ennemi, ironise-t-il.

— Et c'est un plaisir de pouvoir compter sur son meilleur ami, répond-elle avant de raccrocher.

Levasseur lui jette un regard désapprobateur :

— Vous le draguez ou quoi, lieutenant ?

— Absolument pas. C'est juste une blague entre nous, réplique-t-elle avec désinvolture. Tu joues à la police des mœurs maintenant ?

*

Jacky Seiz est plein d'assurance, une assurance biberonnée depuis la naissance et qui l'autorise à jeter un long regard autour de lui avant d'accorder son attention à ses interlocuteurs. Il leur est d'emblée antipathique, flairant que ses manières policées dissimulent une autre personnalité, orgueilleuse, sans complexe et peut-être calculatrice. Son attitude décontractée vise à montrer que cette convocation ne l'impressionne pas. Quand Pierre-Henry dépose un gobelet de café devant lui, il n'a pas droit à un remerciement.

— Nous vous entendons en qualité de témoin dans l'enquête sur l'assassinat de Simon Decarpentrie, explique la lieutenante.

Son entrée en matière ne déclenche chez Seiz qu'un signe de tête : il n'y a pas de surprise, juste l'affaire d'une petite mise au point, quelques précisions à donner, et tout rentrera dans l'ordre. Il avale une gorgée de son breuvage, pose ses lunettes au design chic sur la table et se pince l'arête du nez. Sous son front lisse et un peu dégarni, ses yeux, très bleus, observent Tangore avec une innocence charmeuse. Son cinéma semble être une seconde nature et ne passe pas inaperçu.

— Pouvez-vous nous préciser les dates auxquelles vous l'avez rencontré depuis son arrivée à Rennes ?

— Je l'ai vu en même temps que mes camarades, le jeudi 28 et le samedi 30 novembre.

— Le jeudi 28 novembre, vous êtes allés à Sixt-sur-Aff, pour quelle raison ?

— Simon nous avait convoqués pour nous faire part d'un projet immobilier qu'il voulait mener avec notre concours.

— Ce projet portait-il sur l'achat du château de Musil ?

— Oui.

« C'est bizarre, se dit Tangore, tous ces gens que j'interroge et pas un seul ne prend la peine d'évoquer le sort subi par leur copain, comme s'il n'y avait rien de plus commun que de finir abandonné dans une friche. Est-ce une incapacité à se confronter à la violence subie par un proche, ou la pensée inavouable qu'il avait mérité cette fin ? »

— Vous vous êtes donc rendus sur les lieux, qu'avez-vous fait ensuite ?

— On s'est séparés : Thomas les a ramenés dans son camion et moi j'ai repris la route de Vannes.

— Pourquoi une visite à une heure aussi tardive ? Vous n'avez pas dû voir grand-chose, il faisait nuit. Vous auriez très bien pu vous retrouver le samedi matin pour faire ce petit tour.

— Une lubie de plus de Simon, et ne me demandez pas pourquoi, s'excuse-t-il en levant les mains dans un geste d'impuissance.

— Qu'avez-vous pensé de sa proposition de racheter le château ?

Il lève les yeux vers le plafond.

— Complètement déraisonnable. Irréalisable.

— Déraisonnable à cause de ce qui s'y était passé autrefois ? Parce que le souvenir de Phyllis, morte dans des circonstances qui n'ont pas été vraiment élucidées, était trop pesant ?

Seiz réajuste ses lunettes et défie du regard son interlocutrice :

— Vous vous trompez. À l'époque, le juge a tranché : la mort de Phyllis était due à un accident, affirme-t-il avec calme, sans paraître sur la défensive.

— Tous les membres du groupe partageaient-ils cette version des faits ?

— Je suppose, je ne vois pas comment on aurait pu prétendre le contraire, s'étonne-t-il.

— Pourtant, Barthélemy Viard doute de l'explication donnée aux événements.

L'expression de Seiz se modifie ; s'il s'efforce au calme, la crispation de ses mâchoires dénote une montée de la tension.

— Vous voulez parler de *Rave pourrave* ? C'est un ramassis d'affabulations. Et un summum d'hypocrisie : vous croyez qu'il suffit de changer quelques noms pour faire passer la pilule ?

Tangore sait qu'il n'a pas tort sur ce point. En revanche, l'album ne prétend pas restituer une vérité, l'auteur l'a clairement dit. Elle entend presque son supérieur lui souffler à l'oreille : « Les faits, Tangore, les faits. »

— Où étiez-vous le lundi 2 décembre ?

— Chez moi.

— Toute la journée ?

— Non. Dans la matinée, je suis venu à Rennes pour emprunter la voiture d'un copain. J'en avais besoin pour un remplacement que j'effectue sur Guer, la mienne n'est pas en état de faire la route chaque jour.

— La voiture de Matthias Cherbine ? Sa BMW i3 ?

— Exactement.

— C'est sympa de sa part de vous la prêter, reconnaît la lieutenante, guettant sa réaction. Il faut avoir confiance, c'est un beau modèle.

— Oh ! c'est sûr qu'il la bichonne, sa bagnole ! À ce point-là, c'est de l'idolâtrie. Mais c'est un prêté pour un rendu. Il sait qu'il peut compter sur moi pour lui filer mon appart à Vannes quand il veut épater une nana, constate-t-il avec suffisance.

— À quelle heure avez-vous récupéré le véhicule ?

— Je ne sais pas, je suis passé prendre les clés chez Matthias, il devait être 8 h 30, à peu près. On a pris un café ensemble, on a discuté : je dirais un peu avant 10 heures.

— Vous êtes allés ensemble au garage ?

— Non, il m'a donné la clé.

— Comment vous êtes-vous rendu à Rennes ce jour-là ?

— Un copain qui travaille sur Rennes m'a déposé.

— Son nom ?

— Gilles Dufresnes, il travaille en semaine à Tecsor, à Cesson-Sévigné, vous pouvez vérifier. C'est quoi toutes ces questions, à quoi ça rime ?

Il commence à renâcler, à se sentir sur la sellette et cela convient tout à fait à l'OPJ.

— Nous vérifions seulement les déclarations de M. Cherbine. En effet, le garage où il remise sa voiture est tout près du lieu où a été déposé le corps de Simon Decarpentrie. Donc, vous récupérez la BMW et vous faites quoi ?

— Je rentre chez moi.

— Directement ? À Vannes ?

— Non, j'ai déjeuné en ville avant de repartir.

— Et puis vous êtes rentré à Vannes.

Il hésite avant de répondre.

— À Sixt-sur-Aff, à la Métairie où j'ai une longère, il n'y a que 20 kilomètres pour se rendre à Guer. Plutôt que de faire chaque jour la route de Vannes à Guer – 75 kilomètres – logiquement, je me suis installé dans le gîte pour la durée de mon remplacement.

— Vous avez croisé des personnes dans l'après-midi ? Des voisins ?

— Non. J'ai fait quelques courses au bourg, c'est tout.

— Vous êtes toujours en possession de la BMW ?

— Oui, mon remplacement dure jusqu'aux vacances de Noël.

La lieutenante consulte son gestionnaire de tâches, relit à voix haute le dernier passage de la déposition, clarifie une ou deux phrases, puis lève les yeux vers Seiz.

— Très bien, je crois que nous en avons fini avec ces détails matériels. En attendant que l'adjoint Levasseur imprime votre déclaration, voulez-vous un autre café ?

Le soulagement de Jacky Seiz se dessine dans le sourire qu'il lui adresse. Il accepte sa proposition pour lui faire plaisir, elle le sait, il n'a presque rien bu de son premier gobelet. L'atmosphère se détend, Tangore s'abandonne contre le dossier de sa chaise pour montrer qu'une fois les formalités accomplies, rien ne s'oppose à une petite conversation.

— Qu'avez-vous pensé du retour de Simon à Rennes ? demande-t-elle sur le ton de la confidence. Cette réapparition ne vous a pas semblé… étrange ?

Un sourire satisfait s'étale sur les lèvres de Seiz qui se retroussent avec dédain.

— Il n'était plus qu'un type fauché, prêt à tout pour faire durer un semblant de notoriété.

— Vous connaissiez ses écrits ?

— Du bla-bla. Il était fini, mais il fallait qu'il existe quand même, qu'il se trouve une cause.

La phrase lui a échappé et elle sonne sinistrement aux oreilles de Tangore : « Il fallait qu'il existe quand même », il ne méritait donc plus l'attention ? Dans le monde de Seiz, les *loosers* n'ont pas voix au chapitre.

— Quelle était cette cause, selon vous ? Je n'arrive pas à cerner sa personnalité, il semblait avoir un certain talent de DJ, avant de se lancer dans la poésie avec quelques succès, et maintenant il voulait créer une fondation.

Elle s'est efforcée de ne mettre aucune intention derrière sa remarque de crainte qu'il ne la trouve trop inquisitrice. Mais il lui sourit comme s'il n'avait attendu que cela, lui parler de Simon, de ses errances, de ses ratages.

— Un touche-à-tout. Oh ! Pas sans talent, mais toujours happé par la facilité. Peut-être était-il superficiel de nature, un peu trop égocentrique ? Je ne l'ai jamais vraiment compris, mais c'était sans importance, nous étions si enthousiastes…

— Comment l'aviez-vous rencontré ?

— Sur la plaine de Baud, bien avant la construction du quartier Baud-Chardonnet. Il est arrivé un jour en camion et a demandé à s'installer sur le terrain des chapiteaux. Moi, je connaissais des gens à l'Élaboratoire, le collectif artistique, je faisais partie de l'une des compagnies de théâtre. Simon avait dans l'idée de fabriquer des sons pour des mecs qui travaillaient le graffiti et créaient des événements sur les jachères urbaines.

— Comment vous vous êtes retrouvés à faire partie de la même bande ?

— Trans Off. C'était chaud à l'époque, fin 2012. La préfecture faisait tout pour interdire les raves et confisquer le matériel des *sound systems*. On avait monté un groupe qui tournait dans les *free parties* du coin, on s'amusait bien, mais on restait des amateurs sur tous les plans. Rien que le nom, les Apôtres, c'était naze. Assez vite, Simon et son pote, John, sont venus nous voir et nous ont proposé de monter un nouveau *sound system*. Ils connaissaient bien leur truc, les Anglais étaient en avance sur nous. On a dit O.K. Les Apôtres sont devenus les Douz'. Quand le teknival prévu en marge des Trans Musicales a été une fois de plus interdit par la préfecture, en novembre 2013, on était prêts à répondre à l'appel aux sons lancé par le collectif organisateur. Deux jours de fête intégrale à Pont-Réan, 15 000 ravers et un Trans Fuck Off génial.

— Quelle était la suite pour les Douz'?

— La suite? Ça marchait pas au plan de carrière! Tout ce qui comptait, c'était la prochaine rave, l'adrénaline qui monte au fil des jours quand le projet se précise, les gens qui affluent de partout quand tu balances le lieu du rendez-vous sur la boîte vocale. On vivait dans l'instant. Seulement pour l'instant. On pensait jamais plus loin, un peu comme des gosses s'éclatant dans une fête foraine.

Levasseur entre dans la pièce, pose devant Seiz un café et les feuillets du procès-verbal à relire et signer. Le fil des confidences est coupé.

*

Aubert s'assied pesamment sur la chaise que lui avance Levasseur :

— Je ne sens plus mes pieds, il faisait un froid dans ce garage!

— La réaction de Cherbine? s'enquiert Tangore.

— Je dirai pas vraiment surpris quand j'ai débarqué à *Urbamus* avec le mandat. Par contre, c'était panique à bord pour Le Quilliou. On est passés rue Ginguené pour prendre un double des clés et nous avons ensuite attendu l'équipe du Marabout allée Léon-Le-Berre.

— Des choses intéressantes ?

Le sourire du major indique qu'il va faire durer le plaisir.

— Les gars du labo ont commencé par échantillonner les traces papillaires sur la porte du garage. Ensuite, la procédure classique : ils ont travaillé à la lampe Polilight pour relever les traces papillaires latentes, les liquides biologiques, les morceaux de fibres. Probablement des traces de spume.

Tangore ne peut s'empêcher de lever les bras en l'air.

— Du spume ? interroge Levasseur.

— Quand tu as identifié Simon Decarpentrie, tu as remarqué les vomissures sur lui et une sorte de bave aux commissures des lèvres, tu t'en souviens ?

Pierre-Henry, pas près de l'oublier, hoche la tête.

— C'est ça, le spume, une salive écumeuse qui apparaît entre les dents, ou entre les lèvres, en réaction à certains troubles nerveux.

La lieutenante s'est à nouveau tournée vers Aubert :

— Des traces de sang au Bluestar ?

— Pas de réaction chimiluminescente. Il faudra tabler sur les empreintes génétiques pour établir la présence de Decarpentrie dans le local. Le Marabout va faire au plus vite ; cela dit, il est à peu près sûr qu'il ne s'agit pas de la scène de crime primaire. Si c'est notre homme qui est passé dans ce garage, il était sans doute déjà mort.

Tangore ne tient plus en place :

— Pourquoi prendre autant de risques en ramenant un cadavre dans une impasse où tout le monde se connaît, où les allées et venues des uns et des autres peuvent être observées à tout moment et, ce n'est pas la moindre des choses, où nous avons toutes les probabilités d'identifier le locataire d'un garage ?

— Pour nous désigner un ou des coupables, remarque Pierre-Henry en suçotant des réglisses.

— Et qui ? interroge sa cheffe.
— Jacky Seiz et Matthias Cherbine, réplique le major.
— Accessoirement Barthélemy Viard, à cause de la fresque, complète Levasseur.
— Quel est le type de fermeture sur le garage ?
— Ben, une porte tout ce qu'il y a de classique, guidée par un rail fixé sur le mur.
— N'importe qui d'un peu bricoleur peut l'ouvrir, non ?
— Ben, c'est pas compliqué.
— On a tout faux ! s'exclame Tangore. On se fait trimballer dans les grandes largeurs, il faut tout reprendre de A à Z.
Un silence stupéfait règne dans la pièce.
— Je suis en train de commettre une grosse bourde, dit à voix basse Tangore. Je me suis laissée manipuler parce que je voulais voir autre chose que ce que j'avais sous les yeux. Le corps a été placé dans le périmètre de sécurité pour brouiller le seul message intelligible qui existait.
— La fresque ? suggère Pierre-Henry.
— Exact, la fresque qui désigne, d'une manière ou d'une autre, deux personnes : Nathalie Le Quilliou et John Isting. Comment ai-je pu être aussi bête !
— On reprend tout alors ? s'inquiète Aubert.
— Depuis le début.
— Pierre-Henry, tu vas appeler Mary Bringsfield. Je voudrais que tu lui poses une question : est-elle certaine de la paternité de Simon Decarpentrie ?
— C'est tout ?
— C'est tout, mais c'est une question importante.

*

Le commandant Gassière hisse le drapeau blanc devant une Gabriella Lescoat au bord de l'explosion.

— Manquerait plus que d'installer une crèche de Noël dans la salle de repos ! éructe-t-elle. Je vous rappelle que le Conseil d'État considère qu'une crèche ne peut être conforme au respect de la neutralité du service public à l'égard des cultes. Si ON la laisse faire, bientôt ON fêtera le Nouvel An chinois, p'têt même la fin du ramadan.

— L'initiative partait d'une bonne intention, remarque son supérieur.

— Les lieux de travail n'ont pas vocation à se transformer en sapinière géante, la commission *Prévention des risques de harcèlement au travail* pourrait se saisir de cette question.

— Vous allez tout de suite me rengainer cette menace, Lescoat. On ne réunit pas la commission parce qu'une collègue fait une bouffée chlorophyllienne.

— Une bouffée délirante, oui ! fulmine la brigadière. Un seul sapin de plus et je viens avec ma tronçonneuse pour en faire un lot de bûchettes pour les élèves de CP.

Elle passe devant Tangore sans la saluer et s'éloigne en marmonnant.

— Tu as un problème avec Lescoat ? demande Tangore.

— Pas vraiment, j'ai plutôt un problème avec Minouni, l'air des cimes semble lui avoir tourné la tête : elle a utilisé l'argent de la cagnotte pour commander une dizaine de sapins de Noël, on ne sait plus où les caser.

Gassière pose ses avant-bras sur son bureau d'un air résigné.

— Tu avances dans ton enquête ?

— Je crois que je me suis plantée depuis le début.

— Non, corrige-t-il, les actes d'enquête sont cohérents, je viens de vérifier le travail de l'équipe sur le gestionnaire de tâches.

— Je ne suis plus sûre de rien. Je voulais perquisitionner le gîte qu'occupe Jacky Seiz à Sixt-sur-Aff, mais je crois que je me suis fourvoyée dans mes déductions : je ne sais pas comment présenter ce revirement dans l'enquête à Girardy.

— Tu le prends pour un imbécile ? s'énerve le commandant. Il sait que nous avançons lentement, mais que nous progressons. On fait le point ensemble demain et on discute avec Girardy. Maintenant, tu rentres chez toi te reposer.

— Mais Levasseur…

— Demain, ne discute pas. J'ai épuisé mon stock d'indulgence avec Minouni et mon quota de patience avec Lescoat.

Jour 10

Le Marabout semble frétillant en dépit de la vilaine teinte de son long nez qu'il frotte entre ses mains jointes. Il désigne la Thermos posée sur le bureau de Tangore.

— Bon sang ! J'ai un pif d'ivrogne par ces temps polaires. Donne-moi un peu de ton breuvage pour me réchauffer.

Elle cherche un gobelet propre et lui en verse une bonne rasade.

— C'est quoi ce machin ? dit-il en humant avec méfiance le liquide, le sérum de vérité que tu administres en douce à tes suspects ?

— De la tisane de feuilles de caloupilé à la cardamome. Une petite recette de mon île parfumée.

— Et c'est garanti sans effets secondaires ? se renseigne-t-il avant de tremper avec précaution ses lèvres dans la boisson.

— Tout ce que tu risques, c'est de pisser de la vanille.

— Super, tu me rassures.

Tangore estime avoir suffisamment sacrifié aux usages de la convivialité ; elle va droit au but afin de connaître le motif de la visite de Blerwaz.

— Tu as les résultats des prélèvements effectués dans le garage de l'allée Léon-Le-Berre ?

— Les résultats complets pour les traces papillaires tomberont dans la journée. Au labo, on a comparé les empreintes relevées à celles de Matthias Cherbine et de Jacky Seiz et ça matche. Par contre, pas de correspondance avec les encrages réalisés sur la victime. Rien de plus normal si elle était déjà morte en arrivant sur place. Pour le reste, pas de concordance avec les relevés du Fichier automatisé des empreintes digitales.

Il aspire une nouvelle gorgée de tisane avec une lenteur exagérée. Son interlocutrice parvient à dissimuler sa fébrilité en lui adressant un sourire à la Marie Besnard.

— Quant aux prélèvements biologiques, reprend-il, ils identifient clairement Decarpentrie.

— Putain ! s'exclame la lieutenante.

— J'ai même une autre nouvelle pour toi.

Il sort de sa sacoche un rapport de laboratoire aussi condensé qu'une notice de montage Ikea. Sur sa couverture est agrafée une pochette plastifiée contenant un petit cachet bleu. Tangore reconnaît la pilule d'ecsta trouvée dans le studio d'Aff.

Le Marabout semble tout content de lui.

— Tu vas pas me croire, mais ce machin, c'est vieux de chez vieux ! Sa composition chimique ne correspond plus à ce qui existe sur le marché aujourd'hui. J'ai dû fouiller dans les banques de données pour en retrouver la trace dans des lots saisis par les douanes en 2013 à Cherbourg.

Il rit, ravi de ce qui lui apparaît comme la blague du mois.

— Tu es sûr ?

— Eh bien, regarde, ce sont les mêmes caractéristiques : couleur bleue, logo Ω, poids 318 mg, épaisseur moyenne 5,4 mm, diamètre 8,1 mm. Le principal composant de l'ecstasy est le MDMA, le comprimé en contient 118 milligrammes auxquels il faut ajouter les excipients, des sucres, ici un co-atomisat mannitol et amidon. Plus 20 % du poids en caféine. Tout est pareil, à un poil près.

— Tu es en train de me dire que le comprimé qu'on a retrouvé dans le studio de Decarpentrie a été fabriqué il y a dix-sept ans ?

Le cou fripé du Marabout rosit sous ses gloussements.

— Exact. Donc, ce petit miracle de la chimie n'est pas une dent de lait mise de côté dans une boîte en porcelaine et oublié par la petite souris, mais un indice qu'a récupéré ton bonhomme. Que voulait-il en faire ? Je te laisse le soin d'y répondre.

Sur un dernier claquement du bec, il salue et retourne à son labo. Tangore regarde le comprimé avec perplexité quand elle remarque Aubert et Levasseur plantés devant son bocal. Encore sous le choc des informations livrées par Blerwaz, elle leur fait signe de la rejoindre.

— J'espère que vous avez les idées claires ce matin, car on est au fond de la cale et on regarde l'eau monter : il va falloir écoper sec.

Elle les jauge l'un après l'autre et jette son dévolu sur Pierre-Henry.

— As-tu appelé Mary Bringsfield ?

— Oui. J'ai pu la joindre hier, assez tard. Quand je lui ai parlé de nos doutes sur la paternité de Simon Decarpentrie, elle s'est offusquée. Histoire de lui mettre la pression, j'ai évoqué la possibilité de saisir le juge pour vérifier par test la filiation entre Decarpentrie et Johanna et là, elle a commencé à cracher le morceau : le père de Johanna n'est pas Decarpentrie, mais, à l'époque, ça arrangeait tout le monde de lui coller la gamine. Hormis qu'il vivait avec la mère, il avait quelques revenus pour subvenir aux besoins de l'enfant. Après la mort de Phyllis, il a continué à verser plus ou moins régulièrement de l'argent. Dans les faits, Johanna était contente d'avoir un père, même si elle ne le voyait pas, et Mary Bringsfield disposait d'une aide financière pour élever sa nièce.

— Mais qui est le vrai père ? Elle te l'a dit ?

— Elle prétend l'ignorer, Phyllis ne lui aurait rien révélé à ce sujet.

— Bon, on a la raison pour laquelle Simon Decarpentrie n'a jamais reconnu Johanna : il savait que ce n'était pas sa fille.

— Dans ce cas, pourquoi a-t-il accepté de jouer au père ? s'étonne Aubert. Il ne roulait pas sur l'or.

— Après la mort de Phyllis, il a peut-être éprouvé une certaine culpabilité ; c'était sa manière à lui d'assumer sa part de la tragédie, avance Pierre-Henry. La petite n'avait que 2 ans quand elle a perdu sa mère, elle n'avait jamais eu de véritable foyer et – quoiqu'en dise Mary Bringsfield – elle représentait une charge pour sa tante.

Tangore hoche la tête. Préoccupée, elle tapote de son crayon le bord du bureau.

— Même avec l'accord de Simon, tout ça relève de la supercherie. Il y a quand même un héritage à la clé et pas mal d'argent du côté de la famille Decarpentrie. Jenny a-t-elle pris contact avec Johanna ?

— Oui. D'après la tante, Jenny Decarpentrie connaissait son existence. Son frère la lui avait présentée comme sa filleule et avait pris des dispositions financières la concernant.

— Eh bien ! Là, c'est clair. Mine de rien, ce nouvel élément modifie le paysage. Si le père de Johanna n'est pas Simon…

— C'est probablement John Isting, complète Pierre-Henry qui commence, lui aussi, à voir une autre configuration possible des faits.

— Le trio voyage ensemble : Simon, Phyllis et John. Les inséparables. Tellement inséparables, raille Tangore, que John envisageait de regagner Londres avec Phyllis et Philippe Guérat, en plantant Decarpentrie et Le Quilliou.

— Isting a aussi insinué, renchérit Levasseur, que Simon était un père indifférent, peu enclin à une vie de famille.

— Pierre-Henry, tu appelles la boîte d'Isting et tu demandes s'il ne s'est pas absenté à un moment ou un autre dans la journée du lundi 2 décembre.

Elle se tourne vers Aubert :

— Où en est-on avec Nathalie Le Quilliou ?

— Elle est arrivée. On peut démarrer quand vous voulez.

— D'accord. Il faut pas qu'on se rate sur ce coup-là, on ne peut plus se permettre de faire du surplace. Tu as bien en tête ce qu'on va faire ?

— Vous inquiétez pas, lieutenant. J'ai révisé.

*

Nathalie Le Quilliou se tient devant la fenêtre d'où l'on aperçoit la Cité judiciaire, rebaptisée le *Faucon Millenium* par les détracteurs de son architecture futuriste. Engluée dans un épais brouillard, son allure fantomatique est celle d'un vaisseau abandonné dans les nuages de gaz d'une planète inconnue.

Le Quilliou n'est pas suffisamment anxieuse pour avoir renoncé à la couleur. Sur son manteau vert pomme, elle a drapé une écharpe tricotée rose et orange aussi longue qu'un boa constrictor. Des jambières fantaisie, rayées dans les mêmes tons, enserrent ses mollets habillés de collants vert sapin. Une lueur vindicative pointe dans son regard quand elle se retrouve coincée à la table où Aubert accomplit les formalités avec une lenteur inaccoutumée qui lui laisse tout le temps de s'interroger sur sa nouvelle convocation à l'hôtel de police.

— Madame Le Quilliou, nous savons qu'après la mort de votre compagnon dans un accident de voiture, vous aviez évoqué l'intervention d'un autre véhicule dans les causes de la sortie de route. Y a-t-il un lien, selon vous, entre les décès de Philippe Guérat et Simon Decarpentrie ?

Elle semble déstabilisée par ce retour en arrière. Elle fixe le mur entre les deux policiers pour fouiller dans sa mémoire.

— Je ne vois pas. L'accident remonte à 2022, huit ans se sont écoulés depuis et les gendarmes n'ont pas pu établir la présence de ce véhicule sur les lieux de l'accident.

— Mais vous l'aviez vu ? insiste la lieutenante.

— J'étais à moitié endormie, un cri de Philippe m'a sortie de ma torpeur, le jour se levait à peine, l'embardée de l'auto... J'étais en miettes en sortant du coma, tout était si flou dans ma tête et Philippe était mort. Par ailleurs, je n'ai jamais pensé que l'accident avait été provoqué, mais qu'il était dû à un chauffard.

— Bien sûr, admet Tangore d'une voix conciliante. L'assassinat de Simon Decarpentrie pourrait-il alors avoir un rapport avec la rave du château de Musil ?

— Non, ça n'a pas de sens, affirme-t-elle aussitôt. Matthias vous l'a dit, Simon était revenu à Rennes pour bénéficier d'une résidence d'écrivain sans trop se fouler.

— Pourtant, quoiqu'on fasse, on y revient, à cette fameuse nuit au château de Musil, s'obstine la flic.

La carnation de Le Quilliou, déjà pâle, devient livide. Elle ôte ses mitaines rose fuchsia, une touche supplémentaire, frivole et enfantine, à sa tenue excentrique, et ses mains nerveuses rajustent sur ses oreilles le bandeau qui retient son épaisse chevelure rousse. L'OPJ ne peut s'empêcher de voir dans ces associations de couleurs vives, dans cette accumulation de tricots et de laines, une sorte de déguisement de clown triste.

— Si vous avez pris la peine de jeter un coup d'œil au dossier, vous avez vu que l'affaire a été classée, lâche-t-elle d'un ton sec.

— Vous avez raison sur ce point. Cependant, de nouveaux éléments permettent de mieux comprendre les circonstances de la mort de Phyllis Bringsfield.

Tangore pousse vers Le Quilliou le petit comprimé bleu enfermé dans son sachet transparent.

— Nous avons retrouvé ce cachet d'ecsta dans les affaires de Simon Decarpentrie.

— Que voulez-vous que je vous dise ? Je ne suis pas responsable des conneries de Simon. Libre à lui de prendre des cochonneries, ça ne me regarde pas, ajoute-t-elle en forçant son dégoût.

Aubert fouille dans son dossier.

— Je vous relis un passage de votre déclaration du 13 décembre : « J'ai lu *Ouest-France* et regardé les infos : on parle d'overdose. Simon n'aurait jamais fait cela. » Un peu plus loin, vous dites : « Il ne touchait plus à aucune substance depuis trente ans. Jamais il n'aurait pris de son plein gré de la drogue. » Vous étiez très catégorique dans vos propos concernant Decarpentrie et la drogue.

— Si vous le dites, concède-t-elle au policier.

Pour Tangore, le moment est venu d'appuyer un peu plus fort.

— Vous n'avez pas tort. Simon Decarpentrie ne consommait pas d'ecstasy, du moins pas récemment. Et surtout pas ce genre de comprimé vieux de dix-sept ans et qu'on ne peut s'empêcher de rattacher à la rave de 2014. Ce qui nous ramène aux Douz'.

Son argumentation ne tiendrait pas la route devant un avocat, même novice dans le métier, mais elle ne peut avancer qu'au bluff.

— Nathalie, poursuit-elle en se penchant au-dessus de la table, ne me dites pas qu'au cours de cette rave, la drogue ne circulait pas. Les analyses réalisées sur Phyllis le prouvent. Entre filles, on se fait des confidences, vous saviez qu'elle consommait ce type de substances.

— Des confidences ? Vous vous gourez complètement, elle n'était pas du genre à se confier à une autre nana. Ce qui l'intéressait, c'étaient les mecs et le pouvoir qu'elle avait sur eux.

— Sur Simon ?

— Sur tous : Viard, Isting, même Matthias !

— Et sur Philippe aussi, bien sûr, ajoute Tangore.

Le Quilliou la fusille du regard, un regard dur, sans concession.

— Qu'est-ce que vous racontez ? Philippe était avec moi.

— Bien sûr, mais il s'apprêtait à partir pour Londres faire des essais en studio avec Phyllis, sous la houlette de John Isting.

— Qui vous a raconté ces sornettes ? Viard ?

— Non. Une personne qui n'appartenait pas à votre petite bande et qui n'a donc aucune raison de mentir. Vous avez dû accuser le coup quand vous avez appris que votre copain allait tenter sa chance de l'autre côté de la Manche ? Dans les faits, il avait choisi Phyllis plutôt que vous.

— Il n'a jamais eu d'aventure avec cette fille, se défend-elle. Elle lui avait seulement fait miroiter une carrière en duo.

— Mais vous n'étiez pas invitée à faire le voyage, remarque la lieutenante. Et Isting, quel rôle a-t-il exactement joué dans tout ça ?

— J'en sais rien. C'était déjà assez compliqué de savoir quelles relations il y avait entre ces trois-là : Phyllis, Simon et John. Simon, c'était clairement le roi, quant à Phyllis, elle adorait jouer à la princesse et John était la troisième roue du carrosse. J'aurais pas accepté le dixième de ce que lui faisait subir Simon.

— Mais pourquoi, lui, acceptait-il ce rôle de…

— Larbin ? Pour Phyllis, pour avoir les miettes de ce qu'elle voulait bien lui laisser, quand Simon ne prenait pas tout.

— Même sa fille ? intervient Aubert en levant la tête de son ordinateur.

— Vous savez ça, constate Le Quilliou.

Elle désigne du doigt le comprimé bleu.

— Je ne suis pour rien là-dedans. Mon taf, c'était de faire rentrer les donations. Je vendais aussi des boissons, je sais, c'était pas légal, mais jamais j'ai refilé ce genre de trucs, même si j'en prenais. Le deal, c'était un autre business, et je n'en voulais pas.

— Et Phyllis, elle était d'accord pour vendre ça ?

— J'en sais rien, mais posez-vous la question : si elle avait le projet de quitter Simon, de retourner en Angleterre, de reprendre sa gosse, avec quel argent allait-elle le faire ?

— Nathalie, si vous étiez chargée de ramasser les contributions des teufeurs cette nuit-là, vous étiez forcément un peu partout, à circuler. Y avait-il des dealers qui auraient pu fourguer de l'ecsta ?

— Forcément, il y en a toujours, on peut pas faire autrement. En général, ils se tiennent à côté des camions, là où les gens se garent, c'est plus facile pour les accrocher. Je connaissais les mecs, c'était à peu près toujours les mêmes.

— Est-ce que vous avez remarqué quelque chose de différent ce soir-là ?

Elle regarde ses mains, tripote ses mitaines. Elle hésite, calcule ce qu'elle peut dire.

— Ouais, j'ai vu quelque chose en début de soirée. Phyllis a passé du temps autour des camions, elle a discuté avec les revendeurs : pour moi, elle ne leur faisait pas seulement la causette, il y avait un binz.

— Quoi ? Soyez plus précise.

— J'en sais rien. J'ai rien entendu.

— Vous n'avez pas essayé de vous renseigner ? Me dites pas que vous voyez une fille que vous ne pouvez pas blairer – une fille qui veut se faire la malle avec votre mec –

trafiquer quelque chose de louche sans essayer de savoir de quoi il retourne ?

Elle soupire.

— O.K. Je connaissais plutôt bien un des mecs avec qui elle avait parlé, on était ensemble à la fac. Je suis allé le trouver pour lui tirer les vers du nez. Il n'a pas voulu me dire grand-chose, mais j'ai tout de même compris que Phyllis était mouillée dans le trafic de Molly, d'ecsta si vous préférez. Une bonne partie de la came qui circulait ce soir-là venait d'Angleterre. J'en ai pas eu la certitude, mais j'ai compris à demi-mots.

— Et vous avez fait quoi ?

— Rien ! dit-elle avec véhémence. Ça me regardait pas.

— Vous avez le moyen de dégommer votre rivale et vous ne faites rien ? Vous relevez de sainte Rita, la patronne des causes perdues ! ajoute le major, sarcastique. Allons, ça ne tient pas debout quand on sait ce qu'avait mijoté Phyllis.

Elle se mord la lèvre inférieure, regarde autour d'elle comme si elle attendait l'intervention miraculeuse de la sainte en question.

— Je suis allée voir Matthias, lâche-t-elle, c'était mon pote, à lui je pouvais tout dire.

— Et il vous a dit quoi Matthias ?

— « Laisse tomber ! » C'est ce qu'il m'a conseillé. « Te mêle pas de ça si tu veux garder ton mec. Tu verras, il mettra pas longtemps à voir que Phyllis est cinglée et il reviendra vers toi la queue entre les jambes. »

— Vraiment ?

— Ouais, et j'ai suivi son conseil. Je ne l'ai pas regretté. C'est ce qui s'est passé.

— Miraculeux, constate Aubert, un brin goguenard.

— Inespéré, confirme Le Quilliou avec un sourire glaçant. Le lendemain, tous mes problèmes étaient réglés. N'essayez pas de me chercher des poux dans la tête, Phyllis était une belle saloperie dans son genre et ce qui lui est arrivé, d'une manière ou d'une autre, elle l'a bien cherché.

— Où étiez-vous quand on a découvert son corps ?

Elle desserre l'écharpe boa constrictor enroulée autour de son cou. Elle détourne le regard vers une affiche vantant les métiers de la Police nationale sous le visage radieux d'une adjointe de sécurité. Deux taches rouges marbrent ses pommettes et un sourire sans joie crispe ses lèvres.

— Dans le camion de Simon Decarpentrie.

— Avec lui ?

— Évidemment avec lui, pas avec le pape !

— Vous aviez une aventure avec lui ?

— J'avais appris par Matthias ce qui se tramait ; c'était une manière comme une autre de rendre la monnaie de sa pièce à Phyllis. De toute façon, c'est ce qu'on appelle le coup d'un soir. Croyez-moi, ça n'avait rien de glorieux et on ne l'a pas dit aux autres.

— Qui était au courant du projet londonien ?

— Les intéressés, et Matthias qui l'avait su par Philippe. Et moi, au final. C'est tout. Après ce qui est arrivé, on n'en a plus jamais parlé.

— Même avec Philippe ?

— Surtout avec Philippe. Je voulais le récupérer. Le reste m'était égal.

Le pianotage d'Aubert sur son clavier projette dans la pièce un son mat, insistant. Chacun se replonge dans ses pensées, Nathalie Le Quilliou en peignant les franges de son écharpe étalées sur sa cuisse, Tangore en essayant de démêler l'écheveau des petites trahisons des uns et des autres. Elle revient sans cesse à la même trame sans parvenir à en dénouer les fils.

— Et Thomas, que faisait-il ce soir-là ?

— Thomas ? Je sais pas, il devait bricoler à droite et à gauche. Thomas c'est Thomas, fait-elle en haussant les épaules. Il ne parlait pas beaucoup à l'époque ; il ne le fait toujours pas.

— Vous étiez bons copains, non ? Vous l'aviez pris un peu sous votre aile.

— Forcément, c'était le plus jeune d'entre nous. Il se faisait charrier par tous les autres. Je lui disais de ne pas s'en faire, que son heure viendrait, qu'un jour il serait derrière les platines.

— Il s'y connaissait ?

— Et comment ! Vous savez, il n'en a pas l'air avec son look brut de caisse, mais il est super bon. Il était super bon, corrige-t-elle, car il a laissé tomber. Il avait été l'un des finalistes du BPM Contest en 2012, un tremplin électro qui permettait à des jeunes de se faire connaître. Les sélectionnés présentaient leur *DJ set* lors d'un *live* et le lauréat pouvait enregistrer un EP, un album quoi, voire faire une tournée, etc.

— Comment se fait-il qu'il n'était pas plus reconnu au sein du collectif ?

— Il passait pour le jeunot qui voulait se la péter. Le bizutage, c'était de le cantonner la plupart du temps aux corvées : montage, démontage du matériel, réglages, ce qui fait chier tout le monde.

— Il le prenait bien ?

— Pas vraiment.

— Pourquoi restait-il alors ?

Un ombre maussade passe sur son visage.

— Il en pinçait pour Phyllis. Au fond, il était pas différent des autres, lui aussi se laissait mener en bateau. Elle avait couché une fois avec lui et il croyait avoir décroché la lune. Ce que les hommes peuvent être naïfs ! remarque-t-elle avec un mépris qui amène Aubert à lever les sourcils derrière son clavier.

— C'était comment entre eux les derniers temps ?

— Il était malheureux. Elle avait couché avec lui un peu par désœuvrement, beaucoup parce qu'elle était dans un de ces états où elle ne se rendait pas trop compte des choses. Au fond, Thomas n'avait aucune importance pour elle. Le seul qui en avait vraiment, c'était Simon. Mais lui commençait à la trouver pesante, ingérable. Les essais à Londres, je ne suis même pas sûre que Phyllis y tenait vraiment. Alors, avoir Thomas dans les pattes pendant la rave, non. Elle l'a envoyé balader, sans faire de détail.

— Racontez, ordonne Tangore.

— En début de soirée, j'ai assisté de loin à la déflagration. Elle n'a pas dû le ménager, il était complètement à la ramasse après leur engueulade. J'ai essayé de lui parler, mais il est allé lécher ses plaies dans son coin.

— Et c'était où, son coin ?

— Au bout du grand salon : il y avait un réduit, avec un genre de passe-plat.

— Expliquez-moi ça, demande la lieutenante.

— Quand le château était habité, il fallait un endroit où poser les plats qui montaient des cuisines situées au sous-sol, avant de les apporter dans la salle à manger. C'était une sorte de cagibi attenant au salon et donnant sur l'escalier de service.

— Pourquoi dites-vous que c'était le coin de Thomas ?

— Ça l'amusait de circuler dans l'escalier de service comme une taupe dans sa galerie, confie-t-elle avec un sourire dans la voix. Un vrai gamin.

— Après la discussion avec Phyllis, il y est resté longtemps, dans son terrier ?

— Non. Je ne crois pas. Il était chargé des lumières, donc il ne pouvait pas se tourner les pouces, il était sur le pont.

Elle regarde les deux flics.

— N'essayez pas de lui mettre un truc sur le dos. Thomas ne ferait pas de mal à une mouche.

— Vous n'êtes pas la mieux placée pour faire ce genre d'affirmation, réplique vertement Tangore.

Elle est déçue par le résultat de l'audition. De l'écume sale, c'est tout ce qui est apparu en agitant les eaux bourbeuses du passé. Un coup d'œil à Aubert lui confirme qu'il n'a rien à ajouter.

— Où étiez-vous le lundi 2 décembre ? demande-t-elle avant de mettre fin à l'entretien.

— À la maternité La Sérénité. Matthias assurait la permanence à *Urbamus* et moi j'étais auprès de ma sœur qui avait accouché le dimanche d'un petit garçon.

— On vérifiera.

*

Pierre-Henry entre avec précipitation dans le bureau de Tangore.

— J'ai appelé Grand Format. Après son entrevue avec Decarpentrie, Isting a quitté le magasin en début d'après-midi pour une intervention urgente : la pose des panneaux de particules sur une vitrine qui avait volé en éclats. Il était donc en déplacement de 14 heures à 16 h 30 avec une camionnette de l'entreprise. La facture a été établie au nom d'une crêperie, Le Sarrasin, qui est fermée depuis six mois. Elle se trouve boulevard de la Robiquette, derrière le centre commercial Saint-Grégoire. La facture a été réglée en espèces, comme par hasard.

Ses yeux s'éclairent d'un sourire finaud.

— Je vois, le téléphone de Simon a borné pour la dernière fois sur l'antenne relais du centre commercial de Saint-Grégoire, à 15 heures.

Il brandit victorieusement la capture d'écran qu'il a imprimée à la hâte.

— Toujours mieux : le vendredi 6 décembre, jour de la mort de Decarpentrie, à 13 h 07, un véhicule de chez Grand Format passe devant les caméras de vidéosurveillance de la Direction Interarmées, à l'angle du boulevard Jacques-Cartier et de la rue du Garigliano. Il se trouve donc à moins de cinq cents mètres du garage de Matthias Cherbine.

Le silence de sa cheffe le surprend. Les mains pressées sur les tempes, elle réfléchit avant de lui désigner le comprimé d'ecsta dans sa pochette.

— Je sais ce que tu penses, Pierre-Henry : on tient notre suspect, pour ne pas dire plus. Mais je dois m'assurer si c'est bien Viard qui a donné l'ecsta à Decarpentrie. J'ai essayé de le joindre, mais il ne répond pas. Si on faisait une petite virée tous les deux, histoire de s'aérer ?

— Où ?

— À Sixt-sur-Aff. On aura peut-être la chance de le dénicher dans sa campagne. On en profitera pour jeter un coup d'œil à la longère de Seiz.

*

La propriété de Jacky Seiz s'élève à l'écart de la route départementale, une grande bâtisse en pierres de schiste sous un toit d'ardoises, aménagée pour abriter deux gîtes. Sa rénovation, très soignée et sans doute coûteuse, garantit toutes les commodités pour un séjour au vert, depuis le barbecue maçonné jusqu'à la terrasse offrant une vue dégagée sur la campagne. Tangore a garé la voiture un peu en retrait du chemin d'accès pour ne pas révéler leur présence à un éventuel occupant. Il n'y a pas âme qui vive dans le hameau, ils s'approchent donc de la maison sans crainte d'être observés. Le logement à gauche a les volets ouverts, probablement celui occupé par Seiz. La flic colle son nez à la vitre de la porte ; il fait trop sombre à l'intérieur pour y distinguer quoi que ce soit. Elle recule de deux pas et inspecte les lieux, le banc installé contre la façade, quelques jardinières dégarnies par l'hiver, un imposant mortier servant de cendrier posé à même le sol, devant l'entrée. Elle le soulève et brandit leur sésame :

— Je n'ai jamais compris pourquoi les gens à la campagne laissent leurs clés dehors.

— Parce qu'ils font confiance aux voisins.

— C'est de la confiance mal placée, assène la lieutenante en déverrouillant la porte.

Après s'être déchaussée, elle enfile une paire de gants, imitée par Levasseur. Chaussures à la main, ils pénètrent dans une grande pièce dont les rideaux sont tirés. La cuisine occupe un coin de la salle meublée d'une table de ferme entourée de chaises dépareillées. L'odeur de cendres froides qui imprègne l'air provient de l'insert encastré dans une vaste cheminée, à l'autre bout du séjour, face au canapé défraîchi flanqué d'une paire de fauteuils. Tout est en ordre, aucune vaisselle sale ne traîne dans l'évier, pas de linge abandonné sur les sièges, les bûches sont soigneusement empilées devant l'âtre. Quelques livres de classe sont posés sur un petit bureau, à côté de journaux.

— Des articles de *Ouest-France*, ils traitent du meurtre d'Aff, commente Pierre-Henry après une rapide inspection.

La lieutenante emprunte l'escalier conduisant à l'étage, visite les deux chambres et la salle de bains avant de redescendre au bout de quelques minutes.

— Un vrai bonnet de nuit, notre gars, il n'y a même pas de télé là-haut. Bon, inutile de s'attarder dans la maison. On jette quand même un coup d'œil à la grange, mais je ne crois pas que Decarpentrie a été séquestré ici. Ça colle pas.

— Qu'est-ce qui ne colle pas ? demande Levasseur.

— Tout. Le décor, l'atmosphère qui s'en dégage… Comme l'absence de remise, de cave, d'appentis, d'un quelconque endroit où enfermer une personne.

— On ne cherche quand même pas l'hôtel Bates, remarque Pierre-Henry. Vous vous attendiez à la baraque sinistre de *Psychose*, avec la petite musique stridente en prime ?

— Ne dis pas ça. Tu as vu le corps de Simon Decarpentrie, la mise en scène macabre... Regarde autour de toi : impossible qu'on l'ait retenu ici.

Ils ressortent en s'assurant que personne ne traîne aux alentours. Dans la grange sont entreposés des vélos, du mobilier de jardin et une imposante tondeuse autoportée. Après un coup d'œil rapide, Tangore remet les clés à leur place.

Dans la voiture, la lieutenante observe le profil de son adjoint, son air buté.

— Qu'est-ce qui te tracasse ? Tu es gêné parce que nous avons pénétré dans le domicile d'un particulier, sans autorisation et en son absence.

— Oui. C'est pas légal. C'est une violation de domicile.

— Tu as raison.

— Mais vous l'avez quand même fait, remarque-t-il d'une voix outrée.

Elle arrête la voiture devant un calvaire planté au bord d'un talus, se tourne vers lui en essayant de maîtriser son exaspération.

— Allez ! Crache ce que tu as sur la patate : je trahis ma mission, je bafoue les droits de braves gens, je mets en danger les principes démocratiques et j'en passe !

— Eh oui ! Je ne m'attendais pas à ce genre de comportement de votre part.

Dans un mouvement d'humeur, elle ouvre la portière et commence à faire les cent pas devant la croix en fer forgé toute rouillée. Une âme chrétienne et miséricordieuse a placé un bouquet de fleurs en plastique sur son socle ; décoloré par les intempéries, il ressemble à une meringue pulvérisée par un coup de fusil. Pierre-Henry la rejoint devant le monument.

— Vous m'en voulez d'avoir dit ce que je pensais ?

— Non. J'ai agi comme une idiote, tout en le sachant pertinemment. Tu as raison sur toute la ligne. J'ai fait n'importe quoi, de surcroît en t'entraînant dans mes conneries. J'ai perdu le sens commun.

— Pourquoi vous avez fait ça ? lui demande-t-il d'un air navré.

Elle hausse les épaules, enfonce les mains dans ses poches et regarde un tracteur perdu au milieu d'une vaste étendue de terre labourée. Des corneilles l'accompagnent comme un paquet d'idées noires criaillant, sautant, virevoltant dans des rafales de vent aigre.

— Quand j'ai commencé dans ce métier, j'ai travaillé plusieurs mois sur un dossier très complexe, une affaire d'enlèvement et de séquestration d'enfant dans la baie du Mont-Saint-Michel. Tu connais la zone des prés salés ? Rien que des pâturages à perte de vue avec quelques bouquets d'arbres rabougris qui abritent des cabanes de berger, parfois minuscules – de simples guérites pour se protéger des vents soufflant sur la baie. Et puis, il y a les fermes, avec toutes sortes de bâtiments, des enclos, des resserres, des bûchers, des hangars, des caves… Un cauchemar pour les enquêteurs. On était deux équipes pour balayer le terrain. Les collègues avaient une commission rogatoire de la procureure en charge de l'affaire pour procéder à une perquisition dans la propriété de notables de Dol. Ce jour-là, une fois sur place, l'officier de police judiciaire constate qu'une partie des bâtiments appartient à la sœur du propriétaire, et ça ne figure pas dans la commission rogatoire. Il passe outre et fouille l'ensemble des lieux, y compris la dépendance réservée à l'usage de la sœur. C'était l'erreur à ne pas commettre, surtout quand vous avez en face de vous un avocat vigilant. Une plainte pour perquisition illégale a entraîné la nullité de l'acte d'enquête, alors que nous savions qu'il y avait une forte présomption de lien, voire de complicité, entre le ravisseur et l'homme qui possédait cette résidence secondaire. Quel fiasco !

— Alors pourquoi avez-vous pénétré chez Seiz ? s'étonne Pierre-Henry.

— Pour la même raison que celle qui avait poussé mes collègues à perquisitionner en dehors des clous : on veut savoir. Au lieu de se demander si on a le droit de savoir. Les magistrats ne sont pas tendres avec nous – et, crois-moi, c'est un euphémisme – car ils savent que nous agissons parfois comme des chiens lancés derrière un gibier, incapables de nous arrêter malgré les coups de sifflet.

— Des remords ? s'enquiert l'adjoint.

— Non, la culpabilité n'a rien à voir avec ce genre de choses. C'est plutôt une histoire de repères. L'important est d'avoir les bons repères, des lignes que tu ne dois pas franchir. Sinon tu vas dans le mur, et tu entraînes les autres avec toi.

Il la croit et la confiance qu'il a en elle revient. Il ne sait pas pourquoi, mais il a besoin qu'elle ne le déçoive pas. Elle ne peut pas lui faire ça maintenant qu'il a la tête hors de l'eau. Sa vie commence à s'organiser et elle lui permet de s'arrimer au quotidien.

— On fait quoi maintenant ? demande-t-il en regagnant la voiture.

— On va chez Viard : c'est pour ça qu'on est venu, non ?

La maison est minuscule, posée au bout d'une bande d'herbe qui étincelle sous le soleil après l'averse. Une bâche plastique, soulevée par une bourrasque, révèle une moto, un modèle ancien aux chromes maculés de boue. Au coup de klaxon lancé par Tangore depuis le bas-côté de la route, la porte s'ouvre sur un Barthélemy Viard emmitouflé dans un duvet. Il leur adresse un vague signe qu'ils prennent pour une invitation à entrer.

L'unique pièce du rez-de-chaussée baigne dans la chaleur réconfortante diffusée par un poêle à bois. Viard s'abat sur l'unique fauteuil en leur désignant deux tabourets.

— Excusez-moi, glisse-t-il entre deux éternuements, mais j'ai pris un paquet de flotte sur la route et je suis gelé. Il faut que je me réchauffe si je ne veux pas attraper la crève. Qu'est-ce qui vous amène dans le coin ?

La lieutenante préfère louvoyer.

— Nous allions jeter un coup d'œil au château de Musil quand nous avons décidé de faire un crochet pour voir si vous étiez chez vous. J'ai essayé de vous joindre en fin de matinée, sans succès.

Il montre son portable en charge sur le rebord de la fenêtre.

— Désolé, ma batterie était à plat. Vous avez de la chance de me trouver, je ne viens jamais à La Rollais en semaine, mais, là, j'avais besoin de me reposer.

— Trop de travail ? s'enquiert la flic en remarquant les cernes qui ressortent sur son teint pâle.

Il reste les yeux dans le vague, comme s'il avait oublié leur présence. Puis son attention revient vers eux, accompagnée d'une mimique triste.

— En vérité, la mort de Simon m'a salement secoué. Je me demande sans cesse si je n'aurais pas pu éviter ça.

Il serre le duvet autour de ses épaules en donnant l'impression de se recroqueviller.

— À cause du comprimé que vous lui avez remis ? De ce que vous lui avez appris et qu'il ignorait ? relance-t-elle.

— Vous pouvez faire un peu de café ? Je n'ai pas la force de me lever, je suis trop crevé. Il y a tout ce qu'il faut dans le placard du haut, à gauche.

Malgré son envie de se rebiffer, elle s'exécute ; son intuition lui dit que Pierre-Henry sera plus à même de lui tirer les vers du nez :

le courant passe entre ces deux-là. En se levant, elle lui adresse une injonction muette qu'il capte sans mal. L'oreille aux aguets, elle s'affaire en leur tournant le dos.

— Tu as dû souvent te demander qu'en faire, de ce cachet, dit Levasseur en le tutoyant.

— J'aurais pu l'avaler, mais non, il me rappelait trop de choses. Après l'avoir gardé toutes ces années, sur un coup de tête, je l'ai donné à Simon.

— C'était peut-être pas un coup de tête ?

— J'avais essayé d'évacuer toute cette histoire avec *Rave pour-rave*. Mais pour rien, ou plutôt pour me faire casser la gueule par Thomas tandis que tout le monde me tournait le dos. Je n'ai jamais voulu salir Phyllis, seulement comprendre ce qui c'était vraiment passé.

— Simon avait la même idée, n'est-ce pas ? C'est pourquoi il est venu te voir.

— Oui. Avant, il refusait tout ça, maintenant il était prêt à m'entendre. Le poison était là, comme pour moi.

— Quel poison ? s'étonne l'adjoint.

— Celui du mensonge : il se doutait que Phyllis n'avait pas été victime d'un accident. Il souhaitait tirer les choses au clair pour Johanna. Pour qu'elle sache, car cette histoire est trop lourde pour elle : elle ne va pas bien, Johanna, pas bien du tout, c'est ce qu'il m'a dit. Mais avant, il fallait découvrir le coupable.

— Qu'est-ce que tu lui as raconté quand il est venu te voir ?

— Ce que j'avais vu : Phyllis allongée sur le sol, à moitié écrasée par les poutres et les briques, là-haut dans la nursery, la poussière partout et le comprimé d'ecsta tombé là, sur le plancher. Je l'ai ramassé, je ne voulais pas que les flics le trouvent. On était déjà assez dans la merde comme ça.

Barthélemy saisit le mug de café que lui tend Tangore. Il en aspire quelques gorgées avant de le serrer entre ses mains. Il semble fiévreux, mal en point.

— L'un des étais métalliques soutenant le plafond avait lâché, je l'ai vu parmi l'amas de gravats. Quand je suis redescendu,

Thomas m'attendait à la porte de service du premier étage, complètement secoué ; assis sur les marches, il tremblait de partout. Je lui ai dit qu'il ne fallait pas que les autres montent, que c'était dangereux. Et inutile parce que Phyllis était morte.

Il pose son mug sur le sol, penche la tête en avant, comme assoupi. Au moment où Pierre-Henry s'apprête à le secouer, un profond soupir monte de sa poitrine. Les mains toujours agrippées à son duvet, il écarte les bras, à la manière d'un héron étirant ses ailes sans parvenir à décoller.

— Je lui ai dit : « Je sors par là, tu tires derrière moi le verrou, tu ramasses tes outils et tu te casses par en bas. » Il a pris ses tournevis. « Ça aussi ? », il a demandé en montrant une masse en bois appuyée contre le mur. « Tout, tu prends tout et tu te tires ». Les flics allaient débarquer. Laisser la porte ouverte, c'était prendre le risque qu'on nous reproche une négligence, en plus du reste. On était entrés illégalement sur une propriété, on avait organisé une manifestation sans autorisation, on pouvait nous confisquer tout notre matos et ça aurait été la fin du collectif. Adieu à tous nos projets. C'est bizarre de raconter ça, mais sur le moment on n'a pensé qu'à notre peau : comment on allait se sortir du bourbier gigantesque dans lequel on s'était fourrés.

Son sourire n'en est pas un, juste une petite grimace pour montrer l'ironie des choses et la médiocrité des préoccupations humaines dans l'instant qui suit un drame.

— Je suis tombé sur Philippe Guérat. En cinq minutes, il a pris les choses en main : tout le monde dégage en embarquant le matériel déjà chargé sur les camions et les remorques, les seuls qui restent sont les proches de Phyllis, ceux que les gendarmes voudront interroger : Simon et John. Lui aussi reste, comme représentant du collectif à l'extérieur. Enfin, il force la main de Jacky Seiz, le fils à papa parce que ses parents feront tout pour le sortir de ce binz ; forcément s'il s'en tire, les autres aussi auront de grandes chances d'y échapper. Une demi-heure après, la gendarmerie débarquait.

— Quand vous êtes-vous rendu compte de l'importance de la masse ? intervient Tangore.

— Pas tout de suite. Je me répétais en boucle : c'est un accident, c'est un accident, ça n'aurait pas dû arriver, mais c'est arrivé, on n'y peut rien. Je faisais des cauchemars, je me repassais dans la tête les événements. Je croyais que les flics allaient débouler et m'embarquer.

— Mais, objecte l'enquêtrice, vous auriez dû être entendu par les gendarmes !

Il secoue la tête.

— Philippe a pris sur lui de dire qu'il avait trouvé le corps, c'est lui qui les a conduits là-haut en passant par le rez-de-chaussée.

— C'est complètement dingue ! lâche-t-elle, abasourdie.

— Euh… Sans doute, mais il faut se mettre à notre place à ce moment-là. Pour nous, c'était le résultat d'une imprudence et tant pis. Nous, les règles, les autorisations, on s'en battait les couilles. On trouvait ça insupportable. On prenait un minimum de précautions, plus par obligation que par sens des responsabilités. Vous nous auriez dit qu'une météorite allait tomber dans le champ d'à côté que ça nous aurait pas arrêtés. C'était notre état d'esprit, on faisait ce qu'on voulait, quand on voulait. On était des vrais cons.

— Quand avez-vous changé d'idée sur « l'accident » présumé ?

— On avait décidé de se tenir à carreau pendant l'enquête, d'éviter de se retrouver, mais Thomas m'a appelé un soir – environ trois semaines après – il faisait une crise de panique. Je suis allé chez lui, il vivait seul dans une baraque laissée par sa grand-mère sur la route de Redon. Il pétait de trouille : c'était lui qui avait déverrouillé la porte à l'étage. Il avait besoin de le confier à quelqu'un. Il a exigé que ça reste entre nous. J'ai juré.

— Et vous savez pourquoi il avait fait ça ?

— Phyllis et lui s'étaient disputés en début de soirée, une embrouille pour une histoire de cul. Elle était revenue le voir plus tard en lui demandant un service : débloquer le verrou de la porte à 5 heures du mat', à cette heure-là, ce serait plus un problème de la laisser ouverte, le gros des troupes serait barré. Il avait accepté pour se rabibocher avec elle, et parce qu'elle était vraiment à cran.

— Quelle raison avait-elle avancée ?

— Elle ne voulait pas retourner dans le camion de Simon, elle avait besoin de réfléchir, de décompresser. Elle était dans un sac d'embrouilles.

— Hum ! bizarre, commente Tangore. C'était pas l'endroit idéal, vu le danger.

— Ouais. Thomas se torturait de ne pas avoir mesuré les conséquences de son geste, il faisait pitié. Je me suis souvenu de la masse à ce moment-là, pas le genre d'outil qu'on utilise pour poser un verrou, lui s'en rappelait à peine, ne savait pas comment elle était arrivée là, elle ne faisait pas partie de son matos. Je lui ai demandé de vérifier : elle n'était pas dans ses caisses de rangement.

— Cela ne lui a pas paru étrange ? s'étonne Levasseur.

— C'était le cadet de ses soucis, il ne pensait qu'au verrou. Il était incapable de se focaliser sur autre chose. La masse, ben peut-être qu'elle traînait après que les gars avaient barricadé l'escalier principal et qu'on l'avait posée là, avant de fermer l'accès au palier.

— Mais toi, cette explication ne te satisfaisait pas, conclut-il.

— Non. Thomas aurait apporté là un outil aussi lourd qu'inutile ? Ça ne tenait pas la route. J'ai commencé à gamberger.

— Vous avez raconté tout ça à Simon ? demande Tangore.

— Tout. Dans *Rave pourrave*, j'avais protégé Thomas en changeant les faits. Et pour quel résultat ? Ce con m'avait agressé ! Je n'avais plus aucune raison de me taire devant Simon.

— Vous croyez qu'il avait élucidé les circonstances de la mort de Phyllis ?

— J'en suis sûr.

— Vous avez une petite idée de qui cela pourrait être ?

— Non. Je vous ai dit ce que je sais. Pour le reste, c'est pas mon affaire.

— Vous êtes peut-être en danger, vous aussi, déclare l'OPJ.

— Je ne pense pas. Le seul risque que j'ai pris était la publication de *Rave pourrave*. Maintenant, je ne crains plus rien. L'erreur de Simon a été de vouloir secouer le cocotier tout seul.

Viard semble ragaillardi d'avoir vidé son sac. Il se lève, fourre une bûche dans le poêle et se tourne vers ses visiteurs comme s'il s'étonnait de les trouver encore là. Pour les faire déguerpir, il commence à vider un sac de provisions et à les ranger.

— Pourquoi Simon avait-il choisi le pseudo de Sixte Aff?

— Je suppose que c'était une sorte de punition qu'il s'était infligée. Tant que justice ne serait pas rendue à Phyllis, il porterait le souvenir de cette nuit-là. Pour le promoteur de la poésie transcutanée, c'est logique, non?

Tangore n'apprécie pas son cynisme de potache.

— Merci pour le café. J'espère qu'il ne vous empêchera pas de dormir. Je vous rappelle que le délai de prescription pour un assassinat est de trente ans et que la modification de l'état des lieux d'un crime en vue de faire obstacle à la manifestation de la vérité par le déplacement ou la suppression d'objets quelconques est puni de trois ans d'emprisonnement. Cela peut gâcher votre sommeil.

Ils quittent un Barthélemy Viard la tête sens dessus dessous. Levasseur reste silencieux pendant de longues minutes pendant qu'ils roulent vers le château de Musil que la lieutenante veut lui montrer.

— Vous pensez vraiment ce que vous lui avez dit? finit-il par lui demander en s'enfilant quelques Tic-Tac.

— J'ai l'air d'aimer à ce point la rigolade? rétorque-t-elle. Toutes ces personnes qui entonnent le cantique de la liberté à tous crins finissent par me taper sur le système. Le renard libre dans le poulailler libre, ça commence à bien faire!

*

Tangore est surprise en voyant la grille du portail ouverte. Elle emprunte l'allée et se gare sous le massif de rhododendrons qui dissimule la cour du château, non loin d'une benne à gravats. L'avant d'un vieux camion recouvert d'une couche de peinture noire aussi épaisse que de la suie dépasse du pignon des dépendances. Comme elle s'en approche, Pierre-Henry sur les talons, elle tombe sur un homme vêtu d'une combinaison de travail qui pousse une brouette pleine de déblais. Il les jauge sans aucune trace d'amabilité.

— Le chantier est interdit aux visiteurs, dégagez !

Il aperçoit alors le véhicule de police en partie caché par la haie.

— Excusez-moi, j'avais pas vu que c'était la maison Poulaga. D'accord, je n'ai pas affiché le permis de construire. C'est qu'on commence juste le déblayage à l'intérieur avant que mes gars sécurisent la partie haute du bâtiment.

Il a posé sa brouette et sorti une cigarette qu'il allume en se tournant vers la bâtisse. Il l'observe, yeux mi-clos, à travers la fumée de sa clope, les mains sur les hanches.

— Sacrée baraque ! Il était temps qu'on fasse quelque chose pour elle. Une fois retapée, ça aura de la gueule !

— La propriétaire s'est décidée à la restaurer ? questionne la lieutenante.

— La vieille Duclouet ? Excusez-moi, mais elle mange les pissenlits par la racine depuis quelques années. Non, les héritiers l'ont vendue l'été dernier. Il paraît qu'on va en faire un hôtel. Enfin, j'en sais trop rien, je suis seulement chargé de débarrasser l'intérieur et de mettre la structure hors d'eau.

— Qui a acheté le château ?

— Qui peut bien acheter un tel machin sinon des étrangers ? Il paraît que ce sont des Anglais.

— Montrez-nous le panneau d'affichage du permis de construire, ordonne Tangore.

— Je vous l'ai dit, tout est en règle, j'ai seulement pas eu le temps de l'installer. On va pas en faire une histoire, ici on est au fin fond des bois. Je vais vous le chercher, il est dans mon fourgon.

Levasseur lui désigne le camion noir.

— Ah non ! Je roule pas sur l'or, mais quand même ! Mon fourgon est garé de l'autre côté, près de la terrasse. Bougez pas, je vais vous chercher ça.

Tangore s'approche du camion et commence à tourner autour.

— Pierre-Henry, prends la tablette et interroge le système d'immatriculation des véhicules.

Elle essaie d'ouvrir les portières, mais elles sont verrouillées. Levasseur lance la recherche sur le SIV. Il lève la tête, l'air éberlué.

— Vous devinerez jamais à quel nom est la carte grise !

Elle regarde quelques autocollants chargés de boucher des trous dans la carrosserie.

— Laisse-moi deviner : John Isting ?

— En plein dans le mille !

L'entrepreneur revient, une pancarte dans une main et un marteau dans l'autre.

— Je vais faire l'affichage, comme ça tout le monde sera content. On va pas attendre que les poules aient des dents, hein ? dit-il avec un clin d'œil en direction de Tangore.

— Montrez ça avant que les poulets vous mordent ! réplique-t-elle en le fusillant du regard.

Le panneau détaille les travaux : réhabilitation et rénovation de la construction existante ; modification des toitures et des façades ; aménagement du rez-de-chaussée surélevé, des deux étages et étage de comble, sous-sol. Permis délivré le 1er octobre 2030 à la SCI Les Musiliennes.

— Vous connaissez les propriétaires ? demande-t-elle au bonhomme qui fouille ses poches à la recherche de quelques clous.

— Non. Pour ça, il faut voir l'architecte, Godineau.

— Et le notaire chargé de la vente ?

— Probablement l'étude Goujenard, à Sixt-sur-Aff.

— Une dernière chose, monsieur… ?

— Sylvain Chany, entreprise Toutonet' : débarras, déblaiement, nettoyage petits et gros volumes.

— Monsieur Chany, ce camion-là, depuis quand est-il stationné ici ?

— Ben, on a amené la benne hier, mardi 17, et le camion était déjà là. Même que ça nous a un peu gêné pour les manœuvres. Ça risque d'être compliqué quand on enlèvera la benne parce qu'on n'a pas trop de recul.

— Vous inquiétez pas, on va vous en débarrasser, mais il ne sera pas embarqué aujourd'hui. Si quelqu'un se pointe, appelez-moi tout de suite, ordonne Tangore en lui tendant sa carte. C'est entendu ?

— Merde alors ! Z'êtes drôlement efficace, vous êtes pas de la brigade des feuilles, vous !

— Chez nous aussi, c'est Toutonet', monsieur Chany.

Le laissant méditer sa réplique, la lieutenante entraîne Levasseur vers la voiture.

— Vous voulez que je reste près du camion ? propose-t-il.

— On ne craint rien, il est à peine 15 h 30, Isting est encore au boulot. Prends le volant, j'appelle Gassière. Dans le bourg, tu t'arrêtes à l'office notarial. Je veux savoir qui sont les nouveaux propriétaires du château. Ensuite, on appellera l'architecte.

La secrétaire de maître Goujenard fonce vers le bureau de son patron après que l'OPJ lui a brandi son insigne sous le nez. Cinq minutes plus tard, les deux policiers prennent place dans les confortables fauteuils de son bureau tandis qu'il recherche dans son ordinateur les références de la transaction.

— Une opportunité inespérée pour les héritiers de Mme Duclouet, commente-t-il. Le château est dans un tel état de délabrement que les acheteurs ne se bousculaient pas au portillon. J'ai été contacté par M. Decarpentrie au printemps, en mars. Nous avons fait une visite mi-avril, les parties se sont rapidement mises d'accord sur le prix et le compromis de vente a été signé dans la foulée. Le client était pressé.

Le notaire fouille dans ses fichiers tout en se livrant à un petit bavardage juridique, une seconde nature chez lui.

— Le montage est un peu particulier – mais guère inhabituel pour ce genre de biens – puisque l'achat a été réalisé par une société civile immobilière, Les Musiliennes. Les avantages de la

SCI ne sont plus à démontrer, tant pour la souplesse de sa gestion que pour son régime fiscal…

Les manchettes immaculées s'agitent avec dextérité.

— Je vous retrouve tout de suite les statuts, ils sont annexés au titre de propriété.

— Maître, faites-moi un résumé pour l'instant : les associés de la SCI, le montant de leurs parts et l'objet de la société.

— Ah ! Bien. Je commence par les associés, ce sont exclusivement des personnes physiques : Mme Johanna Bringsfield, étudiante, Mme Mary Bringsfield, bibliothécaire, M. Simon Decarpentrie, écrivain.

« Bla-bla-bla, bla-bla-bla » monologue-t-il avant de reprendre.

— « La SCI Les Musiliennes, a pour objet *l'acquisition, l'administration, la gestion par location ou autrement de tous immeubles et notamment d'un immeuble et de ses dépendances sis à La Trohinat du Haut, désigné ici sous l'appellation du manoir de Musil* » etc. etc.

« Ces parts sont attribuées aux associés en fonction de leurs apports respectifs, soit :

— 55 % à Mme Johanna Bringsfield,

— 30 % à Mme Mary Bringsfield,

— 15 % à M. Simon Decarpentrie. »

Goujenard s'arrête sur un final dramatique qui reste suspendu un instant dans le décor feutré de son bureau. Tangore échange un regard éloquent avec son adjoint.

— Quand la vente a-t-elle été signée ?

— Le 12 juillet de cette année, ici même.

— Vous avez vu Johanna et Mary Bringsfield ?

— La vente s'est faite à distance, l'acte a été signé par procuration électronique depuis le cabinet d'un confrère londonien.

— Qu'en est-il du versement du prix ?

— Les 220 000 € de la vente ont été réglés par un chèque de banque versé sur les comptes de l'étude au moment de la signature, émis par la BPE de Lille. Y a-t-il quelque raison de croire à une escroquerie, un abus de biens sociaux ? s'inquiète l'homme de loi.

— Non, je ne crois pas. Notre présence ici s'explique par le décès brutal de M. Decarpentrie.

— Oh ! Quel dommage ! Ce monsieur était charmant, d'une grande civilité.

Tangore ose un petit sourire déçu.

— Je crains d'avoir fait trop tardivement sa connaissance pour avoir pu apprécier son charme.

*

Godineau, l'architecte, panique dès les premières paroles de Tangore.

— J'ai une provision pour le démarrage des travaux, mais après ? interroge-t-il d'une voix tendue. L'appel d'offres, pour le gros œuvre est fait, cependant il y a tout le reste ! M. Decarpentrie était le gérant de la SCI, c'est lui qui prenait les décisions.

— Quand l'avez-vous rencontré ?

— Fin mai, nous avons fait une visite du bâtiment pour une estimation du coût des travaux. Dès que la vente a été signée, nous avons avancé sur le projet.

— Et quelle est la nature de ce projet ?

— Réhabilitation de la construction existante avec restructuration des volumes intérieurs pour l'aménagement d'un lieu dédié à l'éducation musicale, récite-t-il avec une sécheresse toute technique.

Tangore l'entend s'agiter, comme s'il faisait les cent pas à l'autre bout du fil.

— Enfin, je suppose que la SCI ne va pas être dissoute avec sa disparition, il y a les autres associés, mais il faudra désigner un nouveau gérant, ajoute-t-il sans masquer sa perplexité.

Tangore est de plus en plus sidérée devant les entreprises pharaoniques de Simon Decarpentrie.

— M. Decarpentrie vous avait-il fait part de difficultés de financement pour les travaux ?

— Absolument pas. J'ai cru comprendre qu'il disposait d'une certaine fortune. En tout cas, mes honoraires ont toujours été payés dans les temps et il n'a pas discuté l'avance sur travaux que j'avais fixée.

— Pouvez-vous me donner une idée de l'enveloppe globale du projet ?

— La première tranche a été chiffrée à 210 000 €. La seconde est estimée 130 000 €, honoraires compris.

— Vous n'aviez aucune inquiétude sur la capacité de M. Decarpentrie à mobiliser une somme aussi importante ?

— Non. Il m'a donné les garanties bancaires habituelles et avait souscrit les assurances nécessaires pour se préserver de tout aléa dans la poursuite du chantier.

Le silence de l'architecte fait écho à l'incrédulité de l'OPJ.

— Qu'est-ce que je fais, moi, avec les travaux qui ont tout juste démarré ?

— Je vous conseillerais de vous rapprocher de Mme Jenny Decarpentrie, la sœur du défunt. Elle sera probablement en mesure de vous renseigner, je vais vous laisser ses coordonnées.

Sur cette note d'un optimisme exagéré, Tangore met fin à la communication. Elle contemple le ciel assombri par de lourds nuages de pluie roulant sur la ligne d'horizon. Le crépuscule s'étend maintenant sur la campagne en détachant la masse sombre des habitations sur de vastes étendues de chaumes pelés. Elle accueille avec soulagement l'arrivée sur la quatre-voies comme si la circulation des voitures insufflait un peu de sang dans un corps engourdi par l'hiver.

— Si je sais encore compter, Decarpentrie avait engagé une dépense de près de 600 000 € et les principales bénéficiaires de ses largesses sont les Bringsfield. Je ne comprends plus rien, tous ceux à qui nous avons parlé le croyaient fauché ! D'où vient ce paquet de fric ?

— Le père était un industriel, fait remarquer Levasseur. Dans le relevé des appels de Simon figurait un certain nombre de communications téléphoniques avec son conseiller financier. Nous avions supposé qu'il était en délicatesse avec sa banque, c'était peut-être le contraire : il investissait son argent.

— Tu as peut-être raison. Jenny Decarpentrie m'avait dit avoir rencontré son frère à la fin de l'été pour régler des questions. J'en avais conclu qu'il réclamait une nouvelle aide à sa famille, mais il peut s'agir de tout autre chose. Bon sang, qu'est-ce qu'il avait en tête ? Depuis le début de cette affaire, nous nous laissons prendre au piège des faux-semblants !

La lieutenante s'enfonce dans son siège, absorbée par ses pensées, tandis que Levasseur conduit à la manière d'un lémurien anxieux talonné par un troupeau de gnous furieux.

— Dis-moi, que pourrait-il t'arriver de pire ? interroge Tangore pendant qu'il double un semi-remorque orné de guirlandes lumineuses et aussi scintillant qu'un casino de Las Vegas.

Il réfléchit en faisant deux ou trois tentatives infructueuses pour suivre la queue clignotante de quelques bolides lancés à vive allure.

— Me trouver éloigné, d'une manière ou d'une autre, de Barbara, avoue-t-il avec réticence. Vous allez encore me tomber dessus en disant que je ne suis pas son père, que cet attachement est malsain, ou je ne sais quoi encore, mais je m'en fous, avec tout le respect que je vous porte.

— J'ai rien dit ! s'exclame-t-elle. C'est fou ce que tu deviens susceptible quand il s'agit de Barbara. Je voulais juste avoir ta vision des choses. Depuis le début de l'enquête, je me demande ce qui a pu pousser le meurtrier à réserver un tel sort à sa victime. Cette mise en scène, dans son *modus operandi*, n'a rien de banal. Elle appelle, elle désigne, elle punit. Il faut un ressort très particulier pour aboutir à ça.

— Johanna ? propose Pierre-Henry, comprenant où elle veut en venir.

— Oui, c'est possible que ce soit Johanna. Aujourd'hui, après ce que nous avons appris, elle est au centre du tableau, on ne voit qu'elle. Que ferais-tu si un type débarquait – par exemple un petit ami de ta sœur – se mettait à couvrir de cadeaux Barbara et déclarait qu'il allait mettre tout en œuvre pour lui offrir la meilleure des vies possibles ?

— Je lui dirais d'aller se faire voir. Les enfants ne sont pas des chiots de la SPA, des B.A. à inscrire sur le registre des intentions louables.

— Quel est l'enjeu pour un père ?

— L'affection, l'amour, la reconnaissance, la dignité, l'espoir…

— L'espoir ? s'étonne-t-elle.

— L'espoir de pouvoir tout recommencer en faisant les choses correctement, de remettre le compteur à zéro.

— Et comment ?

— Le plus simple est encore un test de paternité.

— T'as raison.

*

La voix du procureur Girardy – légèrement nasillarde et de deux tons trop basse – donne l'impression de disséquer chaque phrase au point de crisper son auditoire. Pourtant, sa visite est le signal d'une conjonction favorable des astres, avec l'entrée de la planète Justice dans le ciel de l'hôtel de police. Il a suivi le compte rendu d'enquête avec une rare économie de remarques. Aubert, le regard rivé sur ses papiers et pressé d'en finir, formule sa conclusion.

— Les résultats des prélèvements effectués dans le garage de Cherbine indiquent que l'ADN relevé dans les traces de spume est celui de Simon Decarpentrie. En l'absence d'autres fluides, urine ou sang, on peut déduire que le corps de la victime y a seulement transité avant d'être déposé dans le périmètre de sécurité de la prison. Les traces d'effraction sur le système de fermeture de la porte nous permettent d'éliminer des suspects les personnes en possession des clés du garage, Cherbine et Jacky Seiz.

— L'enquête a fait des avancées significatives, mais le scénario comporte encore des incertitudes, commente prudemment Gassière.

— Allons droit au but, commandant, exige le procureur.

Tangore allume le vidéoprojecteur et tous les regards convergent vers le tableau :

— Le lundi 2 décembre, Simon Decarpentrie téléphone à 9 h 26 au magasin de bricolage Grand Format, puis il prend le métro à la station Charles-de-Gaulle, descend à la station Fréville pour emprunter un bus de la ligne 13. Il rencontre Isting sur son lieu de travail, la discussion entre les deux hommes aurait duré un petit quart d'heure. À partir de là, nous perdons sa trace, son téléphone a borné pour la dernière fois sur l'antenne relais du centre commercial Saint-Grégoire, à 15 heures.

La lieutenante se tourne vers Levasseur qui enchaîne :

— Isting prend sa pause-déjeuner entre 12 h 30 à 13 heures, chez Basile, une boulangerie qui fait aussi snack. Puis il retourne à Grand Format avant d'en partir à 14 heures pour une intervention urgente : fixer du contreplaqué sur la vitrine vandalisée d'une crêperie située boulevard de la Robiquette, derrière le centre commercial Grand Quartier, à Saint-Grégoire. Bizarrement, cette crêperie est fermée depuis six mois et nous n'avons pas pu mettre la main sur le gérant. Isting revient au magasin à 17 heures et termine sa journée normalement.

Tangore reprend la main.

— Nous avons scruté les emplois du temps ainsi que les communications téléphoniques des autres membres de la bande pour l'après-midi du 2 décembre : avec ce que nous avons recueilli, ils paraissent hors de cause.

Girardy se pince le menton, signe qu'il renâcle. La mise en garde à vue d'Isting ne lui semble pas aller de soi. La lieutenante fait un nouvel effort pour le persuader.

— La découverte de son camion au château de Musil nous permet d'envisager sous un angle nouveau la disparition de Decarpentrie. Mais vous connaissez le problème : le véhicule n'étant pas sur une voie publique, on ne peut le fouiller qu'avec son autorisation. En mettant Isting en garde à vue, nous pouvons lancer une réquisition pour passer le camion au peigne fin.

Le procureur rumine, le cou engoncé dans son col roulé. Tous les yeux sont braqués sur lui.

— Pas de garde à vue. Il n'a même pas été entendu comme témoin. Ce n'est pas un reproche, c'est un constat. Convoquez-le pour une audition libre. J'ai bien conscience qu'il y a un risque de destruction de preuves concernant le camion. On utilisera cet argument pour ne pas lui donner le détail des faits et les motifs réels de sa convocation. Il ignore que vous avez localisé son véhicule, il est donc peu probable qu'il le déplace. Si l'audition confirme vos soupçons, vous enchaînerez avec la perquisition. Cela vous laisse le temps de prévenir la Scientifique et de réserver leur LabADN.

Sans s'attarder sur la déception qu'il a provoquée, il se tourne vers Tangore :

— Avez-vous évoqué la situation financière de la victime avec sa sœur ?

— Oui. Leur père a cédé son entreprise textile à un groupe hollandais en début d'année. Les enfants détenaient une participation dans la société. Sa vente a doté chacun de près d'un million d'euros. Quand Jenny Decarpentrie a rencontré son frère à l'automne, il s'agissait de régler certaines questions financières, mais il ne lui aurait pas parlé de l'acquisition du château de Musil. Il n'a d'ailleurs pas fait appel au notaire de la famille pour superviser l'achat et mettre sur pied la SCI. Il ne voulait sans doute pas que la famille lui mette des bâtons dans les roues. Par contre, Jenny Decarpentrie savait par la banque qu'il avait déjà utilisé une partie des fonds reçus et elle voulait en connaître la destination. D'après elle, dès qu'elle a soulevé la question, il l'a envoyée promener.

— Était-elle informée des dispositions concernant Johanna et Mary Bringsfield ?

— Non, et la succession n'est pas encore ouverte.

— Comment a-t-elle réagi après ce que vous lui avez appris ?

— Elle a ri.

— Comment ça, elle a ri ?

— Elle a dit qu'au fond son frère avait une âme de clochard, et elle a ajouté qu'il était un sacré fouteur de merde.

Le procureur semble décontenancé, il les quitte en les saluant d'un hochement de tête navré :

— Heureusement que l'on n'a pas tous les jours affaire à ce genre de personnes, les tribunaux sont déjà assez encombrés par celles qui manquent d'imagination, alors celles qui en ont trop...

Jour 11

John Isting parcourt le couloir d'un pas élastique, dans le sillon de Levasseur. L'adjoint se retourne de temps à autre pour s'assurer qu'il ne l'a pas perdu en route. Le témoin semble peu impressionné par le brouhaha de la maison : des malabars font antichambre après une vaste opération de police dans le quartier de Villejean.

— C'est toujours aussi animé ? demande l'Anglais en se hissant à sa hauteur.

— Non. Ceux-là ont voulu démarrer les soldes avant janvier. Il faut dire que c'est tentant, toutes ces marchandises dans les entrepôts au moment des fêtes.

Levasseur s'efface pour le laisser entrer dans le bureau de sa cheffe. Elle l'accueille avec une prévenance de façade.

— Je suis désolée de vous avoir convoqué un jour d'affluence à Grand Format ; avec Noël qui approche, vos journées doivent être bien remplies.

— Pas de problème, aujourd'hui je suis en récupération.

— Ah ! C'est donc notre jour de chance, s'exclame la lieutenante avec une bonne humeur feinte. Prenez place, monsieur Isting, je suis à vous tout de suite.

Avant de gagner son poste d'observation, coincé entre deux classeurs, Pierre-Henry lui approche une chaise. Il admire sa décontraction. Rien dans son attitude ne trahit les habituels signes de tension. Cet homme incarne la tranquillité d'esprit dans l'espace confiné du bureau. Tangore lève enfin la tête de son clavier.

— Nous allons remplir les formalités habituelles, puis j'évoquerai avec vous le problème qui nous préoccupe. Sur la convocation qui vous a été remise, vous avez été informé des motifs de votre présence ici ainsi que de vos droits, n'est-ce pas ?

Il acquiesce et entre obligeamment dans le jeu des questions-réponses sur son identité, sa profession, son adresse. Sans être détaché, il se comporte comme un homme capable de dissiper les malentendus dès qu'il sera en mesure de s'expliquer.

— Vous êtes entendu dans le cadre de l'enquête de flagrance diligentée aux fins d'élucider l'assassinat de Simon Decarpentrie. Il s'agit d'une audition libre, je vous rappelle que vous avez le droit de quitter les lieux à tout moment, d'être assisté par un interprète si vous le jugez nécessaire, mais aussi par un avocat, et de bénéficier de conseils juridiques. Vous pouvez répondre aux questions qui vous sont posées comme garder le silence. Est-ce clair pour vous ?

— Oui. J'ai compris.

— Vous résidez cours Jean-Jaurès, à Saint-Jacques-de-la-Lande, constate l'OPJ, vous habitez près de votre travail. Vous pouvez vous y rendre à pied, c'est pratique. Maison ou appartement ?

— Appartement.

— Vous vivez seul ?

— Avec ma compagne et son fils.

— Vous possédez un véhicule ?

— Oui, enfin ma femme a une voiture qu'elle utilise pour se rendre à son travail, à l'hôpital de Pontchaillou.

— Je parlais d'un véhicule personnel, insiste Tangore.

— Je ne vois pas.

Sur un signe de sa cheffe, Levasseur pose devant Isting la tablette où s'affiche le camion immatriculé à son nom.

— Ce Mercedes ATEGO vous appartient, n'est-ce pas ?

Il se penche sur la tablette et s'autorise un petit sourire contrit.

— Ah oui ! Mais c'est une épave, plus vraiment un véhicule : il n'est pas en état de rouler et n'a pas passé le contrôle technique depuis des années. Il est dans un hangar chez un copain et n'en bouge plus.

— Quel copain ?

— Thomas Gellard.

— Comment expliquez-vous que ce camion stationne actuellement au château de Musil, à Sixt-sur-Aff?

— Aucune idée. Ce machin ne circule plus depuis des années, la batterie est à plat, les pneus sont lisses et l'embrayage est foutu.

— Donc, vous ignorez comment il a pu se rendre jusqu'à l'endroit où il est garé?

— Complètement.

— M. Gellard ne vous a pas prévenu de sa disparition?

— Si vous êtes allés chez Thomas, vous avez dû voir le bazar qu'il y a chez lui. Si un truc disparaît, pas sûr qu'il s'en rende compte.

Tout cela est dit sur le ton le plus calme. La lieutenante ne sait comment entamer cette façade lisse, ce flegme imperturbable.

— Pourquoi avez-vous conservé ce camion hors d'usage?

— Il me rappelle de bons souvenirs, c'est tout. Il date de l'époque où je faisais la route avec Simon. Les années passent et on reste attaché à certaines choses, sans trop savoir pourquoi, constate-t-il avec philosophie.

— Vous avez les clés?

— Oh! Elles étaient dans la boîte à gants, avec les papiers. Je vous l'ai dit, je ne m'en sers plus depuis des années.

— Voyez-vous une raison à sa présence au château de Musil? Le chemin conduisant à la propriété est fermé par une grille qui en empêche l'accès.

— Avec un cadenas qu'on peut ouvrir en trente secondes? Comment croyez-vous que Simon nous a fait faire la visite le jour où on y est allés? répond-il, narquois.

Tangore commence à en avoir assez de ses tours de passe-passe, de ses réponses fumeuses et de sa bouille sympathique.

— Il va falloir enlever votre camion, avec votre autorisation bien sûr. Par ailleurs, le procureur de la République en a ordonné la perquisition. Vous devrez nous accompagner pendant cette procédure, c'est la loi.

— Mais je n'ai rien à voir là-dedans, c'est ridicule! s'insurge-t-il.

— Le véhicule vous appartient et sa fouille exige votre présence. Vous admettrez qu'il est étrange de le retrouver là où Simon Decarpentrie vous avait réunis pour vous parler de son projet d'achat du château ?

— Oui, c'est bizarre, convient-il d'un ton radouci. Je suis comme vous, je ne comprends pas. C'est peut-être une blague de Thomas ?

— C'est une très mauvaise blague dans ce cas.

Pierre-Henry aurait besoin d'un petit flash de glucose pour calmer l'exaspération qui monte en lui. Isting n'a pas l'air ébranlé par les questions. Sa cheffe s'agite sur son fauteuil, range quelques papiers comme pour se préparer à un départ imminent.

— Il faut dégager le camion parce qu'il gêne les travaux, lâche-t-elle.

— Quels travaux ? s'étonne Isting. La propriété est abandonnée.

— Non, elle a été achetée par Simon Decarpentrie.

L'incrédulité a envahi ses traits.

— Avec quel argent ?

— Avec le sien.

— Il avait de l'argent ?

— Oui. M. Decarpentrie père possédait une entreprise textile qu'il a vendue. Simon a récupéré sa part de la vente : un joli pactole.

— Simon, riche ? s'étonne Isting, le visage crispé. C'est la meilleure !

— Enfin, cet argent va maintenant aller à sa fille Johanna, précise Tangore avec une désinvolture voulue.

L'Anglais se penche en avant, le front barré d'un pli rouge.

— Vous vous trompez, Johanna n'est pas sa fille. Simon ne l'a jamais reconnue.

— Bien sûr ! Vous connaissez Johanna, la fille de Phyllis, dit l'OPJ comme si l'évidence venait de la frapper. Même s'il n'était pas légalement son père, Simon lui laisse l'essentiel de sa fortune.

La nouvelle assomme Isting qui se tourne vers Levasseur pour le prendre à témoin.

— C'est absurde ! Johanna n'est rien pour lui.

Tangore a trouvé la fissure dans l'armure.

— Peut-être la considérait-il comme sa fille ? Pour lui, les liens du sang n'étaient peut-être pas le plus important.

— Mais, il ne peut pas s'approprier un enfant qui n'est pas de lui ! C'est injuste ! proteste l'Anglais.

— Pourquoi ? insiste la lieutenante. Quand Johanna est née, Phyllis a prétendu qu'elle était sa fille sans que personne n'y trouve à redire.

— C'est faux ! Cette histoire avait été fabriquée de toutes pièces dans le but de lui soutirer de l'argent pour la petite. Simon le savait et n'a pas voulu la reconnaître. Il s'en foutait de Johanna.

Tangore bouscule pour la première fois l'assurance de cet homme. Elle voit l'indignation l'étrangler, la lutte menée pour ne pas laisser la colère le submerger devant ce qu'il entend : des mensonges, du boniment de flic. Elle en profite pour pousser son avantage.

— Ce n'est pas l'avis de Mary Bringsfield et elle est bien placée pour avoir une juste vision des choses puisqu'elle avait la garde de Johanna et qu'elle est devenue sa tutrice après la mort de sa sœur. Elle dit que Simon s'est toujours préoccupé de Johanna et lui envoyait de l'argent dès qu'il le pouvait.

— Vous ne comprenez pas ! s'énerve-t-il, la preuve que Simon n'était pas le père de Johanna est là, sous vos yeux : il n'a rien fait pour obtenir sa garde après la mort de Phyllis...

— Même si sa préoccupation est bien tardive, admet Tangore, il a laissé sa fille à l'abri du besoin.

— Je vous dis que ce n'est pas sa fille, reprend-il d'une voix tendue. Pas sa fille !

— Parce que c'est la vôtre, monsieur Isting ? Vous en avez la certitude après le test de paternité réalisé il y a bien longtemps, quand vous aviez parié sur une vie de famille avec Phyllis et l'enfant ?

Il les regarde l'un après l'autre.

— C'est idiot ce que vous insinuez.

— Vous avez toujours voulu vous occuper de Johanna, d'une manière ou d'une autre, mais on ne vous en a jamais donné la possibilité, n'est-ce pas ?

Il s'efforce de dissimuler sous un air buté la fureur et la dureté qui passent dans son regard. « Il reprend le contrôle, se dit Tangore. Le moment est venu de le confronter à ce qui l'obsède depuis des années. »

— Quand Johanna est née, vous étiez tous dans une situation précaire, sans le moindre sou. Simon, amoureux de Phyllis, a endossé le rôle du géniteur. Mais vous avez raison, il savait qu'il ne l'était pas. Sa sœur, Jenny Decarpentrie, me l'a confirmé : il avait contracté les oreillons lorsqu'il était adolescent, ce qui l'avait rendu stérile. Je dirais que, par amour pour Phyllis, il a endossé une paternité de fait. Personne n'était dupe, mais l'argent qu'il pouvait soutirer à sa famille était mieux que rien. Donc, *exit* le vrai père, vous. Après tout, ça vous arrangeait tous de laisser le bébé à Mary Bringsfield ; vous aviez choisi la vie itinérante, l'aventure, les fêtes, une existence sans contraintes !

— Vous racontez tout ce qui vous passe par la tête ! s'insurge Isting avec un mépris non dissimulé.

— Je vais quand même continuer cette histoire si triste pour vous. Vous aviez renoncé à Johanna, mais les regrets ne vous lâchaient pas. Vous vouliez une vraie vie de famille pour elle et la seule manière d'y parvenir était de rentrer en Angleterre avec Phyllis. D'où l'idée de lui faire miroiter une carrière là-bas. Mais vous saviez qu'elle ne partirait pas seule avec vous. Il fallait que quelqu'un d'autre adhère au projet, un musicien de valeur : Philippe Guérat. À mon avis, vous les avez baratinés et je ne suis pas sûre que le plan fût réalisable. Peu importe, la décision était prise, et vous aviez persuadé Phyllis de reprendre sa fille, votre fille, à son retour à Londres.

Isting semble suivre d'une oreille distraite, le visage tourné vers le mur. « Il n'en perd pas une miette, se dit Tangore, mais, dans un réflexe de défense, il coupe peu à peu le circuit de ses émotions. »

— Monsieur Isting, vous m'écoutez ?

— Oui, mais j'ai de plus en plus de mal à vous suivre. Votre roman ne m'intéresse pas. Je ne vois pas ce que j'ai à voir avec vos… délires.

Il la rabaisse d'un petit rictus méprisant ; malgré lui, il est ficelé et l'OPJ a serré fort, jusqu'au point de rupture. Les pièces du puzzle s'assemblent d'elles-mêmes maintenant.

— Ne vous inquiétez pas, j'en ai presque fini. J'arrive au moment le plus intéressant, la *free party* au château de Musil. Votre plan était sur les rails, vous alliez bientôt partir, mais Phyllis était nerveuse ce soir-là. Elle a bu, trop, et consommé des substances, à son habitude. Au cours de la nuit, elle vous a dit qu'elle voulait avoir une discussion avec vous. Vous avez alors compris qu'elle avait changé d'avis.

Isting ne peut s'empêcher de ricaner. Il se lève, se penche sur le bureau, Levasseur a bondi et repousse l'Anglais sur son siège.

— Vous allez trop loin, éructe-t-il. Cette affaire est classée. Il n'y a aucune raison d'en parler.

— Pourtant, il y a un lien entre ce qui s'est passé il y a seize ans et la mort de Simon Decarpentrie. Je vais aller jusqu'au bout de mon « roman », que cela vous plaise ou non, s'entête Tangore.

— Si vous voulez jouer à ce jeu-là, je demande à parler à un avocat. Vous cherchez à m'embarquer dans je ne sais quelle histoire ! J'arrête tout.

— Très bien. Je mets fin à l'audition, annonce la lieutenante avec raideur. Je vais finir de rédiger le procès-verbal et vous en prendrez connaissance.

Pas de chance. Elle croyait le faire capituler et il s'est échappé. « Pas pour longtemps, se console-t-elle. »

— Vous pourrez modifier vos réponses si vous le jugez nécessaire avant de le signer, dit-elle en marquant une pause. Ensuite, nous nous rendrons à Sixt-sur-Aff pour la fouille de votre véhicule.

— Je refuse de vous accompagner.

— Je crains que vous n'ayez pas le choix, la réquisition a été signée par le procureur de la République.

*

Un vent aigre s'engouffre dans la cour du château de Musil en faisant craquer les branches à moitié mortes du vieil if. La lieutenante essaie de s'en protéger, tapie à l'arrière du véhicule perquisitionné et, de temps à autre, elle martèle le sol de ses pieds engourdis pour chasser les picotements de ses orteils. Le ciel a pris la teinte d'une toile sale criblée de fines aiguilles de glace. Un engin de l'entreprise Toutonet', équipé d'une nacelle télescopique, est immobilisé près de l'un des pignons du château et deux ouvriers s'efforcent de fixer une bâche sur la partie effondrée du toit. Leur patron, Chany, a fait une rapide apparition à l'arrivée de la police et du LabADN puis, impressionné par le protocole déployé par l'équipe du Marabout, il est retourné à son chantier.

La neige tombe maintenant en flocons plus serrés. Tandis qu'Isting et Levasseur suivent les opérations à l'abri dans la voiture, Tangore observe les ijistes à l'œuvre sur le Mercedes. Les deux lapins blancs, attifés des protections nécessaires, se déplacent précautionneusement dans l'espace encombré par la couchette fixée sur le flanc gauche du camion. Le premier technicien promène le faisceau de sa caméra Crime-Lite sur toutes les surfaces et son coéquipier marque l'emplacement des traces repérées à l'aide de stickers. Ensuite, le bal des écouvillons commencera et, dans la foulée, celui des scellés. De son côté, le Marabout explore la cabine du véhicule. Il hèle Tangore et lui tend un sac de prélèvement contenant un emballage de médicaments.

— C'était coincé sous le siège passager. Emballage de Dilaudid 2 mg, c'est de l'hydromorphone, effet analgésique cinq fois plus puissant que la morphine.

— D'après le docteur Spina, Decarpentrie en a reçu neuf injections, précise Tangore, associées à la prise de Valium : de quoi l'envoyer *ad patres*. Dis-moi, où peut-on mettre la main sur ce genre de produit ?

— Sous forme injectable ? *Dark web* et pharmacies des hôpitaux.

— Des empreintes ?

— En pagaille, mais quant à être exploitables... Enfin, il ne faut jamais désespérer.

— Tu as parlé à tes gars ? demande-t-elle en lui désignant le micro qui dépasse de sa capuche.

— Oui. Il y a de tout, même si la literie qui recouvrait la couchette a été enlevée. Ça devait puer là-dedans ! Rien qu'avec les traces relevées, on imagine : urine, salive, vomissures, transpiration et même un peu de sang. Ta victime a été probablement séquestrée dans ce véhicule. Dès que les premiers écouvillons seront transmis à Dounia, en deux heures nous saurons s'il s'agit de Decarpentrie.

Il regarde Tangore grelottant dans sa combinaison, sous les flocons qui tourbillonnent de plus en plus fort.

— Je n'ai pas de culotte en peau de phoque à te proposer, alors rejoins Dounia dans le labo : tu feras au moins tes scellés à l'abri.

*

Les empreintes génétiques analysées sur place ont identifié Simon Decarpentrie. Après le remorquage du camion et un coup de fil au procureur Girardy, à 16 heures, Tangore annonce à John Isting sa mise en garde à vue. Le retour à Rennes se déroule dans un quasi-silence et, dès leur arrivée à l'hôtel de police, l'Anglais est conduit à la salle où l'attend son avocate. À 18 h 30, après avoir annoncé sa décision de coopérer, l'audition reprend. La lieutenante n'a pas pris au sérieux cette déclaration de principe : il n'a rien d'un homme effondré après les découvertes macabres du camion.

— Revenons sur la journée du 2 décembre, monsieur Isting. Quand Simon Decarpentrie vous a quitté au magasin, où lui avez-vous donné rendez-vous.

— Chez Basile, pour déjeuner ensemble.

— Pour quelle raison aviez-vous décidé de vous retrouver ?

— Simon avait découvert que Matthias Cherbine me faisait chanter et il voulait savoir pourquoi.

— Comment avait-il appris ce chantage ?

Isting lève les paumes de ses mains pour témoigner de sa malchance.

— Quand vous cherchez, vous trouvez. Il avait vu la voiture de Cherbine, d'un standing au-dessus des moyens de ce minable. Le truc de Simon, c'était de poser des tas de questions à tout le monde pour faire sortir les ragots. Et Viard n'attendait que ça, blablater. Quand Simon est allé le voir, le barbouilleur lui a dit que le seul qui pouvait avoir vu quelque chose le soir de la mort de Phyllis était Cherbine parce qu'il était couché dans le *chill-out*, à côté de la porte de l'escalier de service.

— Vous dites que Cherbine vous avait vu franchir la porte donnant sur l'escalier en compagnie de Phyllis ? précise Tangore.

— Oui. Il s'est servi de ça pour me faire chanter pendant des années et m'empêcher de retourner dans mon pays.

— Avez-vous tué Phyllis Bringsfield, monsieur Isting ?

— Non, ça n'a pas de sens ! Nous allions, elle et moi, commencer une nouvelle vie. Je n'avais aucune raison de lui faire du mal. Ce qui est arrivé à Phyllis est un accident ! Ce sont d'ailleurs les conclusions de l'enquête.

— Mais les gendarmes ignoraient votre présence au deuxième étage du château, remarque Aubert.

— Qu'est-ce que ça change ? Je n'ai pas tué Phyllis.

— Revenons au déjeuner avec Decarpentrie, enjoint Tangore. De quoi avez-vous parlé ?

— Simon m'a dit qu'il voulait réparer les torts qu'il avait causés à Phyllis et sa famille. Qu'il était en mesure de le faire, mais qu'il fallait qu'il sache exactement ce qui s'était passé le soir de la fête. Je n'ai pas compris qu'il parlait d'argent, j'ai cru qu'il voulait faire rouvrir l'enquête.

— Quelle importance si vous étiez innocent ?

— Mais comment le prouver ? Il allait se servir de Viard et de Cherbine pour faire pression sur moi.

— Il y a quelque chose que je ne comprends pas, monsieur Isting. Vous affirmez que Simon voulait seulement vous interroger. Alors, comment expliquez-vous votre absence du travail, ce lundi après-midi, entre 14 h et 16 h 30 ? Qu'y avait-il de si urgent ?

Surpris qu'ils soient déjà au courant du trou dans son emploi du temps, il s'agace :

— Je lui ai demandé de m'attendre pour vider l'abcès une fois pour toutes. Je suis revenu le chercher un peu plus tard.

— Où êtes-vous allés ?

— Chez moi, à Saint-Jacques-de-la-Lande.

— En à peine une heure, vous avez eu le temps de planifier un déplacement bidon, uniquement pour vous expliquer avec un ancien copain ? L'idée vous est venue comme ça, d'un coup de baguette magique ? ironise la lieutenante.

Il parvient à dissimuler sa gêne sous un air candide.

— Oui… Enfin, je suppose. C'est pas si compliqué.

— Admettons. Arrivés à votre domicile, qu'avez-vous fait ?

— Nous avons repris notre conversation. Simon était énervé, agressif, presque violent. Il y avait quelque chose qui ne tournait pas rond chez lui.

— Quoi ? questionne aussitôt Aubert.

— Je ne sais pas, il n'était pas dans son état normal. Il avait dû prendre un truc en m'attendant.

— Selon vous, il était sous l'emprise d'un stupéfiant ? explicite le major.

— Sans doute. Ça n'a rien d'étonnant quand on connaît Simon.

— Vous voulez dire qu'il faisait un usage régulier de produits stupéfiants ?

— Oui, ce n'était un secret pour personne. Il avait beau affirmer que cette période était derrière lui, je ne l'ai pas cru. D'ailleurs, j'en avais la preuve sous les yeux.

— Que faites-vous ensuite ?

— Simon a fait un malaise. J'ai paniqué. Je ne pouvais pas le garder à la maison, car le gosse aller rentrer de l'école. Alors je suis allé chercher mon camion.

— Chez Thomas Gellard, avance Aubert.

— Oui. Le camion était là-bas.

— Vous avez prévenu Gellard?

— Non, quand je suis arrivé chez lui, il n'y avait personne. Il devait être sur un chantier.

— Vous auriez pu lui téléphoner, c'était la moindre des choses. Qu'avez-vous fait, une fois sur place?

— Le camion n'avait pas roulé depuis un bon moment alors j'ai changé la batterie, regonflé les pneus, ça prend un peu de temps.

— Vous aviez acheté une batterie? s'étonne l'enquêtrice.

— Non. Depuis un petit moment, j'avais envisagé de remettre le camion en état pour faire des tours en famille, alors j'en avais une sous la main.

— Comment avez-vous fait pour vous rendre chez Gellard?

— J'ai une moto, une petite cylindrée. Je l'ai mise à l'arrière du camion pour revenir.

— Donc, si je récapitule, dit le major, vous êtes allé jusque chez votre copain menuisier, vous avez changé la batterie du Mercedes, fait deux ou trois bricoles, puis vous avez regagné votre domicile : cela vous a pris combien de temps? Une heure? Une heure et demie?

— Oui, en gros, c'est ça, une heure et demie.

— Pour aller où ensuite?

— Comment ça?

— Vous avez quitté votre domicile avec Simon : où êtes-vous allés? Si vous êtes de retour à Grand Format à 17 heures, vous n'avez pas dû aller loin?

— Il y a un parking derrière la crêperie Le Sarrasin. J'ai garé le camion là et j'ai dit à Simon que je viendrai le voir après mon boulot en espérant qu'il irait mieux.

— Pourquoi ne pas l'avoir ramené chez lui?

— Il voulait pas. Comme il avait séché son atelier d'écriture, il avait peur qu'on vienne lui casser les pieds.

— Comment avez-vous fait pour récupérer la camionnette de Grand Format ?

— Je suis revenu à moto chez moi, je l'avais laissée sur le parking de mon immeuble.

— Et vous êtes repassé voir Decarpentrie après votre travail. Avec votre moto ou une voiture ?

— Avec la voiture de ma femme, elle avait fini son service à l'hôpital.

— Comment allait Simon ?

— Pas bien, il m'a dit qu'il était fatigué. Envie de rien, juste un petit break de quelques jours. Bref, il voulait que je lui laisse le camion quelques jours pour décompresser. C'est un pote, j'allais pas lui refuser ce service.

— Dans l'état où il était ? Vous ne trouvez pas ça irresponsable ?

— Je le connaissais, il avait disjoncté, c'était pas la première fois. J'étais pas là pour lui faire des leçons de morale.

Silence.

— Quelles précautions avez-vous prises en le quittant ?

— Je lui ai laissé de l'eau et je suis allé acheter quelques sandwiches au centre commercial.

— Dans quel état était-il le lendemain ?

— Pareil.

— Avez-vous fouillé son sac pour voir quelles substances il prenait ?

— Pas la peine. J'ai vu les seringues de Dilaudid. C'est avec ça qu'il se défonçait. C'est un médicament que l'on donne aux cancéreux quand les douleurs sont trop fortes, un dérivé de la morphine.

— Comment le savez-vous ?

— Ma compagne travaille dans un service d'oncologie.

— Comme ça tombe bien ! s'exclame Tangore. Vous connaissez donc la dangerosité de ces produits.

— Je ne suis pas médecin.

— Mais vous ne pouviez pas ignorer la dégradation de l'état de Simon et la dangerosité du produit qu'il prenait ! martèle-t-elle.

— Je n'ai pas fourni de drogue à Simon, comme vous semblez l'insinuer, s'insurge-t-il. Je ne l'ai pas abandonné, je l'ai juste laissé utiliser mon camion. Je regrette ce qui s'est passé, c'est allé trop loin, et si j'avais mieux mesuré les choses, j'aurais fait autrement.

Son sang-froid exaspère Tangore. Sa capacité à rebondir sur chaque question la sidère, dénotant une intelligence aiguisée. Il répond sans s'étendre, sans essayer d'enrober ses propos dans un fatras d'explications. C'est la meilleure manière pour éviter de se recouper. Il les mène en bateau avec un culot auquel elle ne s'attendait pas, convaincue que la perquisition du camion le ferait s'effondrer. Il n'en est rien et elle sent la frustration monter en elle.

— Vous avez réponse à tout, monsieur Isting. Et vos réponses vous exonèrent à chaque fois de votre responsabilité. Si je résume les choses, ce qui est arrivé à Simon est de sa faute, pas de la vôtre.

Il affiche une perplexité qu'un enquêteur moins chevronné trouverait spontanée. C'est un menteur doublé d'un manipulateur. Certains suspects essaient de faire des flics leurs confidents pour les amadouer. D'autres les prennent de haut pour les rabaisser à la moindre occasion. Plus rares sont ceux qui utilisent leur intelligence pour masquer leurs véritables motifs et proposer des leurres acceptables. Lui est encore différent. Il ne cherche pas la connivence, l'arrogance ou l'esquive. C'est un caméléon qui s'efface dans le décor.

— Vous m'interrogez et j'essaie de vous dire ce qui s'est passé, c'est tout.

— Vous niez avoir enlevé, séquestré et tué Simon Decarpentrie.

— Oui.

— Vous êtes allé le voir pendant quatre jours, vous avez constaté l'état pitoyable dans lequel il se trouvait et vous avez continué à fermer les yeux en pensant que cela s'arrangerait ? Vous ne pouvez pas croire que nous allons gober une histoire pareille !

— Non, mais c'est pourtant ce qui s'est passé. J'ai manqué de… discernement – c'est le terme en français, n'est-ce pas ? Je reconnais cette erreur, mais je ne l'ai pas enlevé, ni séquestré ni tué.

— Vous l'affirmez contre toutes les évidences qui vous accablent.

— Vous avez dit le mot juste : « évidences ». Mais, en France, comme en Grande-Bretagne, on ne se satisfait pas des évidences, il faut des preuves, dit-il d'un ton égal.

— Revenons à la mort de Decarpentrie, vous commenterez plus tard les bases de notre système judiciaire. Simon est mort le vendredi 6 décembre. À quel moment avez découvert son décès ?

— Je suis passé le voir au moment de ma pause déjeuner, vers midi et demi. Il était mort.

— Qu'avez-vous fait en constatant son décès ?

— J'étais choqué, bouleversé. Je ne pouvais pas le laisser là. Il fallait que je trouve un endroit où mettre le corps le temps de prendre une décision. Je savais que le garage de Cherbine était vide, il avait prêté sa voiture à Jacky Seiz, alors j'ai pensé que je pourrais l'utiliser en attendant…

— En attendant quoi, monsieur Isting ?

— Que je trouve une solution.

— Comment l'avez-vous transporté jusqu'à l'allée Léon-Le-Berre ?

— Je l'ai mis dans la camionnette de Grand Format.

— Vous l'avez déposé tout simplement à l'arrière de la camionnette ? Sans précaution particulière ?

— Non, j'ai enveloppé le corps dans une bâche.

— Vous aviez prévu d'avoir besoin d'une bâche ? relève Aubert.

— Il y en avait une dans mon camion, une vieille bâche.

— Et ?

— Je suis allé jusqu'au garage. J'ai glissé un pied de biche sous le volet de la porte, je l'ai débloquée et j'ai fait une marche arrière pour faire entrer la voiture dans le box. J'ai sorti le corps et je l'ai déposé sur le sol, puis j'ai refermé et je suis retourné au travail.

— D'accord. Mais la mise en scène du cadavre, c'est la bonne idée qui vous est venue après un temps de réflexion ?

— J'ai perdu les pédales. J'en voulais à Viard pour sa fresque qui avait semé la zizanie entre nous. J'en voulais à Cherbine qui me faisait chanter. J'en avais marre de ces gens qui me faisaient payer une histoire à la con.

— Donc vous avez imaginé cette mise en scène pour mettre en difficulté ceux contre qui vous aviez des griefs.

— Ce sont des salauds.

— Quand avez-vous déplacé le corps ?

— Dans la nuit du dimanche au lundi. Est-ce qu'on pourrait faire une pause ? Je suis fatigué.

— On va vous conduire dans une cellule où vous pourrez vous reposer. Vous voulez un repas chaud, une boisson ?

Tangore se tourne vers la caméra d'enregistrement de l'audition.

— Il est 19 h 30. Suspension de l'audition de M. John Isting dans le cadre de la garde à vue dont il fait l'objet pour enlèvement, séquestration et meurtre de Simon Decarpentrie, garde à vue qui a débuté à 16 heures, ce même jour, jeudi 19 décembre 2030.

*

Tangore envoie valdinguer d'un coup de pied la corbeille à papier sous le regard désapprobateur d'Aubert.

— Ça ne sert à rien de vous énerver, lieutenant. On l'aura à l'usure.

— À l'usure ? s'étrangle-t-elle. Mais il ne donne pas du tout l'impression d'être usé ! À l'entendre, la victime aurait pris du sirop de salsepareille, avec un peu trop d'effets secondaires à la clé. Qu'avons-nous comme chefs d'inculpation ? Non-assistance à personne en danger, recel et atteinte à l'intégrité d'un cadavre. L'addition n'y est pas ! Il faut le faire tomber pour homicide volontaire, avec préméditation.

— Il faudrait avoir les injecteurs. On y retrouverait peut-être les traces papillaires d'Isting. Ou on constaterait l'absence d'empreintes de Decarpentrie, ce qui montrerait qu'il ne s'est pas injecté lui-même le Dilaudid, remarque Levasseur.

— Tu as raison, mais nous n'en avons pas trouvé dans le camion. Comme la mort de Simon remonte au 6 décembre, il est inutile de fouiller toutes les bennes à ordures sur le boulevard de la Robiquette ou à proximité du centre commercial Grand Quartier, il y a eu au moins deux collectes depuis ce jour-là.

— J'ai une autre idée, avance timidement Pierre-Henry.

— Tant mieux, car on est un peu à sec. On t'écoute.

— Isting fait preuve de beaucoup de détermination et d'intelligence. Decarpentrie mort, il a aussitôt transféré le corps dans un lieu qui ne l'incriminerait pas, lui. Même chose pour le camion, il l'a garé dans un endroit auquel nous n'étions pas censés avoir accès. Il n'aura pas pris le risque de jeter les seringues dans un conteneur à ordures.

— C'est pour aujourd'hui ou pour demain, ton idée? s'impatiente sa cheffe.

— Le Dilaudid peut provenir du service d'oncologie où travaille sa compagne. Dans ce cas, il s'est peut-être arrangé pour que les seringues utilisées reviennent à l'hôpital.

— Tu peux être un peu plus clair ou tu as besoin d'une perfusion de glucose?

— Les infirmières trient une partie des produits utilisés : sur leur chariot, elles ont une boîte spécifique pour mettre les aiguilles usagées et un sac de collecte pour les corps de seringues. Ensuite, ils sont stockés dans l'unité de soins jusqu'au moment où ils sont récupérés par le prestataire chargé du ramassage des déchets plastiques hospitaliers. Isting a pu se dire que c'était la manière idéale de se débarrasser des injecteurs... D'après ce que je sais, la collecte est bimensuelle, le premier vendredi du mois et le troisième, donc les déchets seront ramassés demain.

Aubert se lève pour asséner une tape fraternelle sur l'épaule de son collègue.

— Si tu as raison, je t'autorise à m'appeler James sans aucune contre-indication.

Tangore a déjà saisi son téléphone pour une autorisation de réquisition.

— Pierre-Henry, tu fonces à l'hôpital avec Le Guillou – il est de service ce soir – et vous ne revenez que lorsque vous aurez mis la main sur ces seringues. Au fait, comment connais-tu tous ces détails ?

— J'ai fait le stage de mon CAP Petite Enfance dans le service pédiatrique de Pontchaillou ; on nous a expliqué en long, en large et en travers la fiche de tri des déchets dans le cadre du développement durable dans le soin.

Jour 12

Sous les yeux de Levasseur, Aubert aligne fièrement une rangée de petits Jésus en sucre.

— Ma boulangère m'a demandé si je retombais en enfance. Je n'ai pas su quoi lui répondre.

Tangore s'immisce dans la conversation en s'adressant au major avec une moue sarcastique :

— Tu aurais pu dire ce qu'un dealer dit à son client : « Essayer, c'est l'adopter. » Là, tu es en train d'alimenter son addiction.

Sa bonne humeur rayonne dans la salle Gygès où Gassière, entouré de l'équipe, attend la connexion avec le procureur. Quand le visage glabre de Girardy, décoré d'un pif écarlate, apparaît sur l'écran, Tangore murmure à part soi : « Bon sang ! Il ressemble à un macareux moine de notre beau littoral. »

— Lieutenante, épargnez-nous vos commentaires sur la faune des tribunaux et laissez votre adjoint nous éclairer sur sa découverte, chuinte la voix enrhumée du magistrat.

Levasseur avale précipitamment les débris d'un petit Jésus avant de s'éclaircir la voix.

— Je me suis rendu à 20 h 30, hier soir, au service oncologie de l'hôpital de Pontchaillou, accompagné de l'AJP Le Guillou pour présenter à l'infirmière-cheffe…

— Abrégeons, coupe Girardy en usant de sa formule préférée.

— Nous avons récupéré 73 sacs de collecte. Nous sommes partis du principe que l'un des sacs devait avoir un nombre beaucoup plus important d'injecteurs de Dilaudid puisque le rapport d'autopsie mentionnait neuf injections. D'après le personnel soignant, cet hydromorphone est peu fréquent dans les prescriptions en raison de certains effets indésirables, ce qui a facilité notre recherche. Elle s'est achevée à 23 heures et les corps de seringues récupérés ont été transmis ce matin au laboratoire de la Scientifique.

— Les premiers résultats tomberont avant midi, précise Gassière.

— Pouvez-vous compter sur des aveux d'Isting avant la fin de sa garde à vue ?

— Peu probable, déclare la lieutenante. Isting a un mental très fort et son avocate, maître Letellier, cherchera par tout moyen l'erreur de procédure pour faire rejeter les actes d'enquête.

— Bon. Je suppose que vous allez entendre sa compagne, Adèle Picard ?

— Elle est là. Bizarrement, elle n'est pas assistée par maître Letellier.

Girardy engrange l'information sans commentaire. Il semble préoccupé.

— Quel est le mobile d'Isting selon vous ?

— La jalousie, la frustration accumulée de ne pas avoir été reconnu dans sa paternité. Peut-être aussi la crainte d'être accusé par Decarpentrie du crime Phyllis Bringsfield au château de Musil en 2014.

— Vous avez des éléments solides de ce côté-là ?

— L'affaire avait été classée sans suite. Vous connaissez les statistiques mieux que moi, monsieur le procureur : 60 % des affaires traitées par les parquets sont classées comme non susceptibles de poursuites. L'affaire Bringsfield a fait l'objet d'un classement 21, le procureur à l'époque a considéré que l'infraction était insuffisamment caractérisée, autrement dit, qu'il n'y avait pas assez de preuves pour poursuivre. Maintenant, le ministère public jugera peut-être utile de saisir un juge d'instruction pour l'ouverture d'une information judiciaire ?

Tangore sait qu'elle avance en terrain miné et ne peut s'autoriser un avis sur ce que doit ou ne doit pas faire le parquet. Girardy se contente de souffler bruyamment dans son mouchoir pour sonner la fin de la partie.

*

Adèle Picard serre contre elle les poignées d'un énorme sac en cuir garni de breloques annonçant son origine coûteuse. Sa tenue, en revanche, est très simple, banale, comme si son luxueux accessoire avait pompé tout son budget mode pour plusieurs années. Elle en sort un mouchoir imprimé des initiales d'un grand couturier pour se tamponner les yeux. « Tiens, se dit Tangore, il lui restait quelques euros pour se moucher dans de la marque. »

— Je n'arrive pas à m'en remettre ! Johnny ! Si j'avais su que ça se terminerait chez les gendarmes !

— Nous ne sommes pas des gendarmes, madame Picard, nous appartenons au service régional de la police judiciaire, précise Aubert, très pointilleux sur les pedigrees.

— C'est quoi la différence ? Les gens, vous les mettez pareil en cabane, non ?

— Ben, nous c'est plutôt *Candice Renoir* que *Capitaine Marleau*, si vous voyez, lance la lieutenante.

Sa remarque plonge l'infirmière dans la perplexité.

— Madame Picard, nous vous entendons dans le cadre d'une audition libre, le major Aubert vous a rappelé vos droits. Êtes-vous certaine de ne pas vouloir être assistée d'un avocat ?

— Vous croyez que j'ai les moyens de me payer cette pimbêche de Letellier ? J'ai d'ailleurs rien à me reprocher. Je respecte les consignes de tri des déchets, j'ai juste mis des corps de seringues là où il fallait les mettre. C'est le genre de trucs à ne pas laisser traîner partout. Après, pour ce qui est de leur provenance, j'en sais rien.

— Nous ferions mieux de commencer par le début, propose l'OPJ : d'où venaient les produits en possession de M. Isting, le Dilaudid ?

— J'en sais rien, je vous l'ai dit.

— Avez-vous obtenu ces substances à l'hôpital ?

— Vous rêvez, ma parole ! Vous croyez que le service est un supermarché ? Que les antalgiques alcaloïdes sortent de la pharmacie sans aucun contrôle? Nous obéissons à des protocoles très stricts et une infirmière n'a aucune chance de mettre la main sur de l'hydromorphone, prescrit uniquement pour des patients intolérants à certains opioïdes.

— Alors, aurait-on prescrit du Dilaudid à un membre de votre entourage?

— Non. Ma mère, atteinte d'un cancer des os, prenait de l'Oxy-contin, dit-elle après un temps d'hésitation.

— Réfléchissez : elle n'a jamais eu de Dilaudid? s'entête Tangore.

L'expression d'Adèle Picard change à l'évocation de sa mère. Elle se réfugie derrière son savoir-faire pour masquer son émotion.

— Pour soulager ses douleurs, elle prenait de l'oxycodone à libération prolongée, et aussi du Valium, pour ses effets myore-laxants sur les crampes musculaires; il faut savoir que le cocktail entre benzodiazépines et opioïdes peut être mortel, aussi l'on-cologue avait écarté le Dilaudid qui présentait des risques dans son cas.

Elle reste un moment le mouchoir pressé sur le nez, l'esprit aimanté par un détail. Sa perplexité fait place à de la gêne. Elle se cramponne à ses certitudes avant de les abandonner.

— Quelques jours avant son décès – j'étais au travail – ma mère a fait un malaise. Ma sœur qui me relayait, a appelé le SAMU. Comme Élisa ne connaissait pas exactement le traitement que prenait maman, le médecin a hésité entre plusieurs antalgiques...

Elle semble perturbée par ce souvenir. Elle triture son mou-choir, le fourre dans son sac, en sort un nouveau, troublée par ce détail insignifiant, mais inquiète tout de même, car à l'époque, il avait provoqué des discussions à n'en plus finir et une sorte d'incompréhension.

— L'urgentiste a téléphoné quelques heures après sa visite pour demander s'il n'avait pas oublié dans la chambre, ou dans le salon, une boîte presque complète de Dilaudid injectable 2 mg. Ma sœur lui a dit qu'elle s'en serait aperçue si cela avait été le cas. Il a insisté, rappelé une seconde fois, mais on n'a rien trouvé…

— Votre compagnon était là lors de la venue du médecin? demande Aubert.

Elle hoche la tête.

— On habitait chez ma mère à l'époque.

— Est-ce vous qui avez ramené à l'hôpital les seringues de Dilaudid?

Il la regarde avec gentillesse, sans cette agressivité qu'elle sent chez sa collègue. Il ne l'accuse pas, veut bien écouter ses explications, comprendre que, derrière tout ça, il y a le souci de bien faire. À lui, elle veut bien répondre.

— Oui. John m'a dit qu'il avait trouvé le sac sur le parking de Grand Format. Il y a des gens assez irresponsables pour se débarrasser de ça sans le moindre respect des autres, pas la plus petite idée du risque que des aiguilles souillées présentent pour les enfants. J'ai trouvé bien qu'il ait ce genre de réflexe. Je n'ai pas pensé que cela poserait un problème.

Elle se ressaisit et les regarde avec un peu plus d'assurance.

— Après tout, il n'a rien d'un drogué? C'est un type bien, et il est sympa avec Mahé, c'est mon fils, ajoute-t-elle avec une nuance de fierté dans la voix. John aime les enfants et comme sa fille lui manque... Vous comprenez, elle refuse de le voir, il en souffre beaucoup.

— Comment s'appelle-t-elle? s'enquiert aimablement le major.

— Johanna. Johanna Bringsfield, elle porte le nom de sa mère.

— Vous a-t-il dit pourquoi Johanna n'a aucun contact avec lui?

— C'est de l'histoire ancienne, elle en veut à sa mère et à John de l'avoir confiée à une tante qui l'a élevée. Je comprends la gamine, mais Johnny est décidé à reprendre sa place auprès d'elle. Je trouve ça bien. Il n'est jamais trop tard pour essayer de réparer ses erreurs, n'est-ce pas? confie-t-elle avec une certaine candeur.

— Il est certain d'être le père de Johanna? sonde Tangore avec précaution.

— John, Johanna, vous pigez? En Angleterre, ça fait vingt ans que les pharmacies fournissent des kits à ceux qui veulent vérifier leur paternité. Alors, il a fait le test depuis longtemps, s'offusque-t-elle.

— A-t-il renoué dernièrement avec sa fille ? poursuit le major pour désamorcer l'hostilité qui pointe dans ses réponses à Tangore.

— Non, pas que je sache. Mais c'est son intention maintenant qu'elle a 18 ans. Il pense que c'est le bon moment, qu'elle peut comprendre les choses.

— Quelles choses ?

— La mère de Johanna est morte dans un accident, mais, quand sa fille est née, John ne trouvait pas grâce à ses yeux parce qu'il était fauché et d'un milieu social ordinaire. Alors, elle avait fait comme si le père était un autre, ça l'arrangeait.

— Vous savez qui était le faux père ?

Elle hausse les épaules.

— Une sorte d'artiste. J'en sais pas plus. Enfin, un type qui ne se prenait pas pour n'importe qui.

— Les habitudes de votre compagnon ont-elles changé ces dernières semaines.

— Changé comment ? s'étonne-t-elle.

— Sortait-il davantage ? Voyait-il de nouvelles personnes ? Empruntait-il plus souvent votre voiture ?

— Je sais qu'il a revu d'anciens copains, deux ou trois fois. Pour la voiture, il peut la prendre quand il veut, du moment qu'elle est là quand je vais au travail. De toute façon, il a sa moto.

— Comment avez-vous rencontré votre compagnon ? questionne Aubert avec un sourire engageant.

— J'ai fait sa connaissance il y a huit ans. Il avait eu un accident de voiture, à l'époque je travaillais encore en libéral et je venais lui faire des soins à domicile.

— C'était donc en 2022 ?

— Oui, en mars ou avril. Au printemps, en tout cas.

— Il avait été grièvement blessé ?

— Non, une sortie de route à la fin d'une nuit sans sommeil : deux côtes cassées, mais le fourgon qu'il avait emprunté à un copain a fini à la casse.

— Vous vous souvenez du lieu de l'accident ?

— Sur une petite route de campagne, au nord de Rennes. Mais pourquoi vous me posez toutes ces questions ? Quel rapport avec ce qu'on lui reproche aujourd'hui ? Vous êtes vraiment des fouille-merde.

— On est payé pour, réplique Tangore dans un mouvement d'humeur. Ça vous évite d'avoir à mettre le nez dans vos poubelles.

*

La salle de garde à vue aurait besoin d'un bon rafraîchissement, mais les suspects sont les derniers à s'en soucier. Dans le local attenant, Levasseur, chargé de surveiller l'enregistrement vidéo de l'audition, scrute l'écran de contrôle pour essayer de distinguer un changement d'expression chez Isting. Son visage est si peu différent de celui qu'il connaît, celui d'un homme de 40 ans paraissant beaucoup plus jeune, chez qui l'affabilité remplace le sourire et l'apparente placidité des traits le trouble intérieur. Mains croisées sur la table, il rentre légèrement les épaules comme s'il était fatigué de défendre le rempart d'allumettes que démolissent les flics.

Tangore avance sans fioritures. L'énergie crépite en elle, et si des cernes marquent ses joues, ils rendent plus sombre, plus inquiétant, son regard rivé sur l'homme assis en face d'elle. Aubert se tient dans sa roue, aspiré par sa vitesse et sa réactivité ; il joue sa partie, à l'aise. Levasseur découvre sa capacité à ne négliger aucun détail : c'est un égorgeur de tranchée qui finit le travail des obus balancés par la lieutenante.

Bien sûr, ils ont commencé par le solide, l'irréfutable, et Levasseur voit sur la table le scellé contenant les neuf corps de seringues, petits bâtonnets transparents recouverts d'étiquettes colorées et couverts des empreintes digitales d'Isting, ces bouts de plastique qu'il était allé repêcher dans un conteneur en priant pour que son intuition fût la bonne.

— Non, avait corrigé la cheffe, ce n'est pas une intuition, c'est un raisonnement.

Il avait souri.

— Un putain de bon raisonnement ! avait-elle ajouté dans le langage fleuri qu'elle aimait parfois utiliser et qu'il n'appréciait pas trop.

Ensuite, il y avait eu les résultats des prélèvements effectués dans le camion, ces traces de vomissures et d'urine qui révélaient l'horreur du crime : un homme allongé sur une couchette et qui avait très tôt sombré dans un état de conscience diminué, une chose aux mains d'un meurtrier insoucieux de la nourrir, de la laver, affaiblie à coups de substances pour être finalement achevée. Un cauchemar qui avait duré quatre jours. Lui, Levasseur, avait vu le résultat de ce traitement féroce, un corps avachi contre un mur, comme décroché d'un gibet. Le comportement et les actes d'Isting montraient la préméditation. Avant de passer à l'acte, il lui avait fallu retaper le camion, prévoir un lieu de stationnement, et surtout attirer la proie en lui promettant des révélations sur la mort d'une jeune femme, bien des années auparavant, au cours d'une rave.

L'adjoint voudrait occulter certains détails. Cependant, il y a des crimes qui non seulement absorbent toute la noirceur et le désespoir d'un esprit, mais ne s'arrêtent pas avec la mort de la victime. Il avait encore fallu que la dépouille de Simon Decarpentrie paie pour le chantage de Cherbine et la fresque accusatrice de Viard. C'était un *memento mori* qu'Isting avait déposé contre la clôture d'un garage, un avertissement à ses anciens compagnons : hâtez-vous de vivre parce que vous pouvez mourir demain.

Pour cet homme, le vrai crime n'était pas le sien. Le coupable était Simon, depuis le premier jour où il avait accepté de jouer les pères. Il fallait bien un commencement à une tragédie qui ne mettait jamais en scène les bonnes personnes, un point de départ foireux. Il avait aussi fallu un être hésitant, déjà chancelant dans une existence boiteuse : Phyllis. Levasseur avait vu Isting s'approcher dangereusement de la flamme allumée par Tangore en prononçant le nom de Johanna. Sa fille qui allait vraiment le devenir parce que le moment était arrivé. Tout ce qu'il n'avait pu lui dire ! Mais c'était avant qu'un imposteur ne débarque pour réduire à néant ses espoirs. Comme il l'avait toujours fait, tant de fois.

Il connaissait Simon depuis combien d'années ? À Londres déjà. Il s'était ramené un jour, en vieille connaissance de Phyllis, avant de devenir le parasite cramponné à leur vie. Un ami ? Allons... Il lui avait suffi d'apparaître, de jouer de son charme, de son accent, de ses manières dédaigneuses pour que Phyllis lui tombe toute rôtie dans le bec. À lui les miettes de sexe, à Simon l'amour. À lui les plans débiles, à Simon le titre de père. Phyllis disait de ne pas s'en faire, de profiter de ce qui s'offrait à eux, libres d'aller où bon leur semblerait, de s'amuser. Ils avaient traversé la Manche, traîné dans le Midi, de campement en campement, et c'est vrai qu'on s'amusait. La chouette vie, tous ces gens qui partageaient un amour énorme, fraternel, qui étaient là pour vibrer sur du son. Incroyable comment on pouvait repousser toutes les limites, simplement pour disparaître dans une pulsation sans fin. Un étourdissement qui épuisait leur jeunesse et les laissait libres de recommencer encore et toujours. Et tant pis pour Johanna.

Aubert en a assez des souvenirs de la route, d'un suspect en train de s'évader dans la nébuleuse de ses aventures sans lendemain. Il a remis vite fait le train sur les rails :

— Simon, il voulait quoi en revenant à Rennes après tant d'années ?

Isting ricane :

— Qui aurait parié que Simon aurait de l'argent, hein ? Vous dites qu'il avait les moyens et bien plus encore ? Personne n'aurait misé là-dessus. Surtout pas Cherbine et Le Quilliou qui pensaient lui faire l'aumône en lui obtenant un visa de prêchi-prêcha dans une de leurs petites succursales. Non, Simon était fini et personne ne l'a cru quand il les avait traînés au château de Musil. Des rêves ! Des leurres et surtout des questions. Et pourquoi cela s'était passé comme ça la nuit de la fête ? Et pourquoi Phyllis était montée à la nurserie ? Et pourquoi ? Il saoulait tout le monde avec ses questions.

Levasseur voit Tangore en embuscade. Il n'est pas le seul, l'avocate aussi. Elle incline la tête vers son client, lui conseille de se taire. À quoi bon quand s'ouvre la boîte de Pandore ? La lieutenante se penche vers Isting, elle lui dit :

— Simon avait-il trouvé la réponse aux questions qu'il posait ?

— Presque, dit Isting, presque, mais pas tout à fait.

Il y a un moment où l'orgueil prend le pas sur la prudence, surtout quand un flic s'approprie votre histoire et se met à la raconter à votre place. Tangore parle de ses projets de départ à Londres avec Phyllis et Guérat, du moment venu de retrouver Johanna, des choses qui s'enchaînent si bien pour une fois. De l'ignorance de Simon qui ne pourra pas mettre de bâtons dans les roues. Tout est décidé, en bonne voie. Mais, au dernier moment, Phyllis hésite, elle veut lui parler, elle ne sait plus. Elle l'entraîne là-haut, dans les étages du château ; ce n'est pas bon signe, elle recule, elle a peut-être changé d'avis. La vie avec Johanna sera-t-elle possible ?

— M. Isting, coupe maître Letellier, vous pouvez garder le silence.

L'Anglais secoue la tête, envahi par la colère et le dépit :

— Me faire ça au dernier moment ! Me dire qu'elle n'avait pas envie de retourner en Angleterre. Que Johanna était mieux avec sa sœur ! *Bloody hell* !

Il n'a pas haussé le ton pour dire « putain de merde », c'est seulement un constat désabusé.

Aubert soupire :

— Le GHB que vous lui aviez donné ne l'avait pas assez radoucie pour qu'elle entende raison ?

— Je vous conseille de ne pas ajouter un mot de plus, répète Letellier, inquiète par le sourire triste que lui renvoie son client. Il lui touche le bras pour s'excuser, mais il doit dire les choses maintenant, car s'il ne les dit pas, on ne comprendra pas cette trahison.

— Il lui suffisait de dire O.K., on part comme prévu, on retourne à Londres. J'avais tout arrangé, on n'avait plus besoin de Simon, de son fric, de sa façon de tout décider. Philippe Guérat avait compris, lui aussi, il était prêt à marcher avec nous. Elle était devant moi et elle disait non, on peut pas faire ça à Simon et aux autres. On est ensemble, on reste ensemble. *Bitch*, elle mettait tout par terre. J'ai crié, je l'ai secouée, elle s'est débattue, j'ai vu qu'elle allait tout lui balancer, cette idiote ne méritait rien. J'étais hors de moi, j'ai pris un truc qui traînait là et j'ai voulu la frapper, mais j'ai dévié au dernier moment et j'ai cogné dans un étai. Sans le vouloir. Une partie du plafond est tombé sur elle.

La lieutenante pousse au centre de la table un sachet contenant un comprimé bleu frappé d'un minuscule Ω :

— La colère, c'était à cause de l'argent qu'elle ne voulait pas vous donner ? Vous étiez décidé à partir, avec ou sans elle, mais pas sans l'argent.

Il sourit, malgré lui.

— Vous faites quoi sans argent ?

L'adjoint ferme les yeux. À quoi ressemble un criminel ? Parfois à un type comme Isting. Qui vend du carrelage et du parquet dans un magasin de bricolage. Qui vend des outils, inoffensifs, pas des armes. Ses collègues n'en ont pas fini avec lui. Une chose après l'autre, avec prudence, pour ne pas casser le fil.

— Pourquoi Guérat ? Huit ans après ?

Il est malin, Aubert, à laisser penser qu'il a des cartes dans sa manche.

— Cherbine me faisait chanter, il m'avait vu passer dans le *chill-out* avec Phyllis et il estimait que d'avoir fermé sa gueule valait bien une petite compensation financière de temps à autre. Un soir de cuite, il a parlé à Philippe Guérat, le grand copain pourtant prêt à l'abandonner pour faire carrière ailleurs. Guérat m'a appelé depuis Mons, il voulait me voir dès son retour. Puis il m'a téléphoné dans la nuit depuis une aire d'autoroute, il était hors de lui, en colère. J'ai attendu sur la petite route qu'il allait prendre pour rentrer chez lui à Thorigné-Fouillard. Je regrette pour Nathalie, elle n'y était pour rien. Elle ne savait rien. Mais elle a failli tout faire foirer avec ses déclarations aux flics.

Levasseur s'écarte de l'écran de contrôle et se dirige vers la glace sans tain. Peut-on éprouver de la pitié pour un homme qui vient d'avouer trois crimes ? Pourquoi a-t-il choisi de déposer son fardeau maintenant ? Le poids de la culpabilité ? Il le regarde vider d'un seul trait son gobelet d'eau, puis adresser un sourire d'excuse à Letellier qui le contemple d'un air sidéré, en se demandant si elle n'aurait pas mieux fait de se spécialiser en droit des affaires : au pénal, la merde gicle de partout. Les avocats ont aussi leurs mauvais jours.

Tangore se retourne un peu, elle devine sa présence derrière le miroir. C'est sa victoire, une victoire au goût amer quand on se bat pour des vies effacées avant l'heure. Il comprend qu'il ne s'agit pas de bravoure, mais d'opiniâtreté. Aubert achève le procès-verbal dans la monotonie bureaucratique des questions-réponses. Il détourne la tête, une tête fatiguée : demain, il ira voir son frère jumeau à Saint-Lô. Il paraît qu'il aime bien jouer aux dominos et aux mots géants.

Il ne regrette pas de faire équipe avec James.

La lieutenante, James et lui.

Épilogue

Priyanka adresse une grimace à Adrien dans le dos de sa voisine qui s'éloigne à pas précautionneux sur le marbre étincelant du hall d'entrée. Mme Scrivaner, affublée d'une toque et d'un manteau de fourrure, a tout d'une marmotte de Sibérie prête pour l'hibernation.

— Elle appartient aux espèces non protégées et la chasse est ouverte ?

— C'est une dame âgée, ne lui fais pas un procès d'intention, tu n'étais même pas née quand elle a acheté son vison, gronde-t-il. Pour une fois que la neige lui donne l'occasion de le sortir du placard !

L'air vif de l'extérieur calme les humeurs belliqueuses de Priyanka. Elle ne peut s'empêcher de penser que la vieille dame est assortie au décor vintage de la Barre Saint-Just : céramiques italiennes, bois patiné et pâte de verre à gogo. Au croisement de la rue Guéhenno et du boulevard de Sévigné, elle se retourne pour contempler l'édifice de Maillols où vit Adrien. Ses ailerons blancs s'élèvent vers le ciel avec la grâce d'un origami géant dans ce quartier replié sur la raideur de ses maisons bourgeoises et la pompe de ses hôtels particuliers. Si les terrasses-jardins de l'immeuble et le panorama qu'elles offrent sur la ville sont un luxe inouï à ses yeux, pour rien au monde elle ne renoncerait à l'atmosphère bon enfant de son refuge au bord du canal, si loin du triangle d'or où la bourgeoisie rennaise a solidement ancré ses appuis.

En marchant vers le parc du Thabor, elle constate que tout ce qui se donne à voir aux alentours se résume à des façades ripolinées, comme si la vie des habitants devait s'abriter derrière des murs, des grilles et des interphones pour perpétuer des traditions connues d'eux seuls. Pourtant, un être a échappé au moule, Pierre-Henry. Ses pensées dérivent maintenant vers son adjoint dont les pas hésitants paraissent se raffermir au contact des franges les plus sombres de la société, aimantés vers le pire par l'aiguille d'une boussole perverse. L'excentricité qui lui avait phagocyté les méninges avait aussi laissé en lui suffisamment d'oxygène pour un cœur pur. Dans ses rares moments de lassitude, elle craint déjà de voir disparaître ce garçon tombé du ciel, happé par d'autres horizons que celui de son box dans la salle de police.

— C'est complètement débile ! maugrée-t-elle, épaules ramassées et col relevé pour se protéger du froid.

— Débile ? Je trouve, au contraire, que c'est une très bonne idée, assure Adrien en pleine méprise, les bras encombrés d'un volumineux paquet. De surcroît, ça t'aère. Si tu veux, nous irons boire un chocolat chaud après la promenade.

— Ben voyons ! Il ne reste plus qu'à enfiler la panoplie du petit bourge : la balade du dimanche matin, le tour de manège pour les marmots et l'apéro à la buvette pour les grands.

Il lui passe le bras autour des épaules et la serre contre lui avec un air taquin.

— Tu as peur de ne pas savoir que faire devant la petite ?

— Tu rigoles, c'est une chenille à peine sortie du stade larvaire. Et puis, j'aime pas quand ça sent la couche, ça me dégoûte.

Il se tait tout en la surveillant du coin de l'œil. La veille, ils se sont rendus dans un magasin de jouets pour choisir un cadeau pour Barbara. Après avoir repoussé les licornes en peluche rose, les fleurs en mousse et les poupées asexuées en mode inclusif petite enfance, Priyanka a jeté son dévolu sur un chariot de marche qui ressemble davantage à un char de gladiateur qu'à un trotteur inoffensif.

— Où est le point de rendez-vous ? grogne-t-elle.

— À la volière. Pierre-Henry nous y attendra avec la petite à 10 heures. Viens, je vais te montrer quelque chose, nous avons le temps.

Ils passent devant le manège et s'avancent sur un terrain tout en longueur, encaissé entre deux hauts talus. Des arbres dénudés surplombent la cuvette sablée, renforçant l'impression de désolation du lieu.

— Sais-tu le nom que l'on a donné à cet endroit ?

Elle secoue la tête, agacée ; à ses yeux, il ne présente aucun intérêt.

— L'Enfer.

— M'étonne pas. Pourtant, on se gèle ici.

— À l'origine, il s'agissait d'un réservoir creusé après le grand incendie de 1720 qui a ravagé la ville, et les moines de l'abbaye Saint-Melaine canotaient sur cette pièce d'eau jusqu'à ce qu'ils s'attirent les foudres de l'évêque qui voyait dans ce passe-temps innocent une manœuvre de l'Enfer. Ensuite, quand le réservoir a été asséché, la place a servi aux duels. Puis, on y a installé un théâtre de verdure, ce qui n'a pas empêché les Allemands d'y fusiller des résistants en 1944.

— Pourquoi tu me racontes ça ?

— Ton enquête m'y a fait penser. Elle t'a rendue un peu triste, n'est-ce pas ? Pourtant, une chose chasse l'autre, rien ne dure : le plaisir, l'amusement, la fête laissent un jour la place au ressentiment, à la colère, à la mort, jusqu'à ce que l'insouciance et la vie reprennent le dessus.

Elle lève la tête et regarde autour d'elle, consciente de son désarroi. Adrien a raison, il est temps de passer à autre chose. Elle aspire une grande goulée d'air frais, remarque l'entaille nette que dessine l'Enfer dans la colline boisée, son décor de carrière abandonnée et, tout au bout du terrain, deux vieux qui jouent à la pétanque sans se soucier de l'ombre froide qui tombe des talus.

— Ah ! L'enquête ! Tant qu'on y travaille, la seule chose qui compte, c'est d'avancer, d'éliminer petit à petit chaque zone d'incertitude, de niveler le moindre obstacle. Parce que ce qui importe, c'est le résultat : débusquer le coupable. Mais, une fois finie, on ne voit plus que le désastre.

Elle reste songeuse un instant en étudiant les joueurs penchés sur leurs boules pour discuter le point avec âpreté.

— Tu leur donnerais le bon Dieu sans confession, à ces papys. Qu'est-ce qui te dit qu'ils ne sont pas des tyrans domestiques, des prédateurs sournois, des salopards de première ? lâche-t-elle tout à trac.

— Et qu'est-ce qui t'empêche de penser qu'ils ne sont pas, ou n'ont pas été, eux aussi, des victimes ? Peut-être bien qu'ils ont plaisir à se retrouver pour laisser de côté leurs soucis. Tiens, ils ont une bonne tête, ces petits vieux.

— Isting aussi, il a une bonne tête, raille-t-elle, cela ne l'a pas empêché de tuer. Je trouve effroyable qu'une bande de copains, probablement des gosses élevés à la sauce manga et pas loin de se prendre pour des chevaliers, des Apôtres, une confrérie secrète, aient réglé leurs comptes aussi bassement. L'amitié, la solidarité : des leurres, une façade pour cacher une sorte d'égoïsme monstrueux. Vois ce qu'ils sont devenus les uns et les autres quand ils ne sont pas morts : des ectoplasmes pleurant le bon vieux temps. La bande de potes qui veut s'amuser à fond, ça donne trois meurtres à l'arrivée !

— Tu les mets tous dans le même panier, comme si aucun d'entre eux ne trouvait grâce à tes yeux. Certes, ils ne sont peut-être pas irréprochables, mais la plupart se sont contentés, à un moment de leur existence, de partager un certain goût de la fête et de la transgression. Pas de quoi les asseoir sur le banc des accusés.

— Tu as raison, je vois le pire partout.

Priyanka lève les bras et s'étire en scrutant le ciel, badigeonné d'une teinte crayeuse qui annonce l'averse de neige.

— Ce qu'il me faudrait, c'est du soleil, de la mer bleue, des cocotiers !

— En remplacement, je te propose quelques flocons, un vin chaud et un arbre de Noël.

— Tu rigoles ! T'as vu la taxe sur les conifères, le plus rachitique des sapins coûte une blinde.

— J'ai aussi un ficus qui fera très bien l'affaire.

Une petite neige mouillée se met à tourbillonner dans le vent. Du haut de la terrasse dominée par la Colonne de Juillet, ils aperçoivent Pierre-Henry et sa poussette bâchée longer le boulingrin.

— Tu crois qu'il va me demander de la prendre dans mes bras ?

— Qui ça ?

— Barbara, voyons ! Parce que moi, j'y connais rien aux gosses.

— Je ne sais pas. Il fait un peu froid pour la sortir de sa poussette. Mais, peut-être qu'à la buvette… Tu sais, c'est pas compliqué avec les enfants, il suffit de leur sourire. Moi, ils m'aiment bien, les gosses.

— M'étonne pas, ils doivent te prendre pour Shrek.

Le dôme de l'église Notre-Dame-en-Saint-Melaine est maintenant couvert d'une fine couche blanche. Très haut dans le ciel passe un dirigeable qui transporte des mâts d'éoliennes vers un parc marin de la Manche. Priyanka fronce le nez sous le picotement des flocons, cela fait tant de bien de croire au père Noël.

Déjà paru aux Éditions Ouest-France :
Baby box (2020)
Prix du Polar Ouest-France

Image de couverture : © Adobe Stock / APHOTOSTUDIO

Éditions **OUEST-FRANCE**

Éditeur Hervé Chirault
Coordination éditoriale Isabelle Rousseau
Conception graphique et mise en page
Studio graphique des Éditions Ouest-France
Mise en page Cécile Gibbes
Photogravure Graph&Ti, Rennes (35)
Impression Sepec Numérique, Péronnas (01)

Édilarge SA, Rennes
ISBN : 978-2-7373-8698-5
Dépôt légal : mai 2022
N° d'éditeur : 10793.01.3,5.05.22
Imprimé en France
www.editionsouestfrance.fr

PEFC 10-31-3532